황순원의
「日月」연구

황순원의

「日月」연구

오연희 著

한국학술정보㈜

 머리말

1996년 나는 박사학위 논문으로 이 글을 제출했었다. 그로부터 10여 년이 흘렀다. 그 사이 작가 황순원 선생님께서는 작고하셨고, 정권이 두 번 바뀌었고, 그리고 나는 어언 40대가 되었다. 한 아이의 엄마가 되었고, 이런저런 삶의 고뇌와 기쁨 같은 자잘한 일상이 가져다 주는 편안함에 만족할 줄도 알게 되었다.

이 글을 썼던 당시 나는 많이 조급했던 것 같다. 현실이 부당하고 부조리하다고 생각했고, 그런 현실에 맞서지 못하는 인간의 나약함에 비판의 날을 세웠다. [일월]의 주인공 인철은 내게 전혀 공감되지 않는 인물이었다. 그래서 문제적이었고, 글을 쓰는 내내 작가 황순원 선생님의 삶에 대한 애매한 태도가 마음에 거슬렸다. 매사에 분명한 입장같은 것이 요구되던 시대였던 것도 같다.

그것이 열정이었든, 젊음의 패기였든, 아니면 그저 어설픈 궤변에 불과한 것이었든, 어찌됐든 나는 이제 그런 글은 절대 쓰지 못할 것이다. 작품은 계속 남겠지만, 그 작품에 대한 연구나 평론은 그 시대에만 유효하다. 앞으로 한번은 더 [일월] 연구라는 제목이 붙은 글을 쓰겠지만, 그것이 언제가 되었든, 그것은 또한 그것이 쓰여지는 그 시대에 납작하게 흡착되어 있을 것이다. 시대의 질곡을 폭력적으로 거쳐온 우리의 현실이라는 프리즘이 항상 작용하고 있을 것이다. 고로 분석은 항상 지금여기의 시공간이라는 형식적 강제에 좌우될 운명인 것이다.

인철의 고뇌는 바로 그 시공간이 강제하는 삶의 형식을 통해서만 설명될 수 있을 것이다. 이 글을 쓸 당시 조급했던 나는 그것을 보지 못했다. 대신에 도래하지 않을 시공간을 바라보고 있었다. 조급했고, 그래서 현실에 집중할 수 없었다. 다시금 [일월]론을 쓴다면, 작품의 세계관이나 이데올로기를 얘기하기보다는 작품과 현실을 매개하는 시공간 분석에 좀더 치중할 것 같다.

　10년이나 묵은 원고를 정리하면서, 네 개의 시공간의 층위를 생각해 보았다. 인철의 시공간, 작가 황순원의 시공간, 그리고 작품론을 썼던 나의 시공간, 과거의 원고를 읽고 있는 나의 시공간. 하지만 그 중에서도 현재는 언제나 가장 먼저 경험하고 인식해야 할 시간이자 장소임에 틀림없다. 크로노토프 연구는 당분간은 내 연구의 가장 중요한 핵심어가 될 것이다.

　지난 십 수년간 변변치 못한 제자를 늘상 지켜봐 주셨던 지도교수이신 김병욱 교수님께 뭐라 말할 수 없는 마음의 빚을 지고 산다. 그 누구보다도 영원한 나의 스승이신 교수님께 이 변변치 못한 책을 바치고 싶다. 그리고 오랜 기간 함께 해온 맥비 친구들, 비판보다는 늘상 겸허한 사랑으로 감싸준 그들의 '덕'을 오래 기억할 것이다.

2007년 5월 대전에서

오연희

목 차

IV 다성적 소설로서의 「일월」 분석 / 79

V 결론 / 141

I. 서론

1. 문제제기

황순원의 장편소설 「일월」은 1962년 ≪현대문학≫에 연재되기 시작
하여 1965년에 완결된 그의 대표작이다. 1966년 작가 황순원에게 3·1
문화상을 안겨다 준 것도 바로 이 작품이었다. 그의 약력을 간단히 개
괄해보면, 황순원은 1915년 平安南道 大同郡 在京面에서 태어나 16세
의 어린 나이에 詩『나의 꿈』을 ≪東光≫에 발표하면서 문단에 데뷔하
였다. 그 후 20세에 첫 시집『放歌』를 출판하였고 22세에 두 번째 詩
集『골동품』을 출판하였으며, 그 뒤 소설을 발표하기 시작하여 26세에
는 첫 단편집『늪』을 출판함으로써 단편소설 작가로 기반을 굳힌다.
해방 이후 일제의 한글 말살 정책으로 발표되지 못했던 작품들을 모아
단편집『기러기』를 간행하였다.

그가 첫 장편소설『별과 같이 살다』를 출판한 것은 36세 때인 1950
년이다. 그리고『카인의 後裔』를 1954년 중앙문화사에서 간행했고, 이
듬해인 1955년에『카인의 후예』로 亞細亞 自由文學賞을 수상하였다.
계속해서 장편소설「人間接木」이 1957년에, 장편소설「나무들 비탈에
서다」가 1960년 ≪思想界≫에 연재된 후 각각 단행본으로 간행되었다.
1962년 장편소설「일월」이 ≪현대문학≫에 연재되기 시작했고, 그 후
「움직이는 성」, 「신들의 주사위」를 비롯한 다수의 작품들을 출간한 바
있다.1) 말년에는 기독교 신앙이 더욱 깊어진 가운데 2000년 9월 14일

---

1) 황순원은 시에서 출발하여 소설로 전환, 오늘날까지 총 104편가량의 시와
   단편소설 104편, 중편소설 1편, 장편소설 7편을 창작하였다. 자세한 것은
   문학과지성사에서 펴낸『황순원전집』전 12권(1993)을 참고바람..
   본고에서는 문학과 지성사에서 간행된『황순원전집』중에서 가장 최근
   의 것, 즉 1989년부터 순차적으로 발간되기 시작하여 1993년도에 완간된
   가로 활자본『황순원전집』제8권「日月」을 대상 텍스트로 설정하였다. 그

86세의 일기로 사망하였다.

총 104편 가량의 시와 104편의 단편소설, 중편 1편, 장편 7편을 창작한 그는 이호철, 오규원, 최상규, 서기원, 최인호 등 작가를 등단시킨 바 있고, 경희대 재직시 전상국, 조세희, 조해일 등 여러 작가를 지도하기도 했다.

시로부터 출발하여 단편소설을 거쳐 장편소설로 내딛은 그의 문학에 대한 이해는 그간 많은 연구자들에 의해 다각도로 접근되어 온 바 있다. 황순원 문학에 대한 본격적인 연구가 시작된 60년대 이후 지금까지 황순원 문학은 거의 모든 문학적 연구방법들이 총동원되었다고 해도 과언이 아닐 정도로 많은 연구가 이루어져 오고 있다. 그 중에서도 압도적으로 많은 것은 황순원 소설의 낭만성과 서정성에 관한 연구이다.[2] 이는 황순원의 문학이 시대성과 사회성에 대한 관심보다는 인생의 한 단면에 대한 서정성 짙은 문학이라는 세간의 평가와 궤를 같이하는 것으로 한국문학사에서 황순원의 문학사적 위치를 규정하는 데 있어서나 그의 전반적인 작품에 대한 평가에 있어서도 지배적인 관점임을 부정할 수 없다. 이렇듯 한국문학에서 대표적인 서정적 작가로 평가되어온 황순원 문학에 대한 연구들은 여러 관점에서 논의되어 왔다.

먼저 제의사회학적인 관점에서 이니시에이션 스토리로서의 속성과 상징성을 분석한 연구,[3] 원형비평적 관점에서 원형적 모티프와 자기실

러나 이 텍스트는 이 작품이 처음 발표된 ≪현대문학≫지의 판본과는 몇 가지 문체상의 차이를 드러내고 있다. 특히 작가 황순원이 끊임없이 개작을 하는 작가임을 감안할 때 작품론의 전제가 되어야 할 원본확정의 문제가 미해결 상태로 남아 있고, 나아가 각 판본들 간의 차이를 비교 분석하는 작업이 작가의식의 변화 등을 추적하는 데 필요하리라고 판단되지만, 이는 다음 기회로 미루기로 한다. 본고에서 문학과지성사 간행 텍스트를 대상으로 한 것은 우선 이 판본이 현재까지는 작가에 의해 마지막 손질이 가해진 결정판이라고 판단되기 때문이다.

2) 김희정, 「황순원 소설에 나타나는 여성상 연구」, 군선대 석사, 2006, p.4.
3) 이재선, "黃順元과 通過祭儀의 小說", 「한국현대소설사」, 홍성사, 1979.

현의 문제를 분석한 연구,[4] 토속적인 상황 설정 및 기법상의 설화성
등에 중점을 두고 민족주의 표현의 관점에서 논의를 전개시킨 연구,[5]
설화문학성 혹은 민담지향적인 속성을 중심으로 장르론적 검토를 수행
하거나 그것을 토대로 황순원 소설의 내적 통일성을 추출하고자 한 연
구,[6] 문예사조적 관점에서 낭만주의자로서의 현실인식이나 상징주의적
실존주의자로서의 작가적 면모를 밝힌 연구,[7] 역사성의 문제와 현실주
의적 태도를 작가의 방법적인 자세라는 관점에서 검토한 연구,[8] 문체
나 서술시점을 중심으로 한 형식미학적 연구,[9] 테마비평적 관점에서

김용희, 「現代小說에 나타난 '길'의 象徵性－이니시에이션 構造를 중심으로」,
정음사, 1986, pp.24-36 및 pp.132-141.

4) 김정하, "황순원 「일월」 연구－전상화된 상징구조의 원형비평적 분석과 해
석", 서강대 대학원 석사논문, 1986.
양선규, "황순원 소설의 분석심리학적 연구", 경북대학교 대학원 박사학위
논문, 1991.
임관수, "황순원 작품에 나타난 자기실현 문제－「움직이는 성」을 중심으
로", 충남대 대학원 석사논문, 1983.

5) 김윤식, 「한국현대문학사」, 일지사, 1979, pp.169-186.
천이두, 「한국 소설의 관점」, 문학과 지성사, 1980, pp.39-41.

6) 이용남, "「調信夢」의 小說化 문제", 「관악어문연구」 제7집, 1990.
이동하, "황순원의 「잃어버린 사람들」에 대하여", 「우리문학의 논리」, 정음
사, 1985.
홍정선, "이야기의 소설화와 소설의 이야기화", 「역사적 삶과 비평」, 문학
과 지성사, 1985.
김윤식, "민담 또는 민족적 형식", 「우리근대소설논집」, 이우출판사, 1986.

7) 이태동, "실존적 현실과 미학적 顯現", 「한국현대소설의 위상」, 문예출판
사, 1985.
김윤식, 김현, "황순원 혹은 낭만주의자의 현실인식", 「한국문학사」, 민음
사, 1973.

8) 김치수, "소설의 사회성과 서정성", 「말과 삶과 자유」, 문학과 지성사, 1985.
김병익, "순수문학과 그 역사성", 오생근 편 「황순원연구」, 황순원전집 12,
문학과 지성사, 1985.

9) 김현, "계단만으로 된 집－「일월」의 한 문단의 해석", 「말과 삶과 자유」,
앞의 책, pp.160-171.

행위의 패턴을 분석하여 창작심리학적 문제와 효용론적 지향성의 문제
를 검토한 연구10) 등이 그것이다. 이런 다각적인 연구서들이 간접적으
로 시사해 주듯이 황순원의 소설은 다양한 측면에서 접근가능하다. 그
러나 한 작가의 작품세계를 전체적으로 조망한다는 것은 수차례에 걸
친 전집 간행이 이루어졌다11)고는 하나, 그 전제가 되어야 할 구체적
인 작품분석이 미비한 상태에서 아직은 무리라고 판단된다. 개별작품
에 대한 분석적이고 치밀한 연구 작업이 선행되어야만 그 작가에 대한
전반적인 평가와 문학사적 위치가 조율될 수 있을 것이기 때문이다.

  하지만 특히 학위논문에 있어서 최근까지 학계의 편향적인 연구태도
는 문학연구의 본체가 되어야 할 작품론을 뒷전으로 물러나게 했던 것
이 주지의 사실이다. 숲만 보고 정작 그 속의 나무들은 적당히 꿰어
맞추는 식의 연구풍토가 주류를 이루어온 것이다. 그럼으로써 작품 자
체의 문학성은 도외시되거나 단편적으로만 논의되고 오직 전체적인 논
리의 엄정성만이 존중되는 불충분한 연구물들이 양산되어 왔던 것이
다. 이러한 문제의식을 바탕으로 본고는 황순원에 대한 전체적인 문학
사적 평가작업에 선행되어야 할 전제작업의 일환으로 황순원의 장편소
설 「일월」을 분석해 보고자 한다.

  이는 작품 「일월」을 기점으로 하여 작가 황순원의 작품 세계에 일종

구수경, "황순원 소설의 담화양상 연구", 충남대 대학원 석사논문, 1987.
권영민, "황순원의 문체, 그 소설적 미학", 「말과 삶과 자유」, 앞의 책,
pp.148-159.
10) 이보영, "황순원의 세계", 오생근 편, 앞의 책, pp.36-71.
이남호, "물 한 모금의 의미", 「문학의 僞足2」, 민음사, 1990.
11) 『황순원 대표작 선집』 전6권 (조광출판사, 1969), 『황순원문학전집』 전7권
(삼중당, 1973), 『황순원전집』 (문학과지성사, 1980-1985: 세로활자본, 1989-
1993: 가로활자본).
이상 세 차례에 걸친 전집 간행이 있었고, 그 밖에 황순원 고희 기념집인
「말과 삶과 자유」(문학과지성사, 1985)와 황순원에 대한 작가론과 작품론
을 단행본으로 묶은 「황순원 연구」(문학과지성사, 1985) 등이 이미 간행된
바 있다.

의 현실 개입의 문제라고 하는 근본적인 변모가 본격적으로 엿보이고 있기 때문이다. 시에서 단편을 거쳐 장편소설로 넘어갔던 그의 문학적 행로에서도 시사되는 바와 같이 그는 점차 현실의 문제와 역사성의 본질에 대한 구체적인 천착으로 나아가는 문학적 변모로 일관하고 있다.12) 특히 1960년대는 한국 현대사의 모순과 파행성이 폭발한 4·19

---

12) 황순원 문학의 시기 구분은 여러 연구자들에 의해 수차례에 걸쳐 시도되어 온 바 있지만, 작가정신의 변모과정을 반영한 본격적인 연구서는 아직 나오지 않은 실정이다. 현재까지는 시대순 분류방법이 주류를 이루고 있는데, 그중 가장 최근에 시도된 장현숙의 시기 구분을 참고로 제시하면 다음과 같다.
제1기(1930-1949). 「늪」「기러기」「별과 같이 살다」「목넘이 마을의 개」 등 일제하와 해방공간의 작품들.
제2기(1950-1955). 「곡예사」「학」「카인의 후예」「인간접목」 등 6·25와 이념 간의 갈등을 주로 다룬 작품들.
제3기(1955-1964). 「잃어버린 사람들」「내일」「너와 나만의 시간」「나무들 비탈에 서다」 등 분단역사의 갈등과 아픔을 다룬 작품들.
제4기(1964-1975). 「일월」「탈」「움직이는 성」 등 실존적 삶에 대한 인식과 형이상의 문제를 탐색한 작품들.
제5기(1976-현재). 「신들의 주사위」「그물을 거둔 자리」「그림자풀이」「나의 죽부인전」「땅울림」 등 통일, 공해 문제 및 자유에 대한 지향성을 보여준 작품들. (장현숙, 「황순원 문학 연구」, 시와시학사, pp.35-36. 참고)
위의 시대순 구분을 토대로 본고에서는 1기와 2기, 3기의 토속성과 서정성, 순수성을 바탕으로 한 단편 및 초기 장편소설들을 황순원 문학의 전기로, 실존적 삶에 대한 인식과 자의식의 문제를 본격적으로 다루고 있는 4기를 중기로, 통일과 공해 문제 등 구체적인 현실과 역사의 문제에 천착하고 있는 5기를 후기로 보려 한다.
이렇게 볼 때 황순원 문학에서 전기는 시에서 단편소설, 그리고 초기 장편소설로 넘어가는 장르모색의 단계이자, 시에서 출발한 작가의 서정성과 순수성이 아직 짙은 음영을 드리우고 있는 문학적 실험과 모색의 단계로 규정지을 수 있을 것이다. 한편 4·19의 여파로 인해 현실 인식이 전면에 부각된 중기의 문학은 혼란하고 부조리한 현실에서 작가가 인간과 사회, 인간과 제도의 대립 및 갈등을 주요 테마로 하여 인간 실존의 문제를 모색한 시기로 특징지어진다. 특히 이 시기에 작품 「일월」은 바로 그러한 작가의식의 변모를 집약적으로 반영하고 있는 작품으로 읽힌다. 그 이후 「움직이는 성」「신들의 주사위」 등에서 그러한 존재의 물음은 역사적 현실과 부합되면서 보다 구체성을 띠고 있다.

의 여파로 인해 당대 지식인들 사이에서 현실의 문제가 전면에 부각되던 시대이기도 하다. 1962년 벽두부터 연재되기 시작하면서 1965년 1월까지 장장 3년에 걸쳐 연재중단과 재개를 반복하면서 진행되어 온[13] 그의 장편소설 「일월」은 바로 이러한 작가의 현실에 대한 대응과 태도 변화를 민감하게 굴절, 반영하고 있는 작품이다. 특이한 것은 이 작품을 통해 작가 황순원은 이 세상 밖으로 물러서지도 않고, 또 이 현실 세계로 뛰어들어 섞이지도 않으면서, 현실과 역사에 대한 방관자적인 냉정함을 줄곧 잃지 않고 있다는 점이다. 이는 객관적이고 냉정한 제3의 시선으로 현실과 역사를 직시하고자 하는 작가의 태도와 관련된다. "작가의 의식은 깨어 있어야 한다. 무의식의 세계를 그릴 때도 작가는 그걸 분명히 의식하고 있어야 한다"[14]는 작가 황순원의 언급은 자못 의미심장하게 들린다. 삶의 지향점을 먼 곳에 두고 그곳을 향해 목적 의식적으로 나아간 동시대의 많은 작가들과 달리, 작가 황순원은 모순되고 부조리한 현실의 한가운데서 그 현실의 본질을 통찰함으로써 무게중심을 잃지 않으려는 치열한 현실주의자의 몸부림을 보여주고 있기 때문이다. 그의 이러한 문학적 체질은 작품 「일월」의 문체에서 주저주저하면서 하나의 사태 주변을 맴도는 듯한 태도에서 흔히 발견되고, 내용상으로는 안이한 결말을 거부하는 진지한 작가적 태도에서 엿볼 수 있다.

본고는 바로 이러한 작가 황순원의 장편소설 「일월」이 역사와 만나는 지점은 이 작가의 방관자적인 현실에의 대응전략에서 비롯된 것으로 본다. 그리하여 그의 작품 「일월」에선 오직 작중인물들에게만 정당한 발언기회가 주어진다. 작가나 서술자는 그저 작중인물들의 말을 제

---

13) 황순원의 다섯 번째 장편소설 「일월」은 ≪현대문학≫에 1962년 1월부터 5월까지 제1부가, 그리고 그해 10월부터 이듬해 4월까지 제2부가 각각 연재되었고, 제3부는 1년여의 틈을 두었다가 1964년 8월호부터 1965년 1월호에 걸쳐 연재됨으로써 마침내 완결되었다.

14) 황순원, "말과 삶과 자유", 「말과 삶과 자유」, 앞의 책, p.36.

대로 듣고, 또 그들의 행동이 그들의 신념을 표현하게끔 하려는 배려
가 아닌 이상은 결코 입을 떼는 법이 없다. 또 개개의 작중인물들은
서로 갈등, 대립하고 있으면서도 지속적으로 대화를 시도하지만 결코
종국적인 화해에 도달하지 못한다. 또한 "존재론적 고독"이니 "운명
내지 숙명적 비극"이니 하는 말들로는 포괄될 수 없는 의미의 과잉,
주제의 확산, 비결정성의 결말을 보여준다. 이 또한 현실과 역사를 단
순화, 해석화하려는 의도가 애초부터 황순원에게는 결여되어 있음을
보여주는 일례라 하겠다. 그는 철저한 방관자로서만 현실에 개입(?)하
는 것이다.

　방관자란 일상적인 삶의 현장 밖에서 자신의 참여 없이 벌어지고 있
는 인생극을 훔쳐보는 삶을 사는 사람이다. 그는 국외자(outsider)인
것이다. 국외자는 다음과 같은 이유로 국외자가 되었다고 볼 수 있다.
나는 정당화된 삶을 살기를 원한다. 아무렇게나 살고 싶지는 않은 것
이다. 또 내가 정당화된 삶을 원한다면, 나는 정당화되는 인식 체계를
가지고 있어야 한다. 정당화된 인식 체계를 가지고 있지 않으면, 삶은
과오투성이일 수 있다. 하지만 나의 주관적 인식 체계는 정당화되지
않는다. 그렇다면 더 이상 가지고 있을 이유가 없다. 내가 인정하지 않
는 나의 주관적 인식 체계는 나에게 아무런 의미도 없다. 그것은 나에
게 전혀 구속력을 행사하지 못한다. 그러나 달리 뾰족한 수도 없다. 그
럼 어떻게 해야 하는가? 그것도 알 수 없다. 나는 진공 상태에 던져진
것이다.[15]

　이러한 국외자의 곤경은 무엇보다도 삶에 대한 자세가 지나치게 진
지하기 때문에 발생한다. 적당히 살 생각을 가진 사람은 결코 국외자가
되지 않는다. 다시 말해서 국외자는, 삶을 진지하게 살기를 원하면서,
주관적 인식 체계가 정당화되지 않는다는 것을 아는 자이다. 이러한 국
외자의 딜레마는 영원히 풀릴 수 없는 아포리아일지도 모른다. 그러나

---

15) 김광수, "존재적 삶에 대한 철학적 고찰" 참조.

그는 끊임없이 자신의 참여 없이 벌어지는 인생극 속의 작중인물들의 삶을 훔쳐보며 그들의 대화를 엿듣고, 그들과 결코 종결되지 않는 대화 속에서 실마리를 찾으려는 치열한 반성적 의식을 가진 자이다. 즉, 그는 인위적 조작이 가해지지 않은 자연스러운 사건들을 존중하며, 결코 포착되지 않는 삶의 정당성을 찾고자 하는 문제인인 것이다.

이렇듯 작가의 의식이 깨어 있으면서도 대상과 일정한 거리를 유지할 때 비로소 대상에 대한 객관적 묘사가 가능해지며, 현상의 이면에 담겨져 있는 무의식적 의미를 포착해낼 수 있게 된다. 이러한 객관적인 현실인식을 바탕으로 작가 황순원은 「일월」이후의 일련의 장편소설에서 성큼 현실 세계로 구체적으로 다가서고 있다. 바로 그 접점이 되고 있는 작품이 「일월」이며, 이 작품은 작가 황순원의 초기와 후기를 이어주는 중요한 문제작이자 그의 대표작이기도 하다.

시각에 따라서는 「일월」이 보여준 이 같은 방관자적 전략을 '리얼리즘의 승리'라고 말할 수도 있겠지만, 본고는 이러한 그의 작가적 입장과 창작태도에서 러시아의 문학가이자 사회학자인 미하일 바흐친과의 조우를 예견하게 된다. 바흐친이 말하는 소설이란 장르는 근본적으로 인간이 자기 자신과 일치하지 않으며, 나의 주관적 인식 또한 완전하지 못하다는 생각에 토대를 둔 자의식적 장르이기 때문이다. 따라서 작가 황순원이 작품 「일월」을 통해 보여준 작가적 태도와 창작 원리는 다분히 바흐친적이라고 할 수 있다. 특히 현실에 대한 복수적인 관점을 소설의 시공간이란 형식적 구성범주와 병합시킴으로써 텍스트와 컨텍스트의 관계를 밝혀주는 바흐친의 크로노토프 개념은 작품 「일월」의 무의식적 의미를 읽어낼 수 있는 유용한 도구이다. 또한 작가를 동등한 대화의 참여자로 만듦으로써 단일한 재현적 관점의 합법성에 도전하고 대화적인 상호교류에 의한 자유로운 관찰과 탐색을 허용하는 바흐친의 다성성 개념은 작가 황순원의 방관자적인 창작방법의 성과와 한계를 밝혀내는 데 유용한 준거틀이 될 수 있을 것으로 판단된다. 이

에 본고에서는 바흐친이 소설 장르의 본질과 특성을 밝혀내기 위해 고
안해낸 크로노토프와 다성성 개념을 바탕으로 황순원의 대표작 「일월」
을 재해석해 보려 한다.

2. 연구 방법

"일반문학의 현상적인 영역이 한번 사용됨으로써 무효화되는, 독립
적이거나 자치적인 조직으로서 미국, 소련, 유럽 등에만 해당하는 문학
이론은 존재하지 않는다. 또 한 나라나 한 문화의 문학현상을 출발점
으로 하여, 세계의 모든 문학 현상으로 확장되는 문학 범주로서의 유
효성을 띤 개념적 개체도 없다. 단지 비유적인 사용으로, 어느 한순간
에 성공을 거둔 통일된 문학 유파에 관련된 프랑스, 독일, 미국의 문학
이론만 이야기할 수 있을 뿐이다"라는 브에노 차베스의 말과 같이 최
근까지 우리는 백화점식 무수한 방법론의 출몰과 난무 속에서도 어떤
통합적이고 규정적인 문학이론을 만날 수 없었던 것이 현실이었다. 그
런데 1980년대부터 '20세기 가장 위대한 문학이론가'[16]로 불리는 러시
아의 미하일 바흐친[17]이 등장하여 이전의 문학이론을 뒤흔들어 놓기

---

16) 츠베탕 토도로프, 최현무 역, 「바흐친: 문학사회학과 대화이론」, 까치,
   1988, p.13.
17) 바흐친에 대한 이름표기는 통일되어 있지 않다. 외국어로 표기된 예는
   Bakhtin, Bakhtine, Bajtin, Bajtîn 등이고, 한국에서는
   1. 바흐친
      김욱동 저, 「대화적 상상력, 바흐친의 문학이론」(문학과지성사, 1988),
      「바흐친과 대화주의」(나남, 1990),
   2. 바흐찐
      츠베탕 토도로프, 최현무 역, 「바흐찐: 문학사회학과 대화이론」(까치,
      1988)
      바흐찐, 볼로쉬노프 공저, 송기한 역, 「마르크스주의와 언어철학」(한겨레,

시작한다. 20세기는 무엇보다도 각 학문 분과 간의 영토 개방과 경계
철폐로 이해될 수 있는데, 바로 이러한 입장을 가장 잘 대변해줄 수
있는 이론가가 바로 미하일 바흐친인 것이다.

　암울한 스탈린 시대에 활동한 바흐친은 1960년대 초까지만 해도 서
구에서는 물론이거니와 모국 러시아에서조차 거의 알려져 있지 않은
존재였다. 그러나 1970년대부터 불기 시작한 바흐친 바람은 이제 하나
의 산업으로 지칭될 수 있으리만치 전세계적으로 커다란 붐을 일으키
고 있다. 마이클 홀퀴스트는 그를 가리켜 "20세기의 중요한 사상가 중
한 사람"[18]으로 평가하고, 츠베탕 토도로프는 "바흐친이 인문과학분야
에서 가장 중요한 러시아 사상가라는 것과 20세기의 가장 위대한 이론
가"[19]라고 평가한 바 있다. 특히 바흐친을 프랑스에 소개하는 데 큰
역할을 담당했던 줄리아 크리스테바는 그의 업적을 가리켜 "형식주의
의 한계를 가장 효과적으로 초월했을 뿐만 아니라 형식주의 문학운동
의 가장 탁월한 업적 중의 하나"[20]로 평가한다. 또한 바흐친의 이론적
가능성을 뒤늦게 발견한 웨인 부스는 「도스토예프스키 시학의 제 문제」
의 영역본 서문에서 "만약 내가 바흐친과 바흐친 학파의 저서에 대해
무지하지만 않았더라도 소설 속의 작가의 목소리에 대한 보다 세련된

1990)

　　미하일 바흐찐, 김근식 역, 「도스토예프스키 시학」(정음사, 1989)

　　미하일 바흐찐, 이득재 역, 「바흐찐의 소설미학」(열린책들, 1988)

　3. 바흐틴

　　원형갑, "바흐틴의 카니발적 세계 감각", 《민족 지성》 제27호, 1989년
　　3월호

　　본고에서는 편의상 바흐친으로 표기를 통일하기로 한다.

18) Michael Holquist, "Introduction", *M. M. Bakhtin*, Harvard Univ. Press, 1984.

19) Tzvetan Todorov, "Introduction", *Mikhail Bakhtin: Dialogic Principle*,
　　Wlad Godzich, Minnesota: Univ. of Minnesota Press., 1984, p.4.

20) Julia Kristeva, *Desire in Language*, ed. Leon S. Roudiez, trans. T. Gora,
　　A. Jardine and L. S. Roudiez, New York: Columbia Univ. Press, 1980,
　　pp.64-65.

공격을 가할 수 있었을 것"21)이라고 자못 애석해 하고 있다. 이러한
평가들은 바흐친의 지적 특징의 하나라고 할 수 있는 광범위한 인문과
학적 관심을 높이 평가한 금세기 학문적 풍토의 결과라 할 수 있다.

바흐친의 이러한 특징을 한마디로 표현하면 대화주의라고 이름 붙일
수 있을 것이다. 바흐친의 일차적인 관심은 무엇보다도 소쉬르식의 언
어가 아닌 사회적 현상으로서의 언어나 담론에 있었다. 그에게 있어서
'말word'이란 강한 사회적 뉘앙스를 지닌 표현으로 사용되며, 언어적
기호는 끊임없이 진행되는 계급투쟁의 장인 것이다. 그는 '단일 엑센트
성'이라는 지배 이데올로기적 특성에 대한 대안으로서의 '복수적 엑센
트성'을 제시한다. 이러한 그의 언어관은 텍스트로 옮겨졌고, 도스토예
프스키 소설에서 다성적 소설형식을 발견하기에 이른다. 또한 그는 라
블레 연구를 통해 카니발 속의 다층성과 자유로움 그리고 민중적 흥겨
움과 저항정신을 발견한다.

그런데 이러한 그의 대화주의 사상은 형식주의와 마르크스주의 미학
이론을 각각 비판하면서 도출된 그의 독특한 '사회학적 시학'에서 그
면모가 드러난다. 현대의 문학이론 중에서 형식주의와 마르크스주의
문학이론만큼 지속적으로 논의되고 파헤쳐진 이론도 드물다. 두말할
것도 없이 형식주의 문학론은 문학의 내적 요소인 작품성을 중요시하
는 반면, 마르크스주의 문학이론은 문학 외적 요소인 사회, 정치적 기
능을 중시한다. 그런데 흥미로운 사실은 이러한 상반된 두 이론 간의
긴장과 갈등 관계가 오히려 현대 문학이론이 발전하는 데 일종의 원동

---

21) Wayne C. Booth, "Introduction", Mikhail Bakhtin, *Problems of Dostoevsky's
Poetics*, ed. and trans. Caryl Emerson(Minneapolis: Univ. of Minnesota
Press, 1984), p.14. 또한 그는 페미니즘과 관련된 논문 "Freedom of
Introduction: Bakhtin and the Callenge of Feminist Criticism", *Bakhtin
and Dialogues on His Work*, ed. Gary Saul Morson, Chicago and London:
The Univ. of Chicago Press, 1986, p.147에서도 바흐친의 이론적인 가능성
을 뒤늦게 발견한 것을 몹시 아쉬워하고 있다.

력과도 같은 역할을 담당했다는 사실에 있다.[22] 이와 같은 두 이론 간의 긴장과 갈등을 효과적으로 화해시키려는 시도가 바로 바흐친의 문화시학이다.

바흐친의 시학을 '역사적 시학 historial poetics'이라 명명한 토니 베네트는 바흐친이야말로 형식주의의 한계를 넘어서 마르크스주의 문학이론과의 대화를 시도함으로써, 아직 끝나지는 않았지만, 두 영역 간의 매우 생산적인 대화를 이룩한 문학이론가라고 평가한다.[23] 바흐친의 역사적 시학은 바로 이데올로기적 형식주의와 형식적 마르크스주의 이론은 별개의 관점이라기보다는 하나의 변증법적 통합의 과정이며 절충적인 관점의 시학임을 입증해 준 통합 이론이다. 즉 진정한 문학 연구란 형식적인 측면과 사회학적 이데올로기의 측면의 효과적인 결합이 선행되어야 한다는 것이 문화시학의 전제인 것이다.

전통 마르크스주의 문학이론은 사회구성체를 하부구조와 상부구조로 나눈다. 전통 마르크스주의자들은 문학을 포함한 모든 이데올로기적 상부구조가 하부구조를 반영한다고 보았고, 문학 역시 사회경제적인 구조를 반영한다는 반영이론을 주창한다.[24] 그런데 바흐친은 종전의

---

22) 김욱동, 「대화적 상상력」, 문학과지성사, 1988, p.65.
23) Tony Bennett, *Formalism and Marxism*. New York & London: Fontana, 1977, p.75.
24) 후기 마르크스주의자들은 '생산이론'을 내세우며 상부구조가 거울과 같이 토대를 반영한다는 주장에 대해 반박한다. 특히 알튀세르는 문학작품이 당시의 이데올로기의 표현일 뿐이라는 입장을 속류 마르크스주의 비평이라고 비판하면서 예술은 이데올로기로 환원될 수 없으며, 오히려 이데올로기에 상응하는 상황에 대한 특수한 경험을 제공한다고 주장한다.
또한 피에르 마셔레이는 「문학생산이론」에서 인간의 이데올로기적 경험은 작가의 작업 대상이 되는 재료지만, 작가는 그 재료에 형상과 구조를 부여함으로써 그것을 다른 어떤 것으로 변형시킨다고 주장한다. 즉 이데올로기에 일정한 형식을 부여하여 그 이데올로기를 어떤 허구적인 한계에 고정시킴으로써 예술은 이데올로기로부터 거리를 취할 수 있고, 따라서 그 이데올로기의 한계를 드러낼 수 있다는 것이다.
그러나 본질적으로 마르크스주의는 결과적으로는 토대 결정론을, 또한 형

사회학적 반영이론이나 문학을 사회, 경제적 현실의 반영이라고 보는
속류 마르크스주의를 반박하면서, 문학이 단순히 사회, 경제적인 현실
을 반영할 뿐만 아니라 또한 그것을 굴절시킨다는 대안을 내놓는다.
속류 마르크스주의자들이 문학작품을 사회, 경제적 하부구조를 이해하
는 수단으로 삼았음에 반해, 바흐친은 우리가 문학작품에서 발견한 것
을 직접적인 현실이나 인생과 상관 짓는다면 그것은 반영과정 중의 한
단계를 뛰어넘은 것이 되고, 따라서 문학작품은 물론 현실에 대한 그
관계까지도 왜곡하게 된다고 반박한다. 즉 단순 반영이론은 문학과 삶
을 다 함께 왜곡시킨다는 것이다.25)

　또한 바흐친은 형식주의 방법론의 '일관성과 체계성'에 대해서도 비
판을 가한다. 바흐친 학파의 한 사람인 볼로쉬노프는 추상적인 언어체
계라는 소쉬르 언어학의 기본전제에 의문을 제기하면서, 현실적 사회
의 맥락 안에서의 언어의 연구에 관심을 집중한다. 볼로쉬노프와 바흐
친에게 있어서 말이란 곧 대화이며, 이 대화는 누구의 말이냐 하는 것
과 누구에게 하는 말인가라는 양면성을 갖는 것이다.26) 바로 이러한
언어관으로부터 바흐친은 '독백적 유형'과 구별되는 소설의 '다성악적
유형'을 도출해냈고, 그 자유주의적 언어가 라블레의 카니발의 해방성
과 깊이 관련되어 있음을 입증해냈다.

　"이 세상에는 아직껏 결정적인 것이라고는 아무것도 일어나지 않았
으며, 세계의 그리고 세계에 대한 궁극적인 말도 아직껏 행해지지 않
았다. 세계는 개방적이며 자유롭다"는 바흐친의 현실관은 입장이 애매

　식을 결정하는 내용의 우위성을 전제하는 유물론적 사상이란 기본 테두리
　를 벗어나지 않는다.

25) M. Bakhtin & P. Medvedev, *The Formal Method in Literary Scholarship:
　A Critical Introduction to Sociological Poetics*, trans. Albert J Wehrle.
　Cambridge: Harvard Univ. Press, 1985, pp.16-17.

26) V. Volosinov, *Maxism and Philosophy of Language*, trans. L. Matejka
　and I. Titunik. Cambridge: Harvard Univ. Press, 1986, p.86.

한 이 러시아 학자를 진지한 국외자로 규정짓기에 충분한 근거를 제공한다. 그는 절대성과 일원론을 배격하고 문학을 비롯한 모든 예술에서 상대성과 다원성을 중시하며, 완결성과 결정성에 대해 비종결성과 비결정성, 그리고 사건성을 존중하는 태도를 견지하는 것이다.

결국 열린 문화와 닫힌 문화, 소설과 서사시의 세계, 웃음의 문화와 공식문화, 다성적 소설과 독백적 소설, 언어의식의 다원주의와 일원주의를 관통하고 있는 바흐친 사고의 기본원리는 방관자적 상대주의라 할 수 있다. 이 상대주의는 근본적으로 인간이 자기 자신과 일치하지 않으며, 나의 주관적 인식 또한 완전하지 못하다는 인식에 토대를 두고 있다. 바흐친의 상대주의적인 인간관에 따르면 외적인 인간과 내적인 인간 사이에 균열이 없었던 시대, 다시 말해서 내가 나 자신을 보는 관점과 타인이 나를 보는 관점이 일치하던 시대, 그리하여 나의 주관적 인식이 완전하다고 믿었던 시대가 서사시의 세계였다면, 이러한 인간의 총체성이 해체되고 인간의 주관성이 의심받고 재현의 대상으로 바뀐 것이 바로 소설의 세계이다. 따라서 소설의 세계에서는 다른 사람의 삶에 대한 태도와 타인에 대한 관점을 의식해야 하고, 또 이를 통해 나의 정체성과 삶을 그들과의 관련성 속에서 실현시켜 나가야 한다. 그러나 그 과정에서 인간은 외적으로는 종결될 수 있을지 모르지만, 내적으로는 결코 종결될 수 없다. 이것이 바흐친이 말하는 실현되지 않는 인간성의 잉여분이며, 작가가 아직 현실에 적극적으로 개입해 들어갈 수 없는 이유이다.

소설의 형식이란 관점에서 볼 때 바흐친이 말하는 소설은 자의식적인 장르이다. 이 때문에 바흐친의 소설은 잡종의 형식을 취하게 되고 현재의 시간을 반성하고 미래의 시간과 접촉하려고 한다. 그의 소설은 고로 부단히 생성되고 진행 중인 장르로서 결론이나 종결을 알지 못한다. 설사 소설의 외적인 형식은 마무리 지어졌다고 해도 주인공은 내적으로 미완성의 상태에 있기 때문에 소설은 끊임없이 지속하려는 속성을 갖는다.

요컨대 궁극적으로 바흐친의 대화주의는 그의 삶의 태도 문제와 관련된다. 그는 다양한 현실 속의 인간 군상들로 하여금 스스로 말하도록 함과 동시에 그들에게 개입하지 않고, 그들의 마지막 말을 애써 끌어내려는 시도보다는 그들을 일정한 사건성 속에 거주케 함으로써 역사에서 제외된 비본질적, 무의식적 측면들을 포괄하려는 새로운 역사주의자로 규정될 수 있을 것이다.

본고는 이러한 바흐친의 대화주의적 문학이론을 바탕으로 하여 황순원의 소설 「일월」의 다양한 측면들을 비교 검토해 봄으로써, 이 작품이 역사와 만나는 지점을 일괄해보고, 아울러 "순수문학의 대가"로서 한국문학사에 자리매김한 작가 황순원에 대한 재해석을 시도해 보려 한다. 그러나 마이클 가디너도 언급한 바 있듯이 바흐친의 소설에 대한 이론은 그 자체가 "하나의 이론이나 원칙으로 이해되어선 안 되며, 또 축적되어가는 지식의 어떤 실체로서 이해되어서도 안 된다. 그것은 일종의 자세이며, 에토스이고, 우리가 행하는 일에 대한 비평이 우리에게 부가된 역사적 한계들의 분석과 그것을 넘어서는 가능성에 대한 실험과 동시적인 것이 되는 일종의 철학적 삶으로 이해되어야 한다."[27] 다시 말해서 그의 대화주의적 관점은 하나의 방법론으로서의 이론화와 체계화 자체를 거부하는 일종의 자세이며 지향이기에 총체적인 파악과 이해가 애초부터 불가능하다는 말이다.

이에 본고에서는 소설 장르의 특성과 본질을 밝혀내기 위해 바흐친이 고안해낸 크로노토프와 다성성 개념을 중심으로 실제적인 작품 분석에 임할 것이다. 특히 본고에서 "크로노토프"는 작품 「일월」의 무의식적 의미를 밝혀내는 데, "다성성"은 작가의 창작방법과 세계관의 문제를 규명하는 데 필요한 분석도구이자 이론적 범주로 사용되게 될 것

---

27) Michael Gardiner. *The Dialogics of Critique: M. M. Bakhtin and the theory of ideology*. Routledge, 1992, p.168.

이다. 그러나 바흐친의 대표적인 신조어인 이 두 개념 역시 어떤 통합적인 관련성으로 묶여지기를 거부하는 듯하다. 바흐친 자신의 말을 빌면, "이런 지식 – 형식들은……일목요연하게 지각될 수도, 분석될 수도, 대상이나 사물로서 정의될 수도 없다. 그것들은 서로 간에 〈대화적으로〉 관계할 수 있을 뿐"[28]이다. 다음 장에서는 실제적인 작품 분석에 앞서 바흐친의 크로노토프와 다성성에 관해 좀 더 세밀한 이론적인 규명을 시도해 보고자 한다.

---

28) Ibid., p.169.

Ⅱ. 대화수의적 분석방법의 특성

1. 크로노토프와 역사성의 문제

굳이 헨리 제임스의 말을 빌리지 않더라도 소설의 유일한 존재 이유
는 그것이 인생을 재현하려 한다는 점에 있다. 역사가 인간의 집단적
삶을 다룬다면, 문학은 특히 개인적인 인생의 단면을 다룬다. 그리하여
역사가 집단에서 개인으로 확산되어 보편성을 추출해 나가는 과정이라
면, 문학은 그 반대의 과정을 거쳐 보편성을 찾아낸다. 바로 이 보편성
을 공집합으로 하여 문학과 역사는 결국 하나가 되는 것이다. 따라서
극히 비역사적이라고 간주될 수 있는 사적인 개인의 문제를 다룬 문학
일지라도 역사적이라는 역설이 성립된다.

바로 이 역사와 문학 사이의 변증법적 역동성 – 교조적 마르크시즘과
는 구별되는 – 을 가장 잘 대변해주는 것이 바로 바흐친의 크로노토프
란 범주이다. 스탠리 아로노위츠에 따르면, 바흐친의 다성성polyphony
개념과 더불어 그가 만들어낸 신조어인 크로노토프chronotoph는 새로
운 역사성의 관점에서 도출된 역사주의 비평으로 이해될 수 있다.[29]
무엇보다도 바흐친의 대화 개념 자체가 역사를 공시적, 통시적으로 지
배하는 다양한 힘들의 역동적인 상호작용을 지칭하는 개념에 다름 아
닌 것이다.

문학과 역사에 대한 복합적이면서도 독창적인 바흐친의 크로노토프
범주 속에는 역사 속에 새로운 방향을 부여하는 강력한 힘의 원천으로
문학을 보는 특수한 문학사관이 자리 잡고 있다. 그러나 바흐친이 직

---

29) Stanley Aronowitz. *Dead Artist, Live Theories, and Other Cultural Problem.*
Routledge, 1994.

접 크로노토프 문제를 언급하고 있는 「소설 속의 시간과 크로노토프의 형식」이란 글은 어쩌면 바흐친의 작업 중 가장 덜 이론화된 부분이며 실제로 미처 다 완성되지 못한 것으로 알려져 있다. 이 글에서 바흐친은 시간, 공간 속에서 이루어지는 현실 세계의 총체적인 경험이 축조되는 방식을 여러 소설적 하부장르와 시기를 거치면서 제시한다. 모든 규범화된 장르가 신화화되고 전설화된 완결된 과거의 가치를 재생산하거나 유지시키는 데 반해, 소설은 시간적이며 즉자적인 미래, 즉 완결되지 않은 현재의 시간을 생산적이고 창조적으로 축조한다. "서사시와 소설"이 소설적 장르의 총체적인 특성을 규범적 가치, 공적 문화, 닫힌 시간과의 거리화로 파악하고 있다면, 크로노토프를 다루는 이 연구에서는 "역사적 시학을 위한 소고"라는 부제가 시사하는 것처럼, 소설의 각기 다른 장르들이 언어로 시간을 포착하는 방식에 따라 어떻게 현실 세계에 대한 예술적 동일성을 획득해 가는가를 그리스의 로맨스에서 라블레의 소설에 이르기까지 사적 검토를 거쳐 제시하고, 서구의 소설적 크로노토프에 존재하는 "상대적인 유형학적 안정성"을 통해 다시금 생성 중인 장르, 미완성의 장르, 생생한 삶의 장르로서의 소설의 정의로 되돌아오고 있다.

그런데 이러한 문학사가로서의 바흐친의 관심은 역사적인 구체적 사실들의 결과나 반영으로서의 문학이 아니라, 문학의 대사회적 특성을 인정하되 그의 구체적인 관심은 늘 역사에서 배제된 민중적이고 일상적인 삶의 자질구레함에 있었다.[30] 또한 소설 자체가 주어진 역사 시기 속에서 특수한 시간관과 역사관을 형성해내는 언어창조물이라고 보았지, 어떤 특정한 미래의 이미지를 투사해 주는 것으로 본 것도 아니었다. 따라서 라블레와 도스토예프스키가 그의 저작 속에서 그토록 중요한 주인공으로 등장하는 것은 그의 작품들 속에 당시 역사의 문제들이 비판적인 생생함을 가지고 등장하기 때문이 아니라 이들 작가들이

---

30) Ibid, p.265.

당시의 역사 앞에서, 그리고 그것을 독자로서 수용하는 바흐친에게서 순수한 의미에서의 변증법적인 생성을 해냈기 때문이다. 이때 소설은 대역사적 갈등의 표현이 아니라 새로운 역사적 크로노토프의 창조자가 된다. 결국 바흐친에게 있어서 크로노토프에 대한 평가는 역사성이 실제로 무엇인가를 이해하려는 그의 궁극적인 목적에서 비롯된 작업이었던 것이다.

그러나 크로노토프란 정확히 무엇인가? 애석하게도 바흐친은 결코 그에 대한 자세한 정의를 제공하고 있지 않다.

이 글에서는 문학작품 속에 예술적으로 표현된 시간과 공간 사이의 내적 연관을 〈크로노토프〉(문자 그대로 '시공간'이라는 의미를 지닌)라고 부르겠다. 시공간이라는 이 용어는 수학에서 사용되고 있는 용어로서 아인슈타인의 상대성 원리의 일부로 도입되어 변용된 용어이다. 우리에게는 상대성 원리에서 이 단어가 지니는 특수한 의미는 중요하지 않다. 다만 문학비평을 위한 비유적인(그러나 전적으로 비유적인 것만은 아닌) 표현으로 사용하고자 할 따름이다. 중요한 것은 이 용어가 공간과 시간(공간의 제4차원으로서의 시간) 사이의 불가분의 관계를 표현하고 있다는 사실이다. 또한 우리는 크로노토프를 문학의 형식적 구성범주로서 이해하며, 따라서 문화의 다른 영역에 나타나는 크로노토프는 다루지 않을 생각이다.[31]

바흐친의 저작에서 크로노토프는 무엇보다도 경험을 이해하는 하나의 방식이다. 그것은 사건들과 행동들의 본질을 이해하게 해주는 특수한 형식을 갖춘 이데올로기인 것이다. 행동들은 필연적으로 특수한 문맥으로 수행되는데, 크로노토프는 그 행동들과 사건들이 문맥과 맺게 되는 관계를 이해하는 방식에 따라 달라진다. 그런데 여기서 바흐친의 핵심은 시간과 공간이 질적으로 다양하다는 것이며, 서로 다른 사회적

---

31) Bakhtin, *The Dialogic Imagination*, p.84.

활동들과 그 활동들에 대한 재현들이 서로 다른 종류의 시간과 공간을 가정한다는 것이다.[32] 따라서 시간과 공간은 중립적인 수학적인 추상물이 아니라, 역사적이다. 더욱이 사회적 및 개인적인 삶 속에서도 크로노토프들은 서로 투쟁을 벌인다. 즉 공시적 및 통시적 크로노토프들 간의 관계는 대화적인 것이다.

그러나 모든 서사문학이 그러하듯이 크로노토프의 첫 번째 범주는 시간이다. 시간은 사회적 공간과 상징적 공간 사이의 교차를 통해 소설을 짜나간다. 문학과 문화에선 일반적으로 시간은 항상 역사적이고 자전적이며, 공간은 항상 사회적이라고 본다. 따라서 문화에서의 크로노토프는 역사적, 자전적, 사회적 관계들의 영역으로 정의될 수 있다. 우리의 삶이 그런 영역들의 다양성을 펼쳐 보여주기 때문에, 그 특성에 대한 이해는 개인적이고 사회적인 존재들로서의 우리의 삶에 중요하다. 그리하여 어떤 특정 시대에도, 소설은 크로노토프의 복수성을 제공한다. 전체적으로 볼 때 소설은 이질적인 크로노토프의 다성악인 것이다.

실제로 도스토예프스키의 소설을 분석하는 데 있어서 바흐친은 다성적인 소설론을 공간의 미학으로 고양시키고 있다. 도스토예프스키의 작품에 나타난 카니발적인 요소를 분석하는 대목에서 바흐친은 공간 미학의 관점을 채택한다. 카니발의 공간이 웃음의 문화를 배척하지 않고 공식문화와 민중 문화를 동시에 포괄하는 공간이듯이 소설의 공간도 두 가지 의식이 존재하는 공간이라는 것이다. 그가 도스토예프스키는 사회적인 현실의 다차원성과 모순성을 객관적으로 반영했다고 말하는 것도 이와 관련된다. 그러나 더욱 중요한 것은 도스토예프스키가 시대의 객관적인 여러 목소리들, 혹은 모순들을 동시에 공존하는 힘으로 본 점이다. 바흐친은 도스토예프스키가 이 여러 가지 힘들, 모순들, 세계관들, 목소리들을 시간의 흐름에 따라 시리즈를 엮어 가듯이 단

---

32) Gary Saul Morson & Caryl Emerson, *Mikhail Bakhtin*, Stanford Univ. Press. 1990, p.367.

하나의 넓은 평면 위에 펼쳐놓지 않고 서로 갈등하는 여러 목소리들이 시간 속의 어느 한 점 속에서 맺는 상호관계를 묘사했다는 점을 중시한다.

더 나아가 바흐친은 공간의 이미지를 전기적인 삶이 영위되고 전기적인 시간이 진행되는 내부 공간과, 시간 속에서 공간을 느끼고 타자를 만나 자기의 의식을 확장하고 그러면서 위기의 시간을 체험하는 카니발적인 공간으로 나눈다. 여기서 전자는 독백적인 공간, 후자는 다성적인 공간이라 할 수 있다. 카니발적인 세계에서 중세적인 위계질서가 역전되는 순간이 공포와 해방이 교체하는 위기의 순간이듯이, 바흐친이 말하는 대로 도스토예프스키의 "죄와 벌"에 나오는 문지방, 계단, 복도, 등은 주인공 라스콜리니코프가 위기의 시간을 체험하는 공간인 것이다.

결국 바흐친의 크로노토프란 구체적인 인간이 놓여있는 특정한 시공간들 사이의 이질성과 그것들 간의 대화적인 관련성을 포착하려는 역사주의적 관점 및 태도로 이해될 수 있을 것이다.

2. 다성성과 창작방법의 문제

> 바흐친에게 있어서 삶에 고유한
> 본질적인 다성성을 보증해준 것
> 이 바로 소설이다.
>
> — 웨인 부스 —

바흐친의 기획에 있어서 가장 중심에 놓이는 것은 절대적 세계를 붕괴시키려는 도전적 시도에 있었다고 볼 수 있다. 무엇보다도 그는 문학과 문화의 연구를 통해 인간의 문제를 해명하고자 한 사회시학자였다. 특히 그는 현대 인간의 소외와 관련되는 인간의 사물화 문제를 독백의 문화와 연결시켜 설명한다.

바흐친은 독백적인 문화 속에서 인간은 세계를 보고 이해하는 이념을 보존시킬 수 없고 외부 환경이 그를 규정하고 이끄는 대로 하나의 사물과도 같은 객체로 전락하고 만다고 진단한다. 그리하여 인간은 세계를 재현하는 주체가 되지 못하고 자기의식을 재현의 대상으로 삼는, 즉 자기의식을 자신의 자의식에 반추시켜 볼 틈도 없이 외적인 환경에 종속시키게 된다는 것이다. 그러나 인간의 자의식은 밖으로부터 규정될 수 없고 또 객관적인 세계의 객체일 수도 없다. 내적으로 종결되지 않은 인간의 의식은 또 다른 인간의 의식을 규정해 들어오고 그 인간의 의식에 종국적인 판단을 내리는 객관적인 세계와 논쟁을 벌일 수 있어야 한다는 것이다. 바흐친에게 있어서 객관적인 세계란 인간의 의식과 등가인 또 다른 의식의 세계에 불과하기 때문에 또 다른 의식의 세계인 객관적인 세계는 나의 의식을 독단적으로 규정할 것이 아니라 나의 의식과 대화를 나누어야 한다.

이처럼 바흐친의 문화철학적 사고에서 엿보이는 인간과 세계, 인간과 인간의 관계가 그의 소설에 대한 연구에 와서는 주인공과 작자의 관계로만 바뀐다. 그러나 그러면서도 이 관계를 언어의 문제로 해명하고 있다는 점에서 그의 과학적인 치밀함이 엿보인다.

소설은 언어에 대한 갈릴레오적 인식, 즉 단일한 일원론적 언어의 절대성을 부정하는 인식의 표현으로서, 이는 그 자신의 언어를 이념적 세계의 유일한 언어적, 의미론적 중심으로 인정하기를 거부하는 인식이다. 이는 여러 민족들의 언어, 그리고 보다 정확히 말하자면 여러 사회적 언어들의 무진장한 풍부함에 대해 의식하고 있는 인식인데, 이 모든 언어들은 똑같이 '진리의 언어'가 될 수 있지만, 실제로는 단지 사회적 집단이나 직업을 비롯한 일상생활의 단면들의 언어들인 관계로 모두 똑같이 상대적이고 객체화되고 제

한된 것들이다.[33]

바흐친이 말하는 이러한 언어의 상호작용은 단일하고 폐쇄적인 톨레미적 언어와는 대립되는 갈릴레오적 언어관을 지칭하는 것이다. 특히 이 갈릴레오적 언어관을 보여주는 기본개념으로 복수언어성(polyglossia)과 이질언어성(heteroglossia)이 중요하게 부각된다.

초연한 '제3자'의 시점에서는 작품의 단 한 가지의 요소도 짜여져 있지 않다. 사실상 이 무관한 '제3자'는 전혀 등장할 수 없게끔 되어 있다. 도스토예프스키는 동등한 자격을 갖는 이데올로기적 입장들의 복수성과 이질성을 창조해냈다.[34]

이런 성과를 바흐친은 다성성(polyphony)이라고 부른다. 여러 목소리들을 동시에 그리고 똑같은 비중으로 표현할 수 있는 재능을 지녔던 사람은, 바흐친에 따르면 오직 단테와 디킨즈, 그리고 도스토예프스키뿐이었다고 한다. 특히 이런 대화적 상상력은 도스토예프스키에게서 절정에 달하는데, 바흐친은 그 이유가 바로 도스토예프스키가 그 자신이 살고 있던 사회의 모순들을 해결할 수 없었기 때문이라고 본다. 아로노위츠에 따르면 바흐친 또한 그러지 못했다. 즉 바흐친 역시 혁명 이후의 러시아 사회에 잘 적응하지 못했기 때문에 이 같은 다성성을 정립해낼 수 있었다는 것이다.

바흐친에 따르면 소설이란 작가의 세계와 주인공의 세계, 혹은 작가의 의식 세계와 주인공의 의식의 세계가 대화를 나누는 하나의 거대한 우주와도 같은 공간이다. 또 카니발의 세계가, 공식문화와 웃음의 문화가 서로 간의 경계를 무너뜨리고 접촉하는 공간이듯이 소설의 세계는

33) "Discourse and the Novel" in *The Dialogic Imagination*, pp.366-367.

34) Mikhail Bakhtin, *Problems of Dostoevsky's Poetics*, ed. and trans. by Caryl Emerson. Minneapolis: Univ. of Minnesota Press. 1984. p.18.

주인공의 세계와 작가의 세계 간에 존재하고 있던 경계가 무너지고 두 개의 의식이 만나는 곳, 즉 의식의 다원성이 허용되는 공간이다. 무엇보다도 작가와 주인공, 혹은 이 두 가지 의식이 공존하는 공간인 소설에서 중요한 것은 그것이 어느 한 가지 의식에 의해 설명될 수 없다는 데에 있다. 그리고 소설 속의 사건이란 한 사람의 참여자에 의해서만 이루어지는 것이 아니라, 소설의 공간 속에서 조우하긴 하되 서로 융합되지 않는 두 개의 의식에 의해 만들어지는 것이다.

그렇다면 이 두 가지 의식이 만나는 경계 위에서 작가는 어떤 태도를 취해야 하는가? 바흐친은 다음과 같이 말한다.

> 타인의 의식을 객체가 아니라 동등한 권리를 가진 주체로 보는 것은 소설의 내용(분리된 의식의 파국)을 결정하는 윤리적, 종교적 가정이다. 그것이 작가의 세계관의 원칙이 되며, 작가는 주인공들의 세계를 이런 원칙의 시점에서 이해한다.[35]

작가가 이 원칙을 위반할 때 작품은 독백적인 것이 된다. 그리고 경계를 침범해 들어온 작가의 의식은 주인공에게 아무런 문제제기도 하지 않고 주인공으로부터 아무런 대답도 기대하지 않는다. 일종의 서사적인 객관성을 상실한 작가의 의식은 주인공과 논쟁하지도 않으며 주인공에게 동의하지도 않는다. 그리하여 주인공은 그저 작가의 세계 안에서만 활동하게 된다. 주인공은 그저 하나의 죽은 사물로 전락할 뿐이다. 이와 달리 다성적 소설은 철저하리만치 대화적이고 다원적이다. 여기서 타자의 의식은 대상이나 사물로 규정되지 않고 나의 의식은 끊임없이 타자의 의식과 대화를 나누며 타자의 의식은 나와의 경계를 넘어 나의 의식 안으로 침투한다.

그런데 순전히 주관적인 근원이란 것을 애초부터 불가능하게 만드는

---

35) Mikhail Bakhtin, *Problems of Dostoevsky's Poetics*, p.16.

이러한 타자의 의식이 주인공의 의식에 영향을 끼치고 주인공의 의식이 타자의 의식에 반응하는 정신의 복잡한 과정은 우리의 실제 삶의 과정이기도 하다. 자본주의적인 질서가 봉건적인 삶의 형식을 분쇄하면서 여러 다양한 관습들, 즉 종교적, 심리적, 윤리적 관습들이 서로 얽히기 시작하고, 이런 식으로 다양한 세계관들이 충돌하면서 정신의 갈등이 시작되며, 이러한 자본주의 사회의 도래와 더불어 소설 장르가 출현했다고 바흐친은 진단한다.[36] 그리하여 이런 다양한 사회적 요소들의 관계망이 다성적 소설 발생의 토양이 되었다고 바흐친은 말한다.

따라서 다성적 소설은 본질적으로 비종결성을 갖게 된다. 다양한 사회적 관계들의 끊임없는 환유작용이 결국 대학의 비종결성을 규정해 놓고 있기 때문이다. 요컨대 다성적 소설은 인간의 마지막 자의식, 종지부가 찍히지 않은 인간의 존재를 보장해 주는 열린 형식이며, 또한 현재의 삶이 모든 가능한 삶의 형식들 중 하나일 뿐이라는 세계와 인간에 대한 열린 의식의 소산인 것이다.

한편 데이비드 로지는 "바흐친의 문학 이론이 소설을 시학의 주변부가 아니라 중심에 위치시키기 때문에 매력적이고, 또 그것을 아리스토텔레스적인 플롯과 인물의 범주를 통해서가 아니라, 담론의 유형을 통해 접근하기 때문에 매력적"이라고 말한 바 있다. 실제로 문학 및 일상적인 모든 언어의 의미가 순수하게 언어학적 단위들로 분석될 수 없

---

36) Ibid. p.31에서 이와 관련된 바흐친의 언급을 직접 인용하면 다음과 같다. "사실상 다성악적 소설은 자본주의 시대에만 탄생할 수 있었다. 더욱이 러시아는 그에 가장 적당한 토양을 제공해 주었다. 자본주의는 그곳으로(러시아로 - 필자) 거의 파멸적으로 찾아들었고, 점차적인 도입과정에서 자본주의는 서구와 달리 이곳에서 개인적 폐쇄성을 그대로 지켜왔던 사회세계들과 단체들의 무한한 다양성과 마주치게 되었다. 여기서 온건하게 관조하는 확신에 찬 독백적 의식의 틀 속으로 흡수되지 않고 있는 정체된 사회생활의 모순적 본질이 특히 날카롭게 표출되어야 했었고 동시에 사상적 평형과 대립되는 세계들로부터 추출한 개인성은 특히 완전하게 명료하게끔 되어 있었다. 그 결과 다성악적 소설의 본질적인 다음성과 다면성의 객관적 전제가 생겨났다."

으며, 대화라는 특정한 문맥 속에서만 밝혀질 수 있다는 바흐친의 기본 생각은 오늘날의 담론이론[37]을 훨씬 앞질러간 듯한 인상마저 들 정도이다.

바흐친의 소설 창작방법으로서의 다성성은 실질적으로는 대화성(dialogic)과 동의어이다.[38] "실생활의 대화에서 사용되는 단어들은 직접적이고, 노골적으로 앞으로의 대답을 향해 있다"고 바흐친은 말한다. "그것은 대답을 촉구하고, 대답을 예상하며, 그 대답의 방향에 맞춰 구조화되는 것이다". 그렇다면 소설은 바로 이 과정을 모방하고 재현하는 것에 다름 아닌 것이다. 즉 그것은 말하는 주체들 사이의, 텍스트와 독자 사이의, 텍스트 자체 사이의 대화적인 상호작용을 보여주는 것이다. 따라서 이 다양한 목소리들의 혼합이라는 소설의 복화술자에 의해

---

37) 여기서 "담론이론"은 discourse theory의 역어이다. 현재 인문학 분야에서 discourse에 대한 역어는 '담화'와 '담론'으로 각각 구분해서 사용되고 있다. 그것은 디스코스 이론의 전개과정을 볼 때, 명백히 서로 변별되는 의미로 쓰인 것으로 보아야 하기 때문이다. 디스코스 논의의 근원은 다음과 같이 크게 셋으로 대별된다.
(1) 언어학적 배경을 바탕으로 문장 언어학의 한계를 극복하고자 하는 텍스트 언어학의 연장선상에 그 근원을 두고 있는 것이다. 기존 언어학의 의미론에서 어휘의 의미 확정이 한 문장의 범위 내에서 이루어져야 함에도 불구하고 그럴 수 없는 대용사나 전이사 등의 의미를 확정하기 위해서 문장을 넘어서는 의미 관계를 설정하는 것 등이 그 한 예라고 할 수 있을 것이다.
(2) 구조주의에서 의사소통상 맥락적 요소가 중시되면서 그것이 텍스트에 반영되는 속성을 추출해 내고자 하는 데 그 근거를 두고 있는 이론이다.
(3) 맑시스트적인 사회학적 안목에서 생산력과 생산관계에 의해 결정되어 한 사회의 지배적인 이데올로기로 사회 구성요소에 잠재적으로 작용하는 관계의 틀을 확인하고자 하는 데 발단을 두고 있는 이론을 들 수 있다.
이들 중 첫째와 둘째 이론에서는 디스코스를 '담화'라고 번역하는 것이 통례이고, 마지막 이론에선 주로 '담론'이라고 번역한다. 결국 담화와 담론의 차이는 텍스트와 맥락의 두 가지 요소 중 어느 것이 선행되는가에 의한 것이라 할 수 있다. 텍스트로부터 문맥으로 방향이 잡히면 전자가 되고, 그 역이면 후자가 되는 것이다.
38) *After Bakhtin*, p.86.

어떤 창조적인 마음의 존재를 결과적으로 유추해낼 수 있게 해주는 것이 바로 소설이다. 이러한 바흐친의 소설관에 비추어 창작방법으로서의 다성성, 그 대화성의 의미를 살펴볼 필요가 있다.

진정한 대화에서와 마찬가지로 다성적 창작은 거의 모든 단계에서의 "새로움과 경이"를 추구하는 열린 과정이라고 한다.39) 바흐친은 도스토예프스키의 창작과정이 대단히 적극적인 과정이라고 평가하는데, 그 이유는 도스토예프스키가 작품의 구조, 기획, 전반적인 플롯 등을 전혀 미리 고안해 놓지 않았기 때문이라는 것이다. 오히려 그는 특수한 목소리들, 즉 다양한 인간들 개개인의 이념들과 세계에 대한 태도를 먼저 생각했다. 그리하여 도스토예프스키는 대화의 이념-주인공들로부터 시작하며, 그들의 목소리를 탐색하고, 그럼으로써 운명과 사건(그 플롯의 운명과 사건)은 목소리들을 표현하는 수단에 불과한 것이 되게 했다는 것이다.40)

결국 창작방법으로서의 다성성의 핵심은 소설을 구성하는-그 전체 소설을 하나의 거대한 대화로 만드는-대화가 작가에 의해 미리 만들어지거나 계획된 것이 아니라 실제적인 창작 과정의 순간에서야 발생하는 것이라는 점에 있다. 그러나 바흐친에 따르면 도스토예프스키는 명백하고도 함축적인 어떤 이념의 내용뿐만 아니라 그것의 잠재적인 형식까지도 직관할 수 있었기 때문에 이런 종류의 대화들을 구성할 수 있었다고 본다. 요컨대 도스토예프스키는 "기존의 것"을 토대로 해서 그것을 어떤 새로운 "창조적인 것"으로 전환시켜 놓은 것이며, 바로 여기에 다성적 소설의 비밀이 있다.

그런 까닭에 작중인물들은 비록 기존의 것에 토대를 두고 있음에도 불구하고, 계속해서 작가를 놀래고 자신들의 대화에 작가를 끌어들인다. 또 작중인물들과 마찬가지로, 작품도 그것의 창작 전반에 걸쳐 비

---

39) Gary Saul Morson & Caryl Emerson, *Mikhail Bakhtin*, p.244.
40) Mikhail Bakhtin, *Problems of Dostoevsky's Poetics*, p.296.

종결적인 상태로 남아 있게 된다. 플롯은 더 이상 작중인물들이 따르기로 예정되어 있는 사건들의 연쇄가 아니라, 오히려 그 작중인물들이 자신들의 말을 하거나 행동을 하는 바의 결과가 된다. 그리하여 플롯은 단지 결과를 예견할 수 없는 열정적인 대화를 나누기에 좋은 일종의 배경으로 물러난다. 또 사건들도 작중인물들이 그들의 가슴 깊숙이 간직되어 있는 생각과 느낌을 말하도록 하는 상황으로 그들을 몰아넣기 위해서만 일어난다.

그리하여 우리가 소설을 읽는 것은 그 플롯 때문이 아니라, 그 소설 속에 나오는 다양한 이념들 간의 대화를 보기 위해서 읽는 것이며, 또 그 대화 때문에 읽는다는 것은 곧 그 대화 속의 참여자가 된다는 말에 다름 아니다. 이 거대한 소설 속의 대화들은 아직 완성되지 않은 채로 있는 것이지, 어떤 통합적인 관점에 의해 구조화되어 있는 것이 아니다. 그런 식의 통합된 구조는 대화를 단지 객관화되고 완료된 대화의 이미지에 불과한 것으로 변질시키기 때문이다.[41] 오히려 그 대화들은 아직 그 끝을 알 수 없는 창조적 과정의 실존적인 현재 순간에 벌어지는 것이다. 요컨대 다성적 소설은 종결된 플롯 대신에 다양한 여러 의식들 사이의 대화적 만남을 통해 벌어지는 "생생한 사건"을 우리에게 제공하는 것이기에, 그것은 구조라기보다는 일종의 "사건성"으로 받아들여질 수 있다. 따라서 창작방법으로서의 다성성이란, 문학적 장치로서의 개념이라기보다는, 일종의 작가적 입장, 곧 창작과정에서 작가적 태도의 문제라 할 수 있다.

이상을 토대로 다성적 소설의 몇 가지 특징을 개괄해 보면 다음과 같다.[42]

---

41) Ibid. p.298.

42) Henryk Markiewicz, "Polyphony, Dialogism and Dialectics. Mikhail Bakhtin's theory of the novel," in *Literary Theory and Criticism. Part 1: Theory.* ed. by Joseph P. Strelk. Peter Lang, 1984, pp.439-456.

첫째, 도스토예프스키의 주인공들은 우선 관념적이고 순수한 목소리의 인간들이며, 그들은 진정한 비종결적 존재들로 제시된다.

둘째, 이 의식은 내적으로 분열되고 뒤섞여 있다. 또한 그것은 그 자체로 대화적임과 동시에 대화적으로 다른 개인들에게 지향되어 있다.

셋째, 도스토예프스키에게 관념은 추상적인 어떤 체계의 한 성분으로서가 아니라, 개인적인 의식의 한 요소이자 다양한 작중인물들의 의식이 대화적으로 만나는 지점으로서의 하나의 사건으로 제시된다.

넷째, 제시된 관념들은 서로 간에 대화적 상대자들로 관련지어져 있다. 이런 관념들 간의 대면은 끝까지 유지되며 미해결 상태로 남는다.

다섯째, 작가는 자신의 말이나 해결책을 끝까지 마련해 놓지 않는다. 그는 다른 작중인물들이 모르는 잉여분을 가지고 있지 않으며, 기껏해야 소설 전체의 대화 참여자들 중 한 명이거나, 다른 작중인물들과 동등한 지위를 가질 뿐이다.

이상과 같이 오히려 무의도성, 무정의성으로 더 잘 설명될 수 있는 이러한 다성성이란 범주는 결국 데이비드 로지가 적절히 지적하고 있는 바와 같이, 어쩌면 바흐친 자신이 러시아 사회에 잘 적응하지 못한 문제적 인간이었기 때문에 가능했던 것이며, 이는 곧 그의 현실과 역사에 대한 탈결정론적, 탈목적론적 역사관에서 비롯된 것이라 할 수 있다.

Ⅲ. 「일월」의 크로노토프 분석

시간-공간적 표현들 없이는 추상적 사고조차도 불가능하다. 결국 의미의 영역으로 들어가려는 모든 시도는 크로노토프의 문을 통과해야만 한다. 즉 의미는 크로노토프의 문밖에 거주하지만, 우리는 그 안에 살아야만 하는 것이다. 우리가 이들 의미를 이해하기 위해선 그것들이 우리 쪽으로 다가와야 한다. 즉 그것들이 크로노토프의 문을 통과해야만 하는 것이다.

　　　　　　　　- 게리 솔 모슨과 칼 에머슨의 「미하일 바흐친」 중에서-

　작품 「일월」은 제3부 17장으로 이루어진 장편소설이다. 각각의 장에는 소제목이 붙어있고, 대부분의 장들 역시 3-5개의 삽화들을 담고 있다. 이는 흡사 3막짜리 연극을 보는 듯한 느낌을 자아내는 짜임이라 할 수 있다. 또한 3부라는 구성은 다분히 서론, 본론, 결론 식의 논증적 구성 방식을 떠올리게끔 한다. 이런 식으로 보았을 경우, 제1부는 분다나뭇골과 지 교수 집, 다방 몽파르나스와 대폿집, 인철의 집, 다혜의 집 등을 무대로 한, 사건의 전개 단계에 속하게 된다. 제2부 역시 분다나뭇골과 본돌 영감의 집, 대폿집, 거리, 미아리 도수장 등을 무대로 하며, 제3부에선 다방, 은행, 기룡의 집, 호텔, 나미의 신축된 이층집 등이 무대로 등장한다.

　바로 이러한 제한된 무대 위에서 주요 작중인물들은 서로 얽히고설킨 관계망 속에서 서로 간에 대화적 관계를 맺고 있다. 또한 이 인물들은 각기 자신의 사회적, 역사적, 이데올로기적 근거들을 기반으로 하여 각기 다른 크로노토프 위에 서 있으며, 또 그들 각기 다른 크로노토프들은 그들 활동의 토대이자 삶 자체를 집약적으로 드러내는 하나의 이데올로기적 개념으로 작용한다.

그러나 작중인물들이 토대로 하고 있는 크로노토프들은 그것이 활동의 토대임을 그대로 내보이지는 않는다. 그것들은 소설 속에 직접 재현되지 않으며, 사건들의 재현성의 근본적 상징적인 토대로서만 작용한다. 즉 그것들은 플롯 속에 포함되는 단순한 배경이 아니라, 가능한 유형의 플롯들을 만들어 내는 원천인 것이다. "크로노토프가 서사물의 매듭이 조여지고 풀어지는 장소"라는 바흐친의 언급은 이런 의미에서 의미심장하다.

바흐친은 전체적인 장르상의 크로노토프와 개별적인 크로노토프적 모티프를 구분한다. 크로노토프 모티프는 바흐친의 언어이론과의 유추를 통해 잘 이해될 수 있다. 즉 한 단어가 하나의 특수한 장르에 속하는 발언들 속에 자주 나올 경우, 그 단어가 다른 문맥 속에서 말해질 때도 그 특정 장르의 가치와 의미가 함축되게 된다. 그 단어는 "문체상의 아우라"를 요구하는 것이며, 그 아우라는 그 단어가 다른 장르 속에서 사용될 때조차도 남아 있게 되는 것이다. 결국 그 단어는 그것의 과거를 기억한다. 요컨대 그 문체상의 아우라는 언어 구조 속의 특정 단어에 속하는 것이 아니라, 그 단어가 대개 기능하게 되는, 또는 기능해 왔던 바로 그 장르에 속하는 것이다. 이와 유사한 일들이 문학 장르의 장면들이나 사건들과 더불어 일어나게 된다고 바흐친은 말한다.[43]

대개 그런 한 사건의 현장(장소, 배경)으로 기능하는 어떤 특수한 종류의 사건이나 특수한 종류의 장소는 특정한 크로노토프적 아우라를 요구한다. 크로노토프적 모티프는 응결된 사건의 일종이며, 크로노토프적 장소는 전형적으로 그곳에서 기능하는 특수한 종류의 시간과 공간이 농축된 일종의 기표인 것이다.

작품 「일월」에서 작가 황순원은 과거와 현재의 일상적인 사건과의 융합을 통해, 사람이란 현재와 과거의 복합체이며, 더 나아가 의식과 무의식의 복합체이고, 실재와 허구가 밀접하게 관련되어 있는 유기체

---

43) Bakhtin, *The Dialogic Imagination*, p.87.

라는 것을 보여주려 한다. 이는 무엇보다도 각 작중인물들이 선점하고 있는 다양한 크로노토프들 간의 대화적 관계를 통해 실현된다.

본고에서는 작중인물들이 시간 속에서 공간을 느끼고 타자와의 만남을 통해 자신의 의식을 확장해 가면서 위기의 시간을 체험하게 되는 카니발적 공간 분석을 중심으로 각 크로노토프들 간의 접점을 일괄해 보고자 한다.

1. 위기의 시간 - "오전 3시"의 크로노토프

「일월」의 제1부 4장의 표제는 "오전 3시"이다. 이 시간은 이 소설 전체를 좌우하는 "위기의 시간"이자 갈등하는 다양한 이데올로기들이 마주치는 접점이며, 미완결된 현재의 시간이자 점차적인 파괴와 혼돈의 근원이고, 새로운 크로노토프가 생성되는 출발점이 되기도 한다. 또한 이 시간은 과거가 끊임없이 현재에 부딪혀옴으로 해서 작중인물들에게 일종의 강박관념으로 각인된 시간이다.

오전 3시면 인철은 꿈을 꾸거나 꾸지 않거나 간에 잠이 깨는 것이 버릇처럼 되어 있는데, 이 점이 이러한 표제가 붙게 된 표면상의 이유일 것이다. 인철은 자신이 백정의 자손이라는 사실을 알고 난 뒤의 어느 날, 지 교수의 제자이자 지방 대학에 다니고 있는 전경훈으로부터 백정의 내력을 소상하게 듣고 나서부터 꿈을 꾸기 시작한다.

꿈 1: 하늘과 땅은 산과 나무와 집들이 온통 빨간 놀빛인데 그 것은 불꽃을 일으키며 타고 있다. 인철은 그 놀빛 속에 서 있고, 빨간 놀빛 불꽃은 자기가 내쉬는 숨결에서 퍼져나간 것임을 알고 있다. 이 꿈은 선명한 원색이다(인철은 국민학교 때 내기놀이로 빨강 그림물감을 혀로 핥아먹은 일이 있었다. 그러나 아니꼬워서 빨간 액체를 도화지 위에 토해내고 말았다. 집에 돌아와 며칠을 누워 앓았다. 그 이후 몸에 병이 나면 이 꿈을 꾸고는 한다.)

꿈 2: 인철은 계단을 내려가고 있다. 주위는 희붐한 그늘에 싸여 있다. 그는 이 집이 내가 설계한 집이라고 생각한다. 들창도 전등도 없고, 벽면이 우둘투둘하고 차갑고 축축한 물기가 손바닥에 묻어난다. 무슨 문제가 적힌 종이쪽지를 가지러 가는 것도 같고 누구를 만나러 가는 것도 같다. 아무리 내려가도 끝이 없다. 그는 비로소 계단만으로 된 집이라는 것을 깨닫는다. 내려가다가 깨어난다. 한번은 누구를 만날 목적으로 계속 내려가다가 자기가 밟고 있는 층계마다 플라타너스 잎이 깔려 있는 것을 본다. 잎사귀들은 물기에 젖어 맑고 푸른빛을 발하고 있다. 인철은 고무신을 신고 있기 때문에 발자국소리가 크게 메아리칠 수 없을 텐데 메아리가 치므로 놀라 아래를 보니 자기가 밟은 맑고 푸른 잎사귀에 커다란 소발통 자국이 찍혀 있다.

꿈 3: 인철은 흙먼지가 발목을 덮는 황톳길을 걸어간다. 기다리고 있는 사람을 찾아가는 길이다. 태양은 머리 위에 이글거리고 쉬어 갈 곳도 없다. 가다가 보니 커다란 T자가 세워져 있고 그 밑 둘레에 사람들이 기대어 앉았는데, 빈자리가 나기를 기다리는 사람들이 줄을 지어 서 있다. 서 있는 사람들 가운데 박해연, 나미, 남준걸, 형, 어머니, 다혜, 지 교수, 전경훈 등이 끼어 있다. 그들은 모두 모르는 체하고 오직 다혜만이 그를 끌어다가 자기 뒤에 세운다. 다혜의 뒷모양이 순식간에 커지고 자기는 반대로 축소된다. T자가 갑자기 쓰러져 그의 어깨를 누르므로 그는 그것을 지고 일어난다. 주위에는 아무도 없고 자신은 그것을 지고 황토 벌을 걷는다.

꿈 4: 인철은 어두운 동굴 속으로 들어간다. 어둠 속에 그대로 녹아버리기를 원하는데 뒤에서 자신을 부르는 소리를 듣는다. 만나기를 원치 않는 그 누구이지만 그의 소리를 따라 동굴 밖으로 나온다. 그러나 아무도 없다. 소리는 말한다. 네 눈은 두려움에 떨고

있기 때문에 네 곁에 있는 내가 보이지 않는다고. 눈을 크게 뜨려
다가 잠이 깬다.

이 일련의 꿈들은 인철이 자신의 혈통에 대한 인식, 그가 어찌할 수
없는 자신의 운명으로부터 현재의 자신을 발견하고 내적 자아를 확립
해 가는 과정에서 겪어야만 하는 고통의 분출이다. 꿈 1에 나오는 "빨
간색"의 이미지는 백정을 상징하는 색이며, 또한 피의 색이기도 하다.
즉 인철은 자신도 어찌할 수 없는 원초적인 자신의 혈통에 대한 자각
과 동시에 빨간 물감을 핥아먹은 뒤 도로 빨간 액체를 토해내고 병을
앓았던 자신의 어렸을 적의 경험 - 이는 백정의 자손이라는 혈통에 대
한 무의식적 거부감이자 운명에 대한 개인의 의지적 저항의 표현으로
볼 수 있다 - 을 떠올리고 있다. 이것은 인철 자신의 의지와 무관하게
운명적으로 자아를 규정짓는 어떤 외부적 힘들에 대한 눈뜸의 징조이
며, 또한 인철이 자신의 자아를 확립해 가는 과정에서의 과거의 현재
화라는 역사적, 자전적 시간 의식과 밀접한 관련을 맺고 있는 대목이
라 할 수 있다. 그리하여 꿈 2에서 보이는 것처럼 인철은 현재 "계단"
위에 서 있는 상태다. 인철의 현재가 토대로 하고 있는 크로노토프적
모티프는 곧 계단인 것이다.
    바흐친은 "문턱의 크로노토프"에 의해 제시되는 시간의 종류를 특히
강조하는데, 이와 관련된 영역들이 바로 계단, 현관, 복도 등이다. 이러
한 문턱의 아우라들은 문학에서뿐만 아니라, 실제 삶에 있어서도 "위
기와 분기점"의 크로노토프로 기능한다. 이는 삶의 분기점이나 위기의
순간, 삶을 변화시키는 결정(또는 삶을 변화시키는 데에 실패하는 우
유부단함, 문턱을 넘어서는 것에 대한 공포)등과 연결된다. 여기선 비
결정성이 핵심적이며, "문턱을 넘어서는" 것에 대한 대담성이나 공포
가 심오한 의미를 갖게 되는 영역이다.[44] 즉 이 크로노토프의 시간은

---

44) Bakhtin, *The Dialogic Imagination*, p.457.

50

본질적으로 순간적이며, 지속되지 않고 전기적 시간의 정상적인 진행으로부터 떨어져 나온 듯이 보인다.[45]

인철은 현재 계단이라는 "문턱의 크로노토프", 즉 위기의 시간에 처해 있는 것이다. 그러나 그곳은 "아무리 내려가도 끝이 없는" 곳이며, 계단만으로 된 집이다. 그는 현재 중요한 삶의 분기점에 서 있는 것이지만, 아직은 어떤 결정도 내릴 수 없는 불안한 심리상태에 처해 있다. 꿈 3의 황톳길은 결국 이러한 인철의 심리를 반영한 상징적 장소다. 그는 사회적 통념과 자신의 실존적인 자아 사이에서 어떤 확신도 서 있지 못한 상태이며, 그의 "주위에는 아무도 없고 자신은 T자라는 운명의 짐을 지고 황토 벌을 걷고" 있는 중이다.

이 황토 벌은 결국 인간의 원초적, 초역사적 공간이라 할 수 있다. 여기서는 어떤 사건도 발생하지 않고 끝없이 되풀이되는 일상적 행위만이 존재하는 삶 그 자체의 장소다. 이곳은 시지프스가 끝없이 바위를 굴리며 올라야 했던 올림프스 산이다. 따라서 인철이 꿈속에서 지고 가는 T자는 그가 현재 건축 설계에 몰두하고 있다는 점을 감안할 때, 일차적으로는 건축 설계용 T자를 가리키지만, 그것이 황토 벌이란 공간으로 옮겨졌을 때는 그 의미가 달라진다. 그것은 곧 시지프스가 짊어진 바위, 곧 실존의 무게이며, 이는 한 개인의 주관과는 무관한 개인을 짓누르는 운명과도 같은 것이 되는 것이다. 이는 그의 존재에 대한 탐색과 그의 건축 설계가 나란히 진행되고 있는 데서 연유된 이미지의 중첩이다. 이 황토 벌에서의 시간은 진보하는 역사적 운동과 무관하며 좁은 원을 그리면서 움직이는, 곧 한 사람의 일생이 자리하는 지루한 실존적 삶의 영역으로 볼 수 있다. 이러한 현재적 삶에서의 방황은 곧 꿈 4에서 그의 무의식적인 동굴이미지로 옮아간다. 이는 위기

---

45) 도스토예프스키의 작품에선 이 문턱의 크로노토프는 중대한 결정의 순간들이 모든 것을 포괄하는 거대한 신비적, 사육제적 시간의 크로노토프의 일부로 나타난다. Bakhtin, *The Dialogic Imagination*, p.459.

의 시간 속에서의 인철의 불안하고 두려운 심리상태를 표상하고 있다. 인철은 아직 이 위기의 시간을 타개해 나갈 방도를 찾고 있지 못하지만-작품이 끝날 때까지 그는 존재의 문제를 해결하지 못한 상태에 머물러 있다-어떤 형태로든 결단을 내려야 한다는 강박관념에 사로잡혀 있다.

> "전 아버지가 택하신 길을 우리가 너무 탓할 수는 없다구 보는 데요. 앞으루 남은 문젠 우리들이 어떻게 자신의 방향을 정하는가 에 달려 있지 않은가 해요."(p.94)

그러나 중요한 것은 인철이 현재 위기의 시간에 속해 있음을 알리는 이 일련의 꿈들로부터 인철이 잠을 깨는 때가 바로 "오전 3시"라는 시각이란 점에 있다. 하루 24시간을 十二干支로 표시할 때 오전 3시는 丑時에 해당된다. 고로 이 시간은 "소"라는 동물을 가리키고, 소는 백정과는 밀접히 관련된 동물이다. 또한 이 시계 시간은 인철의 형 인호가 상진영감에게 현재의 위치를 버리고 살길을 찾아 떠나야겠다는 다음과 같은 편지를 쓰고 났을 때에도 "새로 세시가 가까워 오나이다"라는 표현으로 나타나고 있는 시각이다.

> 새로 세시가 가까워 오나이다. 식구들이 다 잠이 든 뒤 소자의 방에서 혼자 이 글월을 쓰고 있사옵고 아침에 소자가 직접 우체국 에 가서 이 편지를 부칠 생각이옵니다. 거듭 말씀드리옵니다마는 이 글월을 쓰기까지 소자는 뼈가 깎이고 살을 에이는 괴로움을 맛 보았나이다. 이것이 소자가 타고난 운명임을 어찌하겠나이까. 살아 갈 길을 강구해 나가려는 소자를 부친주만은 알아주시올 줄 믿사 옵니다. 끝으로 인철이더러는 자기도 생각하는 바가 있을 줄 아오 나 다른 가족들을 위하여서라도 경거망동을 삼가도록 엄히 일러주 시옵기 바라나이다. 어디를 가든 부친주의 여생에 내내 강녕이 같

이 하시기를 하늘에 비오며 여불비상서하나이다. 이 글을 보시는
즉시 태워 없애버리시옵소서.(p.182)

인호는 직장 내에서 자신의 백정이란 혈통이 탄로날까 봐 부자지간
의 관계마저 끊는 결단을 내리는 이러한 편지를 쓰기에 이른다. 즉 인
호는 이미 "위기의 시간"에 일정한 결정을 과감히 내리고 새로운 크로
노토프 속으로 발을 내딛고 있다. 그는 자기의 출세를 위해 현재 있는
곳을 떠나려 하고 있으며, 그런 결단을 내리는 편지를 쓰고 있는 시간
이 식구들이 잠든 오전 3시이다.

이처럼 작품 「일월」에서 "오전 세 시"의 크로노토프는 중대한 결단
을 내려야만 하는 작중인물들이 한 지점에서 서로 만나는 위기의 시간
이다. 또한 그런 작중인물들이 내려야 할 결단이 백정이란 혈통과 관
련되어 있다는 점에서 그 시간은 또한 백정의 시간[丑時]이기도 한 것
이다. 바로 이 지점에서 상호 교차되던 인물들은 이 위기의 순간을 넘
어서면서 각자 다른 길을 걷게 되고 자신의 삶의 방향을 결정짓게 된
다. 그러나 상진영감, 인호, 기룡, 본돌 영감이 이 위기의 시간을 통과
하면서 각자 자신이 정한 방향을 향해 방사되어 가는 데 반해, 인철만
은 이 작품이 끝날 때까지도 여전히 이 위기의 시간 위에 머물러 있다
는 점에서, 이 시간은 작품 전체를 이끌어 가는 핵심적이고 상징적인
시간이기도 하다.

요컨대 이 시간은 그냥 평범한 시계의 시간이 아니라 백정을 상징하
는 시간이면서 동시에, 작중인물들의 일상적 시간이며, 사회적인 어떤
결단과 선택이 내려지는 분기점으로서 역사의 흐름과 일상적, 전기적
진행이 상호 침투하는 문턱의 크로노토프를 시간 차원에서 응축하고
있는 위기의 시간이자 이 작품의 주제와 맞닿아 있는 운명의 시간인
것이다.

2. '집'의 크로노토프 - 생성과 몰락의 공간

「일월」의 원화 수준에는 세 가지 기본적인 이야기가 존재한다. 이 세 이야기들이 작화차원에서 서로 상호 작용하면서 전체적인 하나의 텍스트를 이루고 있는 것이 바로 작품 「일월」의 전반적인 구조이다.

첫 번째 이야기는 백정이라는 천민 계급의 혈통에 대한 확인과 자본주의 사회의 새로운 계급 구조라는 과도기적 개편과정 속에서 각각의 작중인물들이 사회적 통념과 맞서서 자아를 확인해 가는 이야기이다. 두 번째 이야기는 주택 설계에서부터 완공까지의 이야기이며, 동시에 한 가족의 와해와 해체에 관한 이야기이다. 물론 이 와중에는 건축과 관련된 석사학위 논문의 시작과 완성이라는 이야기도 곁들여져 있다. 세 번째 이야기는 아무런 결실도 없는 남녀간의 불확실한 애정에 관한 이야기라 할 수 있다.

첫 번째 이야기가 '위기의 시간'인 "오전 세 시"를 중심으로 각 작중 인물들이 인생에 있어서 어떤 결단과 선택을 내려야만 할 중요한 기로에 서 있는 문턱의 크로노토프를 토대로 펼쳐지고 있다면, 건축의 설계와 완공까지의 이야기이자 한 가족의 와해와 해체의 이야기인 두 번째 이야기는 '집'의 크로노토프를 중심으로 하고 있다.

작품 「일월」의 문면에 드러나는 '집'이라는 크로노토프는 작중인물들의 발전, 변화해 가는 의식이 투사된 상징적 공간임과 동시에 이 작품의 배경이 되기도 한다. 따라서 '집'의 크로노토프는 각 작중인물들의 입장과 성격, 행위의 진행방향에 따라 "이질크로노토프성(heterochrony)"[46]

---

46) 이 용어는 "복수시간성 multitemporarity'으로 해석되기도 한다. 그러나 "이질언어성(heteroglossia)"이라는 바흐친의 용어와의 유추가 가능한 용어이기 때문에, 에머슨과 모슨은 "이질크로노토프성"이란 용어를 채택하고 있다.(Gary Saul Morson & Caryl Emerson, *Mikhail Bakhtin*, p.416) 이는 하나의 시공간 안에서도 서로 다른 존재로 분할되는 이질적인 크로노토프가 존재한다는 것이며, 하나의 풍경 속에서도 서로 다른 종류의 시

을 지니게 된다. 또한 각 인물들이 토대로 하고 있는 '집'의 크로노토프
들 간에는 대화적인 관계망이 형성됨으로써 이러한 이질 크로노토프성
에 의해 작품 전체의 주제가 형상화된다.

한국이 전통적으로 강력한 가정 및 가족 지향적인 문화를 형성해 왔
음은 주지의 사실이다. 이런 문화적인 특색이 문학에도 반영되어 가족
의 삶이나 그들 가족의 역사를 중심 소재로 다루어온 소설들이 하나의
맥을 형성하면서 이들 소설에 대해 가족소설 또는 가족사 소설이란 명
칭이 붙여지기도 한다. 작품 「일월」을 그런 가족소설의 일종으로 보기
에는 여러 가지 미흡한 점이 있으나, 이 작품이 인철 네 가족사를 중
심으로 시대 변화에 따른 가족 구성원들의 삶의 대응 방식과, 현대 사
회에서 가계 및 혈통의 문제를 개인의 존재확인 문제와 더불어 진지하
게 탐색하고 있다는 점에서 한국 가족 소설의 한 맥을 잇는 작품으로
해석해 볼 수 있을 것이다.

한국의 상고대 신화로까지 거슬러 올라가는 한국 가족소설사에서 특
이한 점이 있다면, 그것은 현대로 오면서 변화된 집의 상징적 의미이
다. 특히 과거 서사문학에서의 집이 그 가족 구성원들의 성장에 있어
서 절대적인 보금자리이자 안식과 보호의 상징이었다면, 현대에 와서
는 오히려 한 인간의 실존적 자립을 위해 그 '집'은 반드시 깨어져야
할 그 무엇이 된다.[47] 그러나 가족과 혈통, 나아가 가족 연대 의식을
특히나 강조하는 우리 문화의 전통과 인습을 고려해 볼 때, 그러한
'집'(가계, 혈통)으로부터의 탈피는 한 개인에게 있어선, 병아리가 알을

간의 흔적을 볼 수 있다는 것이다. 이 경우 각각은 그 자체로 이질 크로노
토프적이다. 인간 행동의 서로 다른 국면들은 서로 다른 종류의 시간에 의
해 작용하며, 따라서 시간을 읽기 위해서는 시간 속에 충만해 있는 세계의
상호작용들을 보아야 한다고 바흐친은 강조한다.(M. M. Bakhtin, Bakhtin,
Speech Genres & Other Late Essays, trans. by Vern W. McGee, eds.
by Emerson and Michael Holquist, Univ. of Texas Press, 1986. p.25.)
47) 김열규 편, 「한국문학의 두 문제 - 怨恨과 家系」, 학연사, 1985, p.9.

깨고 나오는 고통과 맞먹는 엄청난 고뇌와 갈등을 예고하며, 그러한
고통을 통해서만 진정한 현대적 의미에서의 자아가 확립될 수 있는 것
이다.

작품 「일월」은 바로 이러한 집의 와해와 개인의 자아확인이 동시에
병행되는 구조를 가진 전형적인 현대적 의미에서의 가족 소설로 읽힌
다. 즉 이 작품은 새로운 자아의 성장을 상징하는 집의 건축과, 한 가
족의 와해와 해체를 병렬적으로 진행시켜 나감으로써 시대변화에 따른
'집'의 이질 크로노토프성을 함축적으로 보여주고 있는 것이다.

먼저 이 소설의 중심인물인 인철은 처음 지 교수가 보여준 본돌 영
감의 사진을 받아든 순간 "무엇인가 가슴에 확 안겨지는 듯한 감정에
사로 잡혔다." 그리고 "대체 자기 가슴에 확 안겨지면서 온몸의 피를
덥게 해주는 것은 무엇일까"(p.30)라는 의문에 휩싸인다. 이것은 인철
이 "피의 부름"을 통해 자기 자신의 존재에 대해 품게 된 최초의 의문
이며, 역사적, 자전적, 사회적 자아가 중층결정된 진정한 자기 삶의 문
제에 대한 앞으로의 번민과 갈등을 예고해 주는 대목이다. 그리고 이
러한 인철의 자기 존재에 대한 의문과 탐색이 그의 혈통의 문제와 깊
이 연루되어 있다는 점에서, 그것은 또한 인철이 속한 한 가족의 와해
의 첫 징조가 되기도 한다. 특히 이 작품에서 이러한 자아 확인의 과
정과 가족의 와해 및 해체의 과정은 인철의 나미네 집 건축과정의 경
과를 스토리 시간으로 깔고 진행되고 있다. 이로써 인철의 자기 존재
에 대한 확인 작업과 나미네 집의 건축이 서로 정비례해서 성장해 가
는 것이다. 이것을 도표로 나타내면 다음과 같다.

<집의 건축> <스토리시간>	나미네 집 설계를 시작	평면도 완성	설계도 완성	모형제작 착수	모형 완성	전야제 (미완성)
	존재에 대한 문제제기	존재 탐색	존재 확인	삶의 지향성을 노정		
<가족의 와해>	인호의 의절		인문의 가출	홍씨 부인의 가출	인주의 가출	상진영감의 자살
<플롯시간>	피의 부름	피의 확인	위기의 시간 드러냄과 감춤의 갈등	기룡을 만남	드러냄의과정	전야제 (방향미정)

다음의 인용문을 보자.

인철의 설계는 비교적 순조롭게 진척되어 나갔다.⋯⋯구상이 막히
고 걸려 반나절 혹은 한밤중까지 멍하니 앉아 있는 수도 있었으나,
보름 남짓 지났을 때는 평면도만은 거의 완성이 돼 있었다.(p.73)

우선 그처럼 서둘러야 했던 설계도를 입면도에 이어 단면도까지 끝나
그 청사진을 현장감독에게 넘겼던 것이다. 불만이 있는 대로 힘들여 끝
낸 이번 설계에서 그는 적지 않은 경험을 얻게 되었다. 전체의 구조는
말할 것도 없고 일견 간단해 뵈는 세부에 있어서 서로의 조화를 잃지
않으면서 곳곳에 특색 있는 조형을 부여하기란 정말 수월한 일이 아니
라는 것을 재삼 깨닫지 않으면 안 되었던 것이다. 현관의 닫집 모양을
앞이 위로 쳐들리고 직각으로 모가 지게 한다든가, 이층으로 올라가는
계단을 나선회랑으로 만든다든가 하는 따위를 결정하는 데도 얼른얼른
아이디어가 떠오르지 않아 며칠씩 애를 먹기도 했던 것이다.(p.117)

이처럼 인철이 집을 설계해 가는 과정인 이 작품의 원화 시간은 곧
그가 사회 속에서 올바른 인간관계와 삶의 형태를 탐색하는 과정인 작
화의 시간과 맞물려 있는 것이다. "전체의 구조는 말할 것도 없고 일
견 간단해 뵈는 세부에 있어서 서로의 조화를 잃지 않으면서 곳곳에

특색 있는 조형을 부여"한다는 것은 곧 건축의 문제뿐만 아니라 인간의 사회생활과 개인과 전체, 역사와 현실과의 만남으로 이루어지는 인간 삶의 문제일 수 있다. 다음의 인용문을 보자.

그는 이미 처음으로 한번 해본 주택 설계에 있어 불유쾌한 경험을 갖고 있었던 것이다. 부친이 경영하는 회사 기획부장의 집 설계였다. 온 정력과 시간을 거기 기울였다. 그런데 막상 건축을 하게 되어 가끔 현장에 가볼 때마다 눈앞에 구체성을 띠고 나타나는 건물이 자기 설계에서 유리되어 조화를 잃어 감을 목도하지 않으면 안 되곤 했다. 물론 설계도에서 풀 스케일로 옮겨질 때 불합리한 점이 드러나 수정되는 수가 있다는 것쯤 인철도 이해하고 있었다. 그러나 눈앞의 건물은 설계도와는 너무나 엄청나게 동떨어져 있는 것이었다. 현장감독이 제멋대로 변경해놓은 것은 말할 것도 없고, 가족들이 이렇게 해야 살림이 편리하다고 하여 고친 데가 한두 가지가 아니었다. 인철은 그때 자기 정신의 한 부분이 무참하게 짓밟힌 듯한 느낌을 맛보았던 것이다.(p.50)

이렇듯 인철에게 있어 건축 설계는 곧 자신의 정신적인 분신이라고 할 수 있으리만치 그의 삶에 큰 비중을 차지하고 있다.

그것은 무기물의 집합이나 축적에 그치지만은 않았다. 비록 움직이지 못하고 말은 없다 해도 분명히 자기 존재를 주장하는 하나의 생명체로 화해져있는 것이었다. 인철은 마음속으로 희열과 함께 어떤 불안과 두려움을 느꼈다.(p.122)

위의 인용문에서처럼 인철에게 있어 건축의 설계는 곧 단순히 무기물의 집합이나 축적에 그치는 것이 아니라, 자아를 표현하는 하나의 존재물이기에 인철의 건축 작업과 존재 탐색의 과정은 서로 긴밀하게 맞물려 있는 것이다. 따라서 인철이 집을 설계하는 데 있어서 아이디어가 잘 떠오르지 않는다든가, 한밤중에 그저 멍하니 앉아 있는 것은 아직 그가 어떤 결단을 내리지 못할 상황에 처해 있음을 반증한다.

> 온 정신을 모형 만드는 데 시간을 쓰는, 조그만 틈도 주지 않는 째인 나날을 보냈다.

아침마다 깨끗한 머리로 잠을 깨었다…… 다름없이 집 모형을 이뤄가고 있는 어느 날……(p.154)

> 일이 마음에 붙지 않아 한 시가 좀 넘은 걸 보고 건축 현장으로 나갔다.
> 아래층 벽돌이 반쯤 쌓아올려져 있었다. 풀 스케일을 드러내기 시작한 건축물의 둘레를 한번 돌아보며 인철은 모형이 늦었다는 생각에 서두르는 마음이 되었다.(p.162)

위의 인용문에서 나미네 집의 진척과정은 인철이 자신의 자아를 확립해가는 과정을 상징적으로 보여준다. 그리고 결국 이 작품의 끝부분에 가서 인철의 집짓기는 그의 내면적인 자아성장의 정도를 웅변적으로 대변해 준다.

> 나미네 새로 지은 집 이 층 홀에는 샹들리에가 켜지고, 오일스토브가 피워지고, 전축에서 음악이 흘렀다. 지대가 높은 데다가 캄캄한 집 전체 속에서 이 이 층 홀만이 살아 생기를 띠고 있어 밖에서 언뜻 보면 어두운 공간에 이 부분만이 둥 떠 있는 것만 같았다.(p.328)

아직 미처 완공되지 못한 미완성된 집과 인철의 아직 나오지 못한 마지막 말이 그대로 병치되면서 작품은 종결된다. 형식상의 종결이지 내용상의 종결은 아닌 것이다.

이대로 나는 관객의 입장에서 다혜와 나미를 대해야 하는가. 나
는 나, 너는 너라는 인간관계란 있을 수 없지 않은가. 인간이 소외
당한 자기 자신을 도루 찾으려면 우선 각자에 주어진 외로움을 참
구 견뎌나가는 데서부터 시작해야 할 것이야. 기룡의 말이었다
.……그런 그렇다. 하지만 그 외로움이란 인간과 인간이 격리돼 있
는 상태에서만 오는 게 아니지 않은가. 서로 부딪칠 수 있는 데까
지 부딪쳐본 다음에 처리돼야만 할 문제가 아닌가. 기룡을 만나야
한다. 만나 얘기해야 한다.
　　인철은 머리에서 고깔모자를 벗어 뜰에 서 있는 한 나뭇가지에
다 걸었다.(p.343)

이러한 인철의 내적 독백은 그가 아직 완결되지 않은 타인과의 대
화, 그리고 자기 자신과의 종결되지 않은 대화 속에 머물러 있음을 드
러낸다. 인철이 기룡을 만나야 한다고 생각한 것도 결국 타인과의 관
계 속에서만 자기 존재의 정당성이 입증될 수 있다는 생각에서 말미암
은 것이다. 이러한 인철의 미완결된 현재는 "캄캄한 집 전체 속에서
이 층 홀만이 살아 생기를 띠고 있어 언뜻 보면 어두운 공간에 이 부
분만 둥 떠 있는"것 같은 나미네 집의 묘사 속에 잘 표현되어 있다.
결국 인철은 이 소설에서 발언자이자 타인과의 대화에서 진지한 청중
이기도 한 것이다. 따라서 그가 건축하는 집은 아직은 결코 완성될 수
없는 것이며, 그를 둘러싼 타인들과, 사회와, 그리고 역사와의 끝없는
대화 속에서만 존재해 갈 수 있는 크로노토프인 것이다.
　그러나 이처럼 인철의 의식성장의 과정과 정비례하면서 그것을 표상
하는 나미네 집의 건축과정은 앞에서 언급한 바와 같이 다른 한편으로
는 인철이 살고 있는 집, 즉 상진영감이 일궈온 인철네 가족(집)의 몰
락과 해체의 과정이기도 하다.
　이 두 집 - 나미네 새로 짓는 집과 인철 네 집 - 의 크로노토프에 모
두 속해 있는 작중인물이 바로 인철이다. 그는 가족이란 가장 작은 사

회적 제도 및 구조로부터의 탈피를 통해 진정한 자아를 확인해 가려는
인물이므로, 몰락과 더불어 완성을 지향해가는 인물이며, 두 개의 대립
하는 이데올로기적 입장 사이에서 마지막까지도 갈등, 번민하는 미완
결된 과정상의 인물로 설정되어 있다.

　인철의 아버지 상진영감이 이룩했던 가족들의 집은 형 인호의 의절
과 동생 인문과 인주, 어머니 홍씨 부인의 가출로 인해 가족들의 공간
이 되지 못하고, 그 의미가 점차 허물어져 간다. 그 두드러진 사건 중
의 하나가 어머니의 구속을 피해 집을 나간 인문의 가출이다. 인문은
다시 집으로 돌아오기는 하나 여전히 집으로부터 심적으로 멀리 떠나
있는 존재이다.

　　그 다음날 새벽에 하녀가 깨워 인철은 아래층으로 내려갔다. 현
　관문 밖 금방이라도 비가 내릴 듯 찌푸득하게 흐린 하늘 아래 인
　문이 서 있었다. 첫눈에도 한데서 밤을 샌 사람같이 얼굴이 퍼렇게
　얼어 있고, 어깨가 축축이 젖어 있는 게 꼴이 말이 아니었다. 그런
　데 인문은 낯선 집에나 온 것처럼 현관 밖에 선 채 들어오려 하지
　않는 것이었다. 인주가 신발을 걸치는 둥 마는 둥 달려 나가 인문
　의 손을 잡아끌듯 하면서 그러나 아버지에게 들킬까보아 낮은 목
　소리로, 바보 바보, 하며 울먹이는 것이었다.
　　그러나 인문은 별 감동이 없는 낯으로 인주나 인철에게라기보다
　집 전체를 향해 말하듯이 입을 떼었다.
　　"어머니 돌아오셨어요?"(p.198)

　백운대 뜀바위 근처에서 노숙하는 날 밤, 어둠이 내리깔리기 시
작하자 서남쪽 멀리 서울시내에 불빛이 늘어가며 하늘에다 훤한
광망을 펴놓았을 때 인문이 느낀 것은 저 광망 속에는 자기네 집
에서 비치는 빛도 끼어 있을 터이고 그 자기네 집에 지금 두 식구
가 빠졌다는 생각이었다. 전에도 어머니는 산기도를 가시느라고 집
을 비우는 수기 가끔 있었으나 이번은 산기도를 가셨다 해도 문제

가 달랐다.(p.199)

　이렇게 되어 차차 어머니는 인문을 버려두게 되었고 인문은 인문
대로 점점 사람을 피하고 말이 없어지면서 자기 혼자만의 세계를 이
루게 되었던 것이다. 그것은 이쪽에서 다스리고 돌봐주기만 하는 그
만의 하나의 조그만 왕국이었다. 그러던 것을 어쩌다 문단속을 잘못
한 탓에 어머니를 놀라게 하고 집을 나가시게 했던 것이다.(p.201)

　인문은 이미 그 가족 구성원으로부터 심적으로 떠나 자신만의 조그
만 왕국을 만든 것이다. 이처럼 인철의 가족들은 자신의 집으로부터
떠나 그들이 원하는 새로운 공간, 새로운 집을 찾아 헤맨다. 그럼으로
써 상진영감이 일구어온 그 집은 서서히 해체의 길을 걷게 되는 것이
다. 어머니 홍씨 부인은 집을 나와 산속에 움막을 지어놓고 그곳에서
자신의 터전을 발견해가고, 인주는 인주대로 자신의 집에 안주하지 못
한 채 연출가 남준걸이 있는 호텔방에서 자신의 새로운 삶을 설계하려
한다.
　또한 그 집을 일군 상진영감에게 있어서도 그 집은 자신의 위장과
허욕의 산물이었을 뿐 진정한 자기 집은 되지 못한다. 이는 그가 집을
일구기까지의 과정에 대한 그 자신의 말에서 적나라하게 드러난다.

　"차차 성인이 되면서 더 견딜 수가 없드군. 어떻게든 거길(분디
나뭇골에 있는 자신의 본집: 필자) 벗어나야 한다구 생각했지. 기
어쿠 난 어떤 결심을 했다. 아범이 백날 바루 지났을 때 일이다."
　계기를 엿보아 형과는 상의도 하지 않고 몰래 서울로 들어갔던
것이다. 당시 십삼도 전체를 세부측량하기 위해 많은 인원이 필요
하던 때라, 부친한테 한자를 좀 배워 안다는 것으로 상진영감은 측
량기사 조수 양성소에를 들어갈 수가 있었다. 거기를 끝마치자 측
량을 나간 곳이 광주 땅이었다. 여기서 상진영감은 뜻밖의 소득이
있었다. 일반 농촌에서는 왜놈들이 세금을 받아가기 위해서 하는

짓이라 하여 측량을 몹시 꺼려들 했다. 그래서 토질이 그리 좋지
않은 땅은 어엿한 자기 소유이면서도 제 것이 아니라고 우겨대는
수가 많았다. 상진영감은 그런 것들을 자기 명의로 해나갔던 것이
다. 물론 당시의 그로서는 큰 모험이었다. 그러나 언제나 상진영감
의 머리를 차지하고 있는, 즉 잘못된들 지금의 처지보다 못할 게
뭐 있느냐는 생각이 이러한 모험을 하게 했던 것이다. 그렇게 해서
얻어진 것이 전답 5정보 남짓, 임야 10여 정보나 되었다. 측량이
끝날 무렵에는 기사 자격 인가를 받았다. 그리고는 인호가 두 돌도
되기 전에 분가와 전적을 떼어가지고 아주 서울로 올라왔던 것이
다. 몇 해 후 땅값이 오르자 그것들을 팔아 집 장사를 시작하면서
측량 기사의 업을 집어치웠다. 그때 형더러 같이 서울 와 손잡기를
권했으나 한마디로 거절을 당하고 말았던 것이다.(pp.91-92)

이처럼 상진영감은 자신의 혈통을 숨기고 사회에 뛰어든 이래 집 장
사를 하여 돈을 모았고, 또 고향인 광주의 남의 땅을 자기 명의로 하
여 부를 축적한 인물이다. 따라서 그는 자신의 본래의 "집"을 잠식해
들어가 사리사욕을 채운 인물이라 할 수 있으며, 그런 그가 세운 지금
의 집은 결국 그의 허상과 허욕 위에 세워진 빈껍데기에 불과했던 것
이다. 결국 이러한 집은 각 작중인물들이 자신의 존재를 재발견하게
됨과 동시에 해체의 길로 접어들 수밖에 없는 운명인 것이다.

한편 이 소설에서 집과 관련된 또 하나의 크로노토프가 등장하는데,
그것이 바로 "도우장"이다. 이 도우장이라는 집은 본돌영감이 백정이
라는 직업상 소를 잡던 장소이면서 동시에 소의 혼백을 위로하고 자신
의 아들 기룡 대신에 속죄를 빌던 곳이다. 또 기룡이 현재 일하고 있
는 미아리 도수장은 기룡이 스스로 택한 고난의 장소이다. 그가 백정
의 가업을 잇게 된 직접적인 동기는 6·25 당시 그가 저지른 살인이었
다. 의용군에서 탈출한 기룡은 형과 조카가 좌익청년의 밀고로 살해되
었음을 알고 그 청년의 아버지를 칼로 찔러 죽인다. 그는 "가중되는

무엇인가를 감당"하기 위해 "다른 피를 더 많이 보기루"하고 도수장에 취업했던 것이다. 또한 이 도우장이라는 집은 인철에게도 일정한 의미를 지니는 공간이다. 서서히 기룡을 가깝게 느끼게 된 인철은 어느 날 미아리 도수장으로 기룡을 찾아간다.

　　　미아리 도수장 쪽은 산 밑이라 그런지 더 짙은 안개가 끼어 있었다. 마당으로 들어서니 거무스름한 사람의 그림자가 소리 없이 왔다갔다 하고 있었다. 세워놓은 덮개 있는 자동차에 고깃덩어리를 싣고 있었다. 커다란 덩어리를 안고 와서는 자동차 짐칸 안에 올려 놓으면 위에 있던 사람이 받아 안쪽으로 쌓아 놓곤 했다. 안개 속에서 고깃덩어리는 거무죽죽한 고체의 짐짝만 같았다. 인철은 부두에서 노동자들이 짐을 부려 싣는 광경을 연상했다.(p.252)

이 인용문에서처럼 이 도수장이라는 공간이 인철에겐 기룡이 "외부에서 볼 때와는 달리 퍽 경쾌하고 단순한 사람", 즉 한 사람의 노동자로밖에는 보이지 않는 한낱 작업장에 불과한 곳이다. 그리하여 인철은 도수장에서 일하는 백정들이 소를 다루는 모습에서 그저 "노동자들이 짐을 부려 싣는 광경을 연상"할 뿐이다. 이는 이 작품에서 도수장과 관련된 "칼"의 의미가 본돌영감에겐 소를 죽여 극락에 보내는 도구이자, 자신과 동네 아이의 신체적 이상을 없애주는 의료기구이지만, 기룡에게 있어선 사람을 죽이는 흉기가 되고, 또 인철에겐 대장간에서 무쇠덩어리로 녹여지는 그저 하나의 노동 도구에 불과한 것과 마찬가지 이치이다.

요컨대 작품 「일월」에서 "집"의 크로노토프는 각각의 인물들의 각기 다른 사회적 이념적 위치, 그리고 의식의 변화, 발전의 양상에 따라 각기 다른 의미를 지니고 있는 공간이며, 이들의 각기 다른 이념적 지향성을 응축하고 있는 크로노토프이다. 즉 이질크로노토프성을 특징으로 하는 상징적 공간으로 작용하고 있는 것이다.

3. "만남"의 크로노토프 - 탐색과 인지의 과정

바흐친은 크로노토프 관련 논문에서 로맨스의 모험적 시간에 대한 분석을 끝마치기에 앞서 "만남의 크로노토프"라는 장을 따로 설정해 놓고 있다. 만남의 모티프들-만남과 헤어짐, 분실과 취득, 수색과 발견, 인지와 비인지 등-은 본질적으로 크로노토프적이다.48) 만남의 크로노토프란 사실상 그것 자체만으로는 아무런 의미가 없다. 그것은 플롯을 구성하는 하나의 요소로서 항상 작품 전체가 이루는 구체적 통일체의 일부가 되어야만, 그리하여 그 모티프를 포함하는 구체적 크로노토프의 일부가 되어야만 유의미해진다. 특히 만남의 크로노토프는 가장 보편적인 것으로서 문학뿐만 아니라 문화의 다른 분야나 공적 생활과 일상적 생활의 다양한 영역에서도 쉽게 발견할 수 있다.

실제 삶 속에서 만남의 크로노토프는 사회적, 정치적 세상살이의 조직에서 결코 빼놓을 수 없는 존재이다. 인간은 누구나 그렇게 조직된 모든 종류의 사회적 만남에 익숙해 있고, 그러한 만남을 통해 타인들과 대화적 관계를 형성하고, 또 그런 만남을 통해 자신의 자아를 확립해 가는 것이다. 만남의 크로노토프를 통해서만 사회적 공간적 거리에 의해 좀처럼 접할 수 없는 서로 떨어져 있던 사람들과의 만남이 가능하며, 온갖 차이가 노출되고 다양한 운명들이 서로 충돌하고 얽힐 수 있는 대화적 공간이 형성될 수 있다.

작품 「일월」에서는 만남과 연관된 공간으로 대폿집, 다방 몽파르나스, 길거리 등이 등장한다. 이들 공간에선 다양한 종류의 사람들이 하나의 시공간적 지점에서 서로 교차한다. 인간의 운명과 삶을 규정하는 시간적 공간적 연쇄들이 사회적 거리의 붕괴로 인해서 더욱 복잡하고 구체적으로 되면서 독특한 방식으로 서로 결합49)하는 것이다.

---

48) Bakhtin, *The Dialogic Imagination*, p.275.

이 작품에서 만남의 크로노토프로 기능하는 가장 대표적인 공간이 바로 술집이다. 먼저 인간극의 무리들이 등장하는 대폿집이란 공간은, 바흐친이 라블레 소설을 분석하면서 설정해 놓은 7가지 시리즈들 중 하나인 "음주"의 시리즈와도 밀접히 관련되어 있는 장소이다. 바흐친에 따르면 "음주"의 시리즈에는 냉소적인 디오게네스의 통이 끌어넣어져 "취중의 창작력(drunken creativity)"이라는 주제가 되풀이된다고 한다.(대폿집에서 시리즈물 형식으로 반복되는 박해연의 희곡 창작을 상기해 보라.) 현대인에게 있어서 술이야말로 일상생활로부터 잠시 벗어나 좀더 관념적이고 내밀한 대화를 이끌어낼 수 있는 매개체이다. 바로 이 술을 매개로 한 당대 인간들의 정신적 만남의 자리를 마련하고 있는 것이 이 대폿집이다.

이곳은 작품 「일월」의 전체에 걸쳐 8번이나 등장하고 있어서 이 작품에서 제법 비중 있게 묘사되고 있는 장소들 중 하나이다. 또한 인철이 가족 이외의 사람들과의 만남을 갖는 것도 대부분 이 대폿집에서이기 때문에, 이곳은 인철이 타인과의 대화를 통해 자신을 확립해 가는 과정에서 아주 중요한 단서를 제공해 주기도 한다.

인철은 처음 박해연이 인간극을 구경시켜 준다고 해서 이 대폿집에 발을 디디게 되는데, 그 후로 이 대폿집 전경은 인철의 시각을 통해서만 제시되고 있다. 인철은 작품이 진행되어 감에 따라 차차 그 인간극의 일원으로 자처하게 되지만, 작품의 후반부로 갈수록 서서히 그곳의 분위기에 진력을 내게 되고, 작품의 말미에선 인철의 시야를 통해서만 보이던 대폿집에 대한 묘사가 아예 인철을 제외시켜 놓은 채로 전지적 작가 시점에서 서술되고 있다는 점이 특이하다. 특히 이 대폿집에서 '인간극'의 무리들이 보여주는 그 모든 과장되고 일상에서 비켜난 관념적인 몸짓들은 인철 자신을 포함한 당대 유한층의 정신적 공백을 대변해 주고 있다는 점에서 주목을 요한다. 무엇보다도 박해연이 구상하는

49) Ibid. p.451.

연극 자체가 현실에서 뿌리 뽑힌 사람들의 공허한 관념체계를 그대로
드러내고 있다.

　　박해연의 희곡 1: 약한 사람들만이 모여 사는 어느 마을의 이야기
　　"무대는 말이요, 나무 하나 풀 한 포기 없는 붉은 구릉을 등지구
붉은 흙담벽을 두른 납작한 초가집이 대여섯 모여 사는 동구 앞입
니다. 그 일대두 온통 불모의 붉은 흙이 깔려 있을 뿐이죠. 거기
전선주 하나가 서 있습니다. 이것은 지상에 서 있는 유일한 물건입
니다. 이 전선주에는 수많은 사람이 기대어 앉군 해서 사람들의 등
키만 한 자리 둘레가 반들반들 닳아 패어져 있습니다. ……막이 오
르면 시뻘건 태양이 한창 이글거리는 대낮입니다. 인물이 하나 등
장합니다. 늙은이가 좋습니다. 옷차림은 붉은 흙물에 찌들은 적삼
과 잠뱅입니다. 머리에는 아무것도 쓴 게 없습니다, 이 늙은이가
전선주 있는 데로 가 등을 기대구 앉습니다. 좀 사이를 두구 인물
이 하나 또 등장합니다. 이번엔 젊은이나 중년이나 좋습니다. 그도
전선주 있는 데루 가 등을 기대구 앉습니다. 이렇게 인물이 등장해
서는 모두 전선주 있는 데루 가서 같이 등을 기대구 앉습니다. 바
짝 죄어 앉아두 더는 앉을 수 없게 되기까지 말입니다. 그런데두
인물들이 하나 둘 계속해서 등장하여 줄을 지어 늘어섭니다. 남녀
노소, 전선주의 자리가 나기를 기다리구 있는 것입니다. 거기 붉은
태양은 한결같이 이글이글 내리쬐구 있습니다.(pp.37-38)……모두
1막 3장입니다. 무대와 등장인물은 3장을 통해서 같습니다. 그저
인물의 등장 차례에 약간 변화만 주면 그만입니다. 다시 말하면 제
1장에 늙은이를 첫 번에 등장시킨 대신 제2장에서는 중년이나 젊
은이를 먼저 등장시키는 식으로 말입니다. 그리구 전선주의 반들반
들 닳아 패인 자리두 제2장 제3장으루 넘어갈수록 점점 더 깊어집
니다. 제3장에 가서는 아주 잘룩해져서 금방이라두 부러져나갈 것
같습니다. 거기다가 태양두 다음 장으루 넘어갈수록 점점 생김새가
커지면서 내리쬐는 폭양두세어져가야 합니다. 조명은 붉은빛 하나.
이것두 장이 바뀜에 따라 차차 진홍빛으로 변해가게 되죠. 다음에

효과는 내내 까마귀 울음이면 충분한데, 이 역시 장이 바뀜에 따라 점점 여러 마리가 울게 됩니다……(pp.38-39)

박해연의 희곡 2: 희곡 1에 대사를 붙인 이야기
"1, 2, 3장을 통해서 등장인물들이 하나 둘 나와 전신주에 기대 앉습니다. 그 사람들이 하나같이, 아 이거구나, 하는 소리만을 지릅니다. 처음엔 한 사람이 다음엔 두 사람이 이렇게 점점 여러 사람이 그 소리를 지릅니다. 그리고 1장에서 2장 3장으루 넘어갈수록 차차 지르는 목청을 돋웁니다. 둘러봐야 나무 한 그루 풀 한 포기 없는 불모의 붉은 흙만이 깔려 있는 곳에, 장이 바뀜에 따라 태양의 생김새가 커지면서 내리쬐는 폭양이 세어지고, 조명의 붉은 빛두 차차 진홍으루 변해가고, 효과의 까마귀 울음 소리두 점점 여러 마리가 우짖어대는 가운데 사람들의 지르는 소리두 커져야 합니다. 그러다가 3장에 가서 고조된 사람들의, 아 이거구나, 아 이거구나, 하는 소리 속에 막이 서서히 내립니다."(p.227)

박해연의 희곡 3: 새로 구상 중인 건축과 관련된 이야기
"무대 오른편은 강이 왼편은 건축공사장입니다. 강에는 물이라군 하나 없습니다. 그저 한가운데 모래와 자갈만이 깔려 있구, 둑과 이 모래 자갈 사이에는 상당히 폭이 넓은 수렁이 있습니다. 둑에는 고운 잔디가 깔리구 갖가지 나무들이 우거져 있습니다. 건축 공사장은 이 잔디와 수목에 둘러싸여 있습니다. 때는 아무 때라두 좋습니다. 아침이거나 한낮이거나 저녁이거나 상관없습니다. 막이 오르면 공사장에서는 기초를 하느라구 인부들이 모래자갈을 시멘트에 버무리구 있습니다. 그리고 강 쪽에는 질통을 진 인부들이 줄을 지어 한가운데 있는 모래와 자갈을 가지러 들어가구 있습니다. 이렇게 강으루 들어갈 때는 문제가 없습니다. 수렁에 빠지면서두 용케들 모래자갈이 있는 데까지 갑니다. 문제는 모래나 자갈을 질통에 지구 돌아올 땝니다. 짐 무게루 해서 수렁에 자꾸 빠져들어 갑니다. 무릎까지, 허리까지, 가슴까지, 나중에는 목과 머리마저 빠져들어 갑니다. 그러나 그들은 누구 하나 등에 진 질통을 벗어버리지는

못합니다. 그런데 그중에는 어쩌다 한두 명씩 수렁을 헤어나 둑 위루 기어오르는 사람이 있습니다. 그런 속에서 빈 질통을 진 사람들이 그치지 않구 장사진을 이루구 있습니다. 효과는 별 필요 없습니다. 단지 무대에는 나타나지 않는 현장감독의, 빨리들 모래자갈을 날라 오라는 고함소리만이……일정한 간격을 두구 들려옵니다.…… 저번 것과 다른 점이 많습니다. 막이 진행됨에 따라 말입니다. 둘째 막에 가서는 모래자갈을 진 사람들이 차차 많이 수렁을 건너 둑에 올라옵니다. 그것은 수렁이 사람들의 시체루 해서 메워지기 때문입니다. 건축공사두 진행이 빨라집니다. 거기 따라 현장감독의, 빨리들 날라라, 하는 소리두 작아져 갑니다. 제3막에 가서는 질통 진 사람들이 하나두 수렁에 빠지지 않구 무사히 건너옵니다. 수렁이 아주 사람들의 시체루 메워진 것입니다. 건축공사두 착착 진행되어 푸른 수목 사이에 오 층까지 올라가 있습니다. 이제 현장감독의 독촉소리는 전혀 들리지 않습니다. 그저 모든 것이 조용히 평화스럽게 진행되는 속에 천천히 막을 내립니다.(pp.307-308)

이러한 박해연의 희곡은 결국 구조 속의 한 개인의 운명과 역사관의 일면을 보여준다. 여기서 구성의 부재는 인간사에서 시간의 단조로움과 반복성을 강조하고 있는 것으로 보이며, 황폐한 삶의 이미지는 목적 없는 세계의 무력함과 무용함을 드러내고 있는 듯하다. 특히 박해연이 구상하고 있는 이 희곡들은 사무엘 베케트의 대표적인 부조리극[50] 「고도를 기다리며」와 여러 모로 흡사하다.

베케트의 희곡 「고도를 기다리며」는 블라디미르와 에스트라공이라는

---

50) "부조리"라는 말은 원래 조화를 이루지 못한 것을 뜻하는데, 부조리 극작가의 한 사람인 이오네스코는 카프카에 대한 논문에서 그 말을 다음과 같이 정의해 놓고 있다. "不條理하다는 것은 목적의 상실을 뜻하는 것이다……. 인간의 종교적, 형이상학적, 혹은 선험적 기반이 해이해지면 그 인간은 실패로 돌아가고, 그가 하는 모든 일은 무의미하고 황당무계하며, 아무 도움도 받지 못하고, 자라기도 전에 질식하게 된다."(박종서 편역, 「현대극 어디까지 왔나」, 고려대 출판부, 1980, p.86.)

집도 절도 없는 두 사람의 떠돌이들이 서로를 고고와 디디라고 부르면
서, '고도'라고 불리는 어떤 사람을 기다리는 이야기이다. 이 '고도'라는
인물과 만나기로 되어 있는 약속 장소-그곳은 허허벌판, 나무 한 그
루밖에 서 있지 않은 황량한 벌판이다-에서 그 둘은 그동안 무료함을
달래기 위해 고도가 올 것이라는 희망과 오지 않을 것이라는 절망을
주고받으며 여러 가지 우스운 몸짓을 연출하면서 시간을 보낸다(박해
연의 희곡1을 보라). 그런데 그들이 고도를 기다리며 시간을 보내고
있는 동안 유일한 사건이 있다면 1막에서는 앙상하던 나무에 2막에서
는 갑자기 잎이 돋아난다는 사실이다. 이것 역시 박해연의 희곡 1, 2,
3에 나타나는 무대 변화와 거의 일치한다. 베케트는 그것이 "희망이나
영감을 나타내는 것이 아니라 다만 시간의 경과를 기록할 뿐이다"라고
주장한 바 있다.[51] 여기서 베케트 희곡의 배경인 고고와 디디가 고도
라는 인물을 기다리는 허허벌판, 나무 한 그루밖에 없는 황량한 벌판
은 바로 박해연의 희곡의 무대이자, 인철이 인간극의 무리들에게서 엿
본 공허한 내면의 공간이기도 하며, 또한 인철의 꿈에 나오는 황톳길
과도 상통하는 실존의 공간이기도 하다. 또한 박해연의 희곡과 작품 「
일월」의 전체 주제 역시 "시간" 보내기, 즉 세월을 감당해나가는 인간
의 존재론적 의미 규명에 있다고 할 때, 이 작품 전체와 사무엘 베케
트의 희곡 「고도를 기다리며」는 상호 텍스트적 관계에 놓여 있다고 할
수 있을 것이다.

　따라서 베케트의 「고도를 기다리며」에서

"이제는 가야지."

"안돼."

"왜?"

"고도를 기다려야지."

"아, 참 그렇군."

---

51) 한상철 등 공저, 「현대 드라마의 이해」, 성균관대 출판부, 1985, p.99.

등의 이런 대화가 1막과 2막에서 계속 반복되고 있고, 막상 "가자" 하면서도 떠나지 못하고 있는 것은 궁극적으로는 현대 자본주의 사회의 소외된 인간 군상들의 삶 그 자체를 대변해 놓은 것으로 읽을 수 있다. 여기서 보이는 이미지는 원초적이고 원형적인 존재의 이미지다. 모든 인간은 궁극적으로 무엇인가 중요한 일이 일어나기를 기다리며 산다. 따라서 고고와 디디의 기다림은 모든 인간의 기다림이고, 고도는 누구의 마음속에나 존재하는 기다림의 대상이다. 즉 고고와 디디는 현대를 살아가는 우리 자신을 자꾸 줄여갈 때 최후에 남는 모습 바로 그것이며, 박해연의 희곡 역시 바로 그 같은 차원에서 이해될 수 있다. 그럴 경우 박해연의 희곡과 나아가 이 대폿집이라는 무대를 배경으로 하는 인간 극 자체도 베케트의 희곡과 마찬가지로 일종의 부조리극으로 읽힐 수 있게 된다. 그것은 또한 시간 견디기, 나아가 세월을 견뎌내기라는 이 작품 전체의 주제를 압축해 놓은 것으로 확대 해석해 볼 수도 있다.

이러한 박해연의 희곡과 인간극 무리들과의 만남을 통해 인철은 자본주의 사회 인간 군상들의 소외된 인간관계의 일면을 서서히 깨닫게 된다. 처음 박해연에게 이끌려 대폿집에 들어가 박해연으로부터 "무대는 보시는 바와 같구, 등장인물은 하두 많아 일일이 다 소개할 수 없으니 주요 인물만 알려드리죠. 거의가 일 년 이상 출연 경력을 가진 프로 배우들입니다……."(p.40)라고 인간극의 무리들을 소개받고 대폿집을 나서면서 인철은 "인간극이라? 그 인간극에서 박해연이 맡은 배역은 무엇일까? 자기는 그 극의 해설자나 연출가로 자처하는 것 같으나 그도 역시 한 등장인물에 지나지 않지"(p.47)라고 말하고 있는데, 이는 인철이 구체적 현실에서 비켜난 인간들의 정신적 공허함을 직감적으로 꿰뚫어 보고 한 말이다. 이 인간극의 연출자임을 자처하고 있는 박해연은

"직업이 없죠. 부인이 무슨 장살 하나 봐요.⋯⋯방송국에 아는
사람이 있어서 라디오 드라마라두 쓰라구 해두 굶어죽으면 죽었지
그런 일은 못 한다구 펄펄 뛴대요. 사실은 쓸 역량이 없어 못 쓰는
지두 모르죠"(p.78)

라는 나미의 말에서 드러나는 것처럼 현실과 조화되지 못한 채 현실로
부터 비켜선 한 무능한 지식인에 불과한 것이다. 요컨대 대폿집을 무
대로 벌어지는 인간극이란 결국 현대 자본주의 사회 유한 계층의 계급
적 위상과 관념 사이의 현저한 불일치, 즉 관념과잉의 불완전한 삶이
"인간극"의 형태로 제시되고 있는 것에 다름 아니다. 따라서 이곳에서
의 인간관계는 베케트의 부조리극에서 고고와 디디의 관계처럼 다분히
소외되고 불소통적인 관계일 수밖에 없다.

"이를 선택해보아라, 그대는 이를 후회하리라. 저를 선택해보아
라, 그대는 또한 후회하리라. 이를 선택하거나 저를 선택하거나 그
대는 마찬가지로 후회하리라⋯⋯종당엔 자기가 결정해야 하는 거
야.⋯⋯자 술이나 마셔. 술이 젤 정확히 결정을 지어줄 거
야."(p.76-77)

"남녀 간의 진정한 사랑이 있다구 보세요⋯⋯다아 연극예요. 사
는 것두 연극, 연애하는 것도 연극, 슬퍼하는 것 기뻐하는 것 모두
가 다 연극예요, 연극."(p.79)

담배연기가 자욱한 홀 안. 여기저기서 들려오는 혀 꼬부라진 말
소리. 옆의 박해연과 국회의원에 출마를 한 바 있다는 몸집이 큰
사내의 지껄여대는 소리도 여러 사람들의 말소리 속에 묻혀 있었
다. 이렇게 홀 자체가 담배연기와 술과 뭇 손님의 지껄임으로 한
덩어리가 돼 웅웅거리는 속에 어떤 말소리 하나가 이상하게 인철
의 귀에 젖어 들어왔다. 잔소리 말어, 추석 땐 떡값이 나올 테니
마시자, 마셔.(p.126)

"다시금 주위가 너무나도 조용하다고 느껴졌다. 아무도 없는 허허벌판에 혼자 남은 것 같은. 눈을 떴다. 앞의 청년은 보이지 않았다. 그러나 사람들이 있었다. 얼굴들이 모두 이리 향해 있었다. 그러나 하나같이 다칠세라 도사리고 앉았는 얼굴들이었다. 좀 전에 동석했던 사람들마저도. 인지경 같은 속에서 인철은 몸을 일으켜 허청거리며 자기 자리로 가 앉았다. 잔에 술을 부어 입안에 고인 액체와 함께 들이 삼켰다. 허허벌판, 아니 정글야. 둘러봐야 사람이라군 하나두 없는……아니지. 사람들이 있었어. 인간으루 이뤄진 정글…… 인철은 혼자 속으로 이렇게 말하고는 또 술을 따라 마셨다. 그때야 홀 안이 다시 웅성거리기 시작했다."(이때부터 대폿집의 인원이 됨)(p.191)

인철은 다시 입가에 미소를 지었다. 박해연의 말대로 그때 설사 국회의원에 출마한 바 있다는 그 거구의 사내가 있었더라도 손가락 하나 남을 위해 움직이지 않았으리라고 생각했다. 인간의 정글. 서로 술잔을 주고받고 할 때는 가까운 친치이다가도 일단 자신에게 불리한 일에는 제각기 아주 무관한 남남이 되는 상태. 인철이 그 매력에 끌려 이곳에 드나드는 일원이 되었는지도 모를 일이라고 생각했다.(p.226)

인철은 너무나 같은 분위기-그 집에, 그 술에, 그 사람에, 그 얘기에 불현듯 진력이 나는 것을 느꼈다……오늘은 유난히 이곳 분위기에 진력을 느끼고 있던 데다가 이 사람에게서 다시 작품이야기가 나오기 시작하면 한이 없을 것 같아 자리를 뜨려고 하니까,
"아니 김형, 다른 인물들이 통 나타나지 않는데 김형까지 그리 급히 퇴장하면 어떡해. 김형두 이젠 이곳 인생극의 한 주요 등장인물이라는 걸 알아야 해요."(p.290)

"호텔비가 어디서 나오는지 압니까. 조양에게서 나오구 있어요. 조양에게서. 그렇다면 짐작할 수 있잖아요. 미스터 남이 쓰는 게 어떤 것이 될는진 몰라두 중요한 배역을 자기가 따보겠다는 속셈

이지 뭐예요. 안 그래요, 김형? 김형 듣긴 안됐을지 몰라두 생각해
보면 드럽죠, 모두가 드러워요. 하기야 그까짓 건 내 관여할 바 아
니지."(p.307)

대폿집에서의 대화를 몇 가지 발췌해본 위의 인용문에서 드러나는
것처럼, 이곳은 현대자본주의 사회의 인간성과 인간관계를 대변해주는
공간이다. 특히 개인적인 이해관계나 돈에 의해 좌우되는 자본주의 사
회 인간관계의 속성이 위의 인용들에서 적나라하게 드러난다. 자본에
의해 움직여가는 메커니즘 하에서 실제 삶의 비인간성과 그로부터 야
기되는 인간 실존의 깊은 소외감과 외로움은 "허허 벌판"으로 표현되
고, 자본주의의 약육강식 논리는 "인간 정글"이란 말로 표현된다. "서
로 술잔을 주고받고 할 때는 가까운 친지이다가도 일단 자신에게 불리
한 일에는 제각기 아주 무관한 남이 되는" 인간관계는 현대 사회의 일
상적인 인간과 인간의 관계를 그대로 대변해 준다. 따라서 박해연의
"무대라는 게 얼마나 무서운 곳인지도 모르구"(p.77)라는 언급은 이러
한 사회구조가 개인에 대해 갖는 절대적인 규정력을 정확히 포착해내
고 있는 대목이라 할 수 있다. 구조에 의해 결정된 인간 군상들은 그
저 인간극의 한 꼭두각시에 불과하며 예정된 운명대로 흘러갈 수밖에
없는 존재이다. 이런 점에서 인생은 미리 각본이 짜여진 연극에 불과
한 것이 된다. 위의 인용문에서 인철이 너무나 똑같은 이런 짜여진 분
위기에 진력을 느끼는 것도 결국은 구조 속 인간이라는 인식에서 비롯
된 반성적 사유의 결과라 할 수 있다.

이 대폿집이란 크로노토프를 통해서 주인공 인철은 자신과 동시대인
들의 공허한 의식과 불완전한 삶의 형태를 만나게 되는 것이다. 그러
면서 결국 자기 역시 그 인간극 속의 일원이라는 반성적 사유에 도달
하게 되고, 비로소 사회 속에서의 자신의 존재에 대한 인식으로 좀더
가깝게 다가서고 있다. 그리하여 이 작품 말미에 이르면서 인철의 자

아는 인간 존재를 중층결정하는 자본주의적 현실의 두꺼운 벽 속에 갇힌 존재의 의미를 깨닫고 새로운 자아를 찾으려는 의식으로 성장한다. 이는 이 소설의 마지막 장면에서 인철이 크리스마스 파티가 벌어지고 있는 나미네 집에서 나와 "머리에서 고깔모자를 벗어 뜰에 서 있는 한 나뭇가지에다"거는 행위로 나타나는데, 이는 인철이 대폿집의 인간극의 일원임을 결국은 거부하는 하나의 단호한 몸짓으로 읽힐 수 있다.

> 밖은 어둡고 추웠다. 훈훈한 방에 있던 몸이 으스스 떨렸다. 인철은 홀에 두고 나온 코트 생각이 났으나 그것을 가지러 되돌아 들어가지는 않았다.
> 이대로 나는 관객의 입장에서 다혜와 나미를 대해야 하는가. 나는 나, 너는 너라는 인간관계란 있을 수 없지 않은가. 인간이 소외당한 자기 자신을 도루 찾으려면 우선 각자에 주어진 외로움을 참구 견뎌나가는 데서부터 시작해야 할 거야. 기룡이의 말이었다.……그건 그렇다. 하지만 그 외로움이란 인간과 인간이 격리돼 있는 상태에서만 오는 게 아니지 않는가. 서로 부딪칠 수 있는 데까지 부딪쳐본 다음에 처리돼야만 할 문제가 아닌가. 기룡을 만나야 한다. 만나 얘기해야 한다.
> 인철은 머리에서 고깔모자를 벗어 뜰에 서 있는 한 나뭇가지에다 걸었다.(p.343)

연극과 광대를 연상시키는 고깔모자를 벗어던짐으로써 인철은 새로운 인간과 인간의 만남, 새로운 대화적 소통 가능성에 대해 생각하고 있는 것이다.

그러나 그것은 "훈훈한 방"과 대립되는 "어둡고 추운" 선택이기도 하다. "어둡고 추운" 바깥 날씨는 또한 작가 황순원의 당대 사회에 대한 부정적 현실관, 역사관과도 접맥되어 있다는 점에서 다시금 그의 방관자적 현실관찰의 객관성과 엄정성의 깊이를 확인할 수 있게 해주는 대목이다.

결국 인철은 아직 아무런 입장이나 사회 속의 자아를 명확히 발견하고 있지 못한 상태이다. 형식상으로는 완결되었으나, 내용상으로는 아무것도 확실한 것이 없는 상태로 작품 「일월」은 끝을 맺고 있는 것이다.

4. "日月"의 크로노토프 ― 파괴와 혼돈의 근원

이 작품의 제목인 "일월"은 해와 달, 뜨는 날과 달의 뜻으로 '세월'을 이르는 말이다. 그러나 해와 달은 도저히 서로 융합되거나 공존할 수도 없는 대립적인 존재물들이기도 하다. 따라서 상호 이질적인 존재물들이 동시적으로 결합된 "日月"이란 말은 시간이면서 공간이고, 동시성과 이질성을 아울러 가질 수 있는 그 자체가 하나의 "크로노토프"를 의미하는 것으로 해석될 수 있다. 또한 이상의 크로노토프 분석을 통해 알 수 있는 바와 같이 이 작품은 시간의 문제를 통해 인간 존재를 규명하려는 야심 찬 시도라 할 수 있다.

먼저 이 소설은 과거가 현재 속에 깊이 각인됨으로써 과거의 현재화가 문제시되고 그 와중에서 인간의 실존적, 역사적, 사회적 존재 위치가 결국 한 인간의 삶을 결정짓는다는 운명론적 역사관을 보여준다. 즉 '세월'이란 말로 집약될 수 있는 역사의 과정이란 한 인간의 삶과 그의 내면까지도 결정짓게 될 것이므로, 인간의 자아는 외롭고 무기력할 수밖에 없다는 인식이다. 각각의 등장인물들은 모두 공통적으로 '세월', 즉 시간의 흐름과 그로 인한 사회의 변화에 잘 적응하지 못하고 있고, 그럼으로써 시간의 대열에 적극적으로 동참하기보다는 그 흐름과 변화를 견뎌내려는 안간힘을 쓸 뿐이다. 바로 여기에서 존재의 문제가 부각된다.

그저 문제는 현재에 있는 것이다. 모든 걸 무시하고 자기가 갈
길을 가는 것. 그러나 그렇게 안 되는 것은 무엇이냐.(p.299)

이런 인철의 고뇌는 시간의 흐름, '세월'의 절대적인 규정력 하에서
인간의 주관적 인식의 무기력함에 대한 토로에 다름 아니다. 작중인물
들의 이러한 역사관은 박해연의 희곡과 기룡의 고독과 소외의 철학으
로도 대변된다.

무엇보다도 자본주의 사회구조 내에서 인간 존재와 인간관계의 본질
을 꿰뚫고 있는 박해연의 희곡에서는 시간 속에서 무수히 쓰러져간 인
간 군상들의 모습이 비극적으로 묘사되고 있다. 한편 "어떤 꺾일 수
없는 외로운 의지"의 인간 기룡은 역사적 자아를 압도하는 주관적, 실
존적 자아의 확립을 통해 '세월'의 무게를 감당해가는 인물로 묘사된다.
그렇기 때문에 그는 현실적으로는 백정이라는 계급적 위상을 갖지만,
정신적 측면에서는 일어로 된 사회과학 서적을 탐독하는 인텔리겐치아
인 존재와 의식이 불일치된 불안정한 존재이다.

"사람은 외롭게 마련이야. 그래서 역사가 이뤄지구 사람을 죽이
구 또 죽구 하는 게 아닐까. 본시 인간이, 그리구 땅과 하늘이 피
를 요구하구 있다구 봐. 어떤 외롬에서 벗어나려구 말야. 그 피란
반드시 붉은 색의 유형의 것만을 말하는 건 아냐. 보이지 않는 가
슴 속에 흐르는 피를 의미할 수도 있지."(p.304)

"어쨌든 인간이 소외당한 자기 자신을 도루 찾으려면 각자에 주
어진 외로움을 우선 참구 견뎌나가는 데서부터 시작해야 할 거
야…….(p.305)

이러한 기룡의 관념성은 그 자신이 인간 극의 무리들 중 한 사람인
박해연에게 "관념 유희군"이란 말을 던졌다는 점에서 객관적인 자기

인식에는 이르지 못했음을 입증한다. 그러나 그가 세월의 무게를 주관적 인식 체계로 견뎌내려는 인간인 이상, 그는 결코 자신의 삶을 객관화시킬 수 없다.

그러나 인철은 그러한 주관적 인식 체계가 실제 삶을 정당화시켜 주지 못한다는 것을 아는 인물이다. 그러나 그는 달리 뾰족한 수도 없다고 느낀다. 그럼 어떻게 해야 하나? 이것이 바로 인철로 하여금 다른 사람들의 삶을 진지하게 통찰하게끔 하는 동인이다. 결국 거대한 역사의 흐름 속으로 과감히 뛰어들지 못하는 한 사람의 관객으로서 인철은 혈통의 문제와 사회적 통념, 그리고 동시대 인간 군상들의 삶의 모습을 통찰함으로써 자기 존재를 재발견하게 되는 문제적 인간인 것이다. 반면 기룡, 상진영감, 본돌영감, 박해연을 위시한 인간극의 무리들 등 인철 주변의 작중인물들은 철저히 구조 내 인간들이라 할 수 있다. 그들은 이미 위기의 시간을 건너 자신들의 영토를 가진 존재들이기에 아직 그것을 가지지 못한 인철의 대화상대자가 될 수 있는 것이다.

요컨대 이 작품에서 모든 작중인물들에게 있어서 시간은 창조와 재생의 근원이라기보다는, 점차적인 파괴와 혼돈의 근원으로 해석되고 있다.

또한 이 작품은 인간의 의식은 아주 오래된 예전의 망상과 오류 속에 갇혀 있고 인간의 주관적 의식이 맹목적으로 신봉하려 하는 이 세상의 계획과 논리는 일월이라는 시간의 절대적인 힘 앞에 좌절됨으로써, 결국 운명이 의지에 앞선다는 것을 보여준다. 그리하여 각 인간들의 다양한 삶의 모습과 이념을 통해서 역사의 다원성과 혼란의 의미를 전달하는 것이며, 결과적으로는 일관성을 가장하는 역사의 무위성과 개인 운명의 무의미성을 드러내는 것이다.

결국 운명이 의지를 압도한다는 이러한 역사관은 인간이란 과거, 현재의 복합체이며, 의식과 무의식, 실재와 허구에 의해 중층결정되는 통시적, 공시적인 다양한 힘들의 상호작용의 산물이라는 결론을 도출해낸다. 그렇기 때문에 한 인간의 존재 의미는 그 무수한 힘들과의 대화 속에서, 즉 상호주관적인 맥락에 대한 이해를 통해서만 접근 가능한 것이며. 모든 인간 행위는 그 속에서 하나의 예측할 수 없는 "사건성"으로만 놓이는 것이다.

따라서 「일월」의 작중인물들은 이러한 시간성 속에서 벌어지는 "실제" 대화의 발화자이자 청중들이지, 수사적으로 설정되거나 관례적인 문학적 존재들이 아닌 것이다.

고로 이 작품은 일월이란 크로노토프를 기반으로 하고 있음으로 해서 구조 없는 플롯을 지니게 되고, 모든 것이 세월이란 거대한 범주로 포괄된다는 운명론적 역사관을 형상화하고 있다. 그리고 작품 구조도 아무 것도 매듭지어지지 않는 결말을 갖는다. 이 와중에서 작중인물들은 각자 하나로 환원될 수 없는 자기 고유의 세계를 갖고 있으며, 이들의 삶은 '일월'이란 크로노토프 속에서 동시성 속의 이질성으로 특징지어진다.

Ⅳ. 다성적 소설로서의 「일월」 분석

> 완전한 사실주의로 인간 속에서 인간을 찾는 것. 나를 심리학자라고들 부르
> 는데 그건 틀린 말이다. 나는 최상의 의미에서 사실주의자일 뿐이다. 다시
> 말해 나는 인간의 마음속 깊은 곳을 모두 다 묘사하고 있는 것이다.
>
> — 도스토예프스키 —

바흐친에게 있어서 소설은 다양한 사회, 이념적 언어들 간의 대화적
공존으로서의 언어의 성격이 가장 극대화된 형태로 반영된 문학 장르
이다. 바흐친이 보기에 언어란 결코 추상적인 문법체계나 구조, 또는
중립적인 매체 등으로 이해될 수 없는 것이었다. 그것은 오히려 각기
다양한 세계관을 보유하고 있는 다양한 사회적 언어들의 갈등과 대화
의 장이다. 따라서 언어란 세계관과 동의어이며, 다양한 세계관들 간의
끊임없는 대화와 투쟁의 장이 된다.52) 그렇기 때문에 언어를 매개로
한 대화라는 것도 단순한 일상적인 대화나 언어적인 소통과정만을 의
미하는 것이 아니라, 역사의 무대에 명멸하는 다양한 사회계층들의 역

---

52) 이런 측면에서 바흐친 학파의 언어관은 현재 프랑스를 중심으로 전개되고
있는 담론연구자들과 맥을 같이하고 있다. 이들은 소쉬르적인 언어관을 비
판하면서, 이데올로기적 실천을 지향하는 동시에 말과 관련되어 있는 "담
론 연구"를 대안으로 제시한다. "의미는 이데올로기의 영역에 속하고 담론
은 이데올로기의 특수한 한 형식"이라고 본 루이 알튀세르의 뒤를 잇고
있는 이들의 담론 이론은 미쉘 페쇠의 다음과 같은 언급 속에서 바흐친과
자연스럽게 연결된다. "담론의 의미는 궁극적으로는 대립적인 관계, 즉 이
데올로기 장치들을 가로지르며, 비록 즉각적이지는 않을 지라도 결국에는
다양한 경제적, 정치적, 이데올로기적 형태를 반영하는 각 입장들의 계급
투쟁과 연결되는 투쟁 속에서만 성립된다. 즉 의미는 대화하고 서로 투쟁
중인 입장들에서 나오며……각자의 입장에 따라 변화하는 것이다."(다이안
맥도넬, 임상훈 역, 「담론이란 무엇인가」, 한울, 1992, p.58.)

학관계를 반영하는 갈등과 투쟁이 이루어내는 구체적인 관계의 체계를 의미하게 되는 것이다. 이런 의미에서 소설 속에 표현되는 언어 및 이념적 세계의 탈중심성은 곧 나의 세계가 가능한 많은 세계들 중 하나일 뿐이라는 의식을 토대로 할 때 가능하다. 절대적 권위적 세계 인식의 반발에서 시작된 바흐친의 이질적이고 다양한 문화와 언어에 대한 깊은 관심은 따라서, 필연적으로 언어와 의도, 언어와 사고, 언어와 표현 사이의 분열에 대한 깨달음으로 이어진다.[53] 특히 이러한 언어와 이념적 의미 사이의 절대적인 결합을 무화시키고 그것의 분열을 드러내 보여주는 소설적 장치들로 바흐친은 혼성, 언어들 간의 대화화된 상호관련, 순수한 대화 등을 들고 있다.

그러나 이 부분은 바흐친의 저작들 중 사실상 체계적인 이론화 작업이 극히 미약한 부분인 관계로, 본고에서는 편의상 작품 「일월」에서 다성적 언어관의 핵심을 형식화하고 있다고 여겨지는 측면들을 몇 가지 항목으로 나누어 다각적으로 고찰해 보고자 한다.

1. 원화의 다층성과 작화의 다성성

작품 「일월」의 작화에는 늘 몇 개의 원화가 중첩되어 나타나고 있다. 또 이 중첩된 원화들이 어우러져 발산하는 의미의 교향곡이 작화의 다성성으로 이어지고, 이러한 중첩, 반복되는 의미들의 반향이 결국 작품의 주제를 형상화하고 있는 것이다.

우선 「일월」의 원화 수준에는 세 가지 기본적인 이야기가 존재한다. 이 세 이야기들이 작화 차원에서 서로 상호작용하면서 전체적인 하나의 텍스트를 이루고 있는 것이 바로 작품 「일월」의 전반적인 구조이다.

---

53) Bakhtin, *The Dialogic Imagination*, p.192.

첫 번째 이야기는 백정이라는 천민계급의 혈통에 대한 확인과 자본주의 사회의 새로운 계급 구조라는 과도기적 개편과정 속에서 각각의 작중인물들이 사회적 통념과 맞서서 자아를 확인해 가는 이야기이다. 두 번째 이야기는 주택 설계에서부터 완공까지의 이야기이며, 동시에 한 가족의 와해와 해체에 관한 이야기이다. 세 번째 이야기는 아무런 결실도 없는 남녀간의 불확실한 애정에 관한 이야기이다. 이 세 개의 원화들은 하나의 독립된 이야기 형식을 갖추고 등장한다. 그리고는 바로 이렇게 등장한 이야기들이 반복해서 서로 교차 중첩되곤 하는 것이다.

또 각 이야기들은 각기 새로운 이야기 층위를 형성하면서 지연감을 고조시키고 속도 있는 서사적 진행감을 방해하여 전체 이야기를 복잡하게 얽어버리기도 한다. 그런데 작품 「일월」에서의 이런 양상을 현대소설의 특징인 갈등의 복합성으로 치부하고 말기에는 다소 문제가 있다. 즉 대부분의 현대소설에서는 하나의 이야기에 원인이 되는 또 다른 사건이 통합적으로 겹쳐지는 것이 상례라면, 이 작품에서는 각 층위의 사건들이 각자 팽팽한 긴장감을 유지하며 병렬적으로 지속되는 일종의 알레고리적인 특성을 다분히 포함하고 있기 때문이다.

먼저 첫 번째 이야기인 백정이라는 천민계급의 혈통과 확인이란 이야기는 둘째와 셋째 이야기와는 완전히 독립된 자족적 층위의 이야기이지만, 두 번째 이야기인 건축의 설계에서부터 완공까지의 이야기와 팽팽한 긴장감을 유지하면서 병렬적으로 진행되고, 또 서로가 서로를 암시하고 빗대는 기능을 하고 있다.(본고의 "집"의 크로노토프에 관한 장을 참고하라). 또한 남녀 간의 애정을 중심으로 한 세 번째 이야기 역시 첫 번째와 두 번째 이야기와는 별개로 병렬적으로 진행되고 있지만 결국은 첫 번째와 두 번째의 이야기들과 그대로 대응되는 미완결성, 즉 결말 없는 불확실성으로 매듭지어지고 있다는 점에서, 원화 차원에서 서로 독립된 이 세 개의 이야기들은 작화 차원에서 서로가 서로를 빗대고 함축하는 관계에 놓여 있는 것이다.

특히 굵직한 이 세 개의 원화 속에는 여러 개의 전혀 무관한 이야기들이 삽입되어 있어서, 이 삽입된 이야기들이 다시금 전체 원화를 내용 및 형식적인 측면에서 빗대고 함축하는 관계에 놓여 있게 된다.

먼저 위의 세 개의 원화와는 전혀 무관한 박해연의 희곡을 보자. 이는 이미 앞에서 언급한 바와 같이 본 이야기와는 무관하지만, 본 이야기의 내용과 형식, 나아가 이 작품 전체의 내용과 형식을 그대로 빗대고 있는 이야기이다. 이 희곡이 삽입되고 있는 대폿집의 정신적으로 황폐한 내면의 풍경과 인철의 꿈에서 실존적 공간을 상징하는 황톳길, 나아가 이 작품 자체가 기반으로 하고 있는 세월, 즉 인간의 운명이란 크로노토프는 모두 박해연의 희곡 1, 2, 3("만남"의 크로노토프 장을 참고하라) 속의 공간 구조에 그대로 대응된다. 또한 부조리극의 일종으로 읽히는 그의 희곡과 인간 운명의 부조리성과 무의미성을 형상화하고 있는 이 작품 전체의 구조는 결국 서로가 서로를 빗대고 빗대이는 관계에 있다고 할 수 있다. 박해연의 희곡에서 구성의 부재는 인간사에서 시간의 단조로움과 반복성을 강조하고 있고, 황폐한 삶의 이미지는 목적 없는 세계의 무력함과 무용함을 드러내고 있는데, 이는 곧 인철이 인간극의 무리들에게서 엿본 공허한 내면의 공간이자, 인철의 꿈에 나오는 황톳길과 상통하는 실존의 공간인 것이다. 또한 박해연의 희곡과 작품 「일월」의 전체 주제 역시 시간 보내기, 즉 세월을 감당해 나가는 인간의 존재론적 의미 규명에 있다고 할 때 이런 빗대임의 관계는 보다 명확해진다.

이와 비근한 일례로 작품 「일월」에는 세 번째 원화, 즉 남녀 간의 애정을 중심으로 펼쳐지는 이야기에 삽입된 일종의 빗대는 이야기가 나온다. 그 하나가 춘향이와 이도령이라 불리는 두 노부부의 이야기이다. 팔순이 가까운 두 노부부가 다혜네 동네로 이사 온 뒤 그들에 대한 희한한 소문이 퍼지기 시작한다. 소문에 따르면 본래 그 노파는 기생이었고, 현재 남편이 아닌 다른 남자와의 사이에 딸이 하나 있는데,

정부 고관으로 있는 사위의 도움을 받아 생활하고 있다고 한다. 그런 데 아침저녁으로 노인이 물을 긷고 아궁이에 불을 지피고 하여 부엌동 자를 돕고, 또 시장에 갈 때도 노인이 장바구니를 들고 노파와 같이 다닌다는 것이다. 이런 두 늙은이를 두고 동네 사람들이 춘향이와 이 도령이라고 부르게 되었다. 그런데 노파가 회초리를 갖고 무슨 일에나 미처 영감이 말을 못 알아들을 때마다 그 영감의 머리를 때린다고 하 는데 그러면 영감은 순순히 머리를 내밀고 맞는다는 것이 바로 그 기 이한 소문의 전모이다. 이 삽입된 이야기는 사실상 본 이야기와는 전 혀 무관하지만, 작품 「일월」에선 다혜의 관점에서 두 차례나 나온다. 다음의 인용문을 보자.

> 이 소문을 다혜네 식모가 듣고 와 과장되게 얘기하는 것을 인철 이도 들었다. 그때 지 교수는 웃으면서 인철과 다혜에게 이렇게 말 했던 것이다. 조금두 이상할 게 없어, 이건 사디즘이나 마조히즘이 아냐. 그저 남녀관계의 어떤 구극적인 면을 그대로 나타낸 것뿐이 지, 그걸 애정이라구 불러두 좋아. 그런데 그게 반대로 되면 뜻이 달라져, 말하자면 영감이 노팔 회초리루 때리는 경운 사랑이 아니 구 학대가 되는 거야.(p.58)

두 노부부의 비정상적인 관계에 대한 지 교수의 이 같은 언급은 이 작품에서 연애소설의 일종으로 읽히는 세 번째 원화 전체를 꿰뚫고 있 는 전체적인 애정관을 그대로 빗댄 대목이다.

작품 「일월」은 전체적으로 전형적인 삼각관계 패턴을 취하고 있는 데, 그것은 인철-나미-다혜, 인철-다혜-전경훈, 인주-신명수-남 준걸, 인주-남준걸-다른 여자들 등의 복잡한 관계망으로 얽혀 있다. 먼저 이 소설에서 가장 비중 있게 다루어지고 있는 인철-나미-다혜 의 삼각관계를 들여다보면, 이 관계는 한 남자를 둘러싼 두 여자의 갈 등, 혹은 두 여자 사이에서의 한 남자의 갈등으로 유형화될 수 있는데,

이때 한 남자(인철)를 가운데 둔 두 여자는, 수수하고 자상한 모성애와 화려하고 욕정적인 에로티시즘의 투영으로 각기 양극화되는 양상을 띠고 있다. 이는 바꿔 말해서 이 두 여자 사이에 낀 남자 주인공 인철의 양가감정으로도 읽힌다.

이러한 인철 내부의 양가감정은 서로 대조적인 두 여자 사이에서 때로는 무책임성이나 과단성의 상실 등으로 비판받을 소지가 다분하지만, 결국은 두 여자의 선택과 행동에 순응하는 소극적인 남성상의 표현에 다름 아닌 것이다. 남녀관계에 있어서 전혀 주도적인 위치에 있지 못한 인철의 소극성은, 항상 모성적인 애정으로 인철을 보호하고 감싸려는 다혜의 강인함과 적극성, 그리고 인철과의 관계에서 모든 행동을 주도하는 나미의 적극성과 과감한 애정 행각과는 사뭇 대조적이다. 이는 춘향이 노파의 가학적인 적극성과 이도령 노인의 순응적인 온순성에 대응되는 것이면서, 그 밖의 삼각관계, 즉 신명수 - 인주 - 남준걸, 다혜 - 전경훈 - 인철 등에서도 적극적인 여성과 소극적인 남성으로 대별되는 이 작품전체의 애정관을 형성하는 하나의 특징이다.

특히 이 작품에는 인철과 나미의 과감한 애정 행각이 여러 차례에 걸쳐 묘사되고 있는데, 사실상 이 부분들은 대부분 작품의 전체 흐름과는 무관한 부분들이다. 그러나 나미와의 육체적 에로티시즘, 그리고 이와는 대조되는 다혜와의 아무런 진전 없는 우정 같은 애정관계는 존재에 대한 탐색이란 인철의 내면적인 갈등과 직접적인 상관은 없지만, 이 작품 전체에 고독감과 허무감의 음영을 드리우는 데 일조하고 있어서, 일종의 효과 음향과도 같은 역할을 하고 있는 것으로 여겨진다.

인철에게 있어서 나미와의 육체적 사랑은, 그의 내면적 갈등의 한 도피처와도 같은 구실을 하고 있는 것이다. 따라서 그것은 인철에게 있어서 술과도 같은 것이다. 이처럼 이른바 현실적인 균형감각을 상실한 나미와 인철, 그리고 남준걸 등이 벌이는 애정 풍속도는, 이 작품에서 대폿집 전경만큼이나 퇴폐적이다. 그 배면에 깔려 있는 것은 작중인물들의 짙은 고독감과 허무주의이다. 이는 이 작품 전체의 애정 풍속도를 빗대고 있는 춘향이와 이도령 노부부의 비정상적인 관계에서 풍겨나는 바로 그 분위기이기도 하다.

이처럼 작품 「일월」에는 중심 이야기와는 전혀 직접적인 관계가 없는 일종의 알레고리에 해당되는 삽화들이 등장하여, 본 이야기의 내용과 형식을 빗대고, 그 결말까지도 암시하는 원화 차원에서의 다층성이 형성되고 있다. 그리하여 이 빗대는 이야기와 빗대어진 이야기 사이의 상호작용이 결국 작화의 다성성을 결과하는 것이다. 이런 빗대는 이야기와 빗대어진 이야기 사이의 상호작용은 우선 이 작품의 핵심적인 세 개의 원화들 사이에서는 서로가 서로를 빗대고 빗대이는 관계로 나타나고 있고, 각 중심 원화들 내에서는 중심 사건과는 무관한 이야기의 삽입을 통해 본 이야기를 빗대는 식의 관계로 얽혀 있다.

특히 빗대어진 이야기(내부의 중심 원화)로부터 파악되는 중심 갈등 및 주제가, 빗대는 이야기(알레고리적인 삽화들)에서 이미 암시되고 결정되어 버린 상태이므로, 눈치 빠른 독자라면 독서의 과정 중에 이미 회의적이고 허무적인 결말을 준비할 수 있게끔 되어 있다. 이 또한 운명이 의지에 선행한다는 이 작품 전체의 운명론적 역사관, 나아가 작가의 방관자적 현실관의 일면을 시사해 주는 대목이라 할 수 있을 것이다.

2. 작중인물에게 권한을 부여하기
─다양한 인물시점의 교차와 대화 구조

작품 「일월」에서 시점상의 가장 두드러진 특징은 다양한 인물시점의 상호교차와 목소리들 간의 융합 및 상호침투에 있다. 다음의 인용문을 보자.

(1) 나미는 입술을 다문 채 입꼬리에 약간 웃음기를 띠었다. 자

신 있는 표정이었다. 이제 다혜라는 여자와 만나는 동안 이 미소를 지우지 않을 심산이었다. 적극적인 것 같았다가는 물러나고 하는 인철에게, 늘 묘한 그림자를 던지고 있다고 여겨지는 다혜와 자기는 어떤 양상으로 위치돼 있는가 하는 돌발적인 호기심이 이런 자리를 마련하게 했던 것이다. 물론 다른 구실을 뒤에 마련해 놓고. 그만큼 나미는 장난기 섞인 가벼운 기분일 수 있었다.

다방 문을 밀고 들어선 한 여자가 조용히 다방 안을 둘러보고는 이쪽을 향해 걸어오는 동안 나미는 조금 상체를 일으켜 미리 생각해두었던 미소를 담고 있었다. 그리고 그 여자가 앞에 와 서자,

"앉으세요."

했다.

(3) 둘의 시선이 천천히 오갔다.

나미에겐 그냥 미소가 지어진 채였다.

"들어오실 때 대번 다혜 씨란 걸 알았어요."

(1) 전화로 자기의 코트 빛깔만 알리고 다혜의 옷 빛은 묻지도 않았던 터이다.

"저두요."

(2) 다혜는 나미 앞 탁자 위에 놓여 있는 노트와 지갑으로 눈을 주었다. 학교에서 돌아오는 길인 모양이었다. 그러면서 다혜는 입으론, 저두요, 라고 했으나 자기가 그려오던 나미의 얼굴은 아니라고 생각했다. 눈이 큰 것만은 저번의 그 눈이라 여겨졌지만 입술도 야무진 편이 아니었고 얼굴이 퍽 길어 보였다. 화장의 변화에서 오는 것일까. 그렇지 않으면 그동안 자기 혼자 속으로 멋대로 윤색해 온 탓일까.

"아까 전학 혼선이었죠?"

(2) 나미의 말에 다혜는 하던 생각을 멈추고,

"그랬어요? 잠깐 말소리가 끊기긴 했지만……"

"그쪽엔 안 들렸나 보군요. 재미있었는데. 글쎄 여자끼리 무슨 재미루 만나나요. 자긴 빨간 코틀 입구 가겠으니 끼게 해달라나요. 별 우슨 것 다 봤어요."

(2) 다혜가 생각했던 대로 그네는 구김살 없이 명랑해 보였다. 초면의 쑥스러움이 금방 가셔나갔다.

"그러지 않아두 뵙구 싶었던 참인데 먼첨 전화해 주셔서 감사해요."

(2) 사실 다혜는 언젠가 인주에게 나미네 전화번호를 물어두고도 여태껏 미루어왔던 것이다.

"다혜 씨 전화번홀 인철 씨 동생 인주 씨한테 알아냈거든요. 잘 가르쳐주려구 안 하데요, 머뭇거리면서……"

"아무렴 그랬을라구요. 나한테 전화한 지두 오래됐으니까 잘 생각나지 않아서 그랬겠죠 뭐. 인주 편에서 전활 거는 일은 거의 없다시피 하니까요."

"그럴까요. 다혜 씨와 알게 되는 걸 싫어하는 눈치던데요. 전화번홀 물을 때만두 어쩔까 했는데 인주 씨가 그러니까 더 만나 보구픈 마음이 솟데요."

"불순한 동기가 섞였군요."

(2) 다혜가 웃으며 받았다.

"아주 순수한 건 원래 없어요, 이 세상에. 그냥 순수한 척할 뿐이죠."

(2) 다혜는 나미가 재미있는 여자라고 생각되었다. 이런 점에 인철이 끌린 것이 아닐까 생각해 보았다.

"인주가 연극공불 한다죠? 전연 무대에 나설 성격 같지 않았는데."

"어딜요. 센시티브해서 작품 이해두 빠르구, 연기력두 있는걸요. 떠벌리지 않구 아주 실속파죠. 우리 포도극회에서 연말이나 내년 초에 갖게 될 첫 공연 땐 큰 역을 맡을 거예요. 그때 구경 와 보세요. 초대권 보내드릴게요. 어쩜 인철 씨가 무대장칠 도와주게 될

지두 몰라요. 그런데 요새 인철 씨 통 볼 수가 없어요. 그게 언제 드라……"

(1) 나미는 새집 정원에 나무 심는 걸 봐 달라고 하고 나서 청수장에 가 골탕을 먹게 한 다음 날 바바리코트를 돌려받은 후부터의 날짜를 따져보았다.
"한 삼주일 되나 봐요, 못 만난 지가."

(2) 다혜는 생각했다. 자기가 인철을 집으로 찾아갔던 게 한 보름 남짓 되니 그렇다면 아직도 인철이 그 얘길 나미에게 하지 않았나?
"석사 논문 쓰기에 정신 없나 보죠. 십이월 중순께까지 프린트를 해서 학교에 제출해야 한다니까."

(1) 모르는 말씀.

(3) 한결같던 나미의 입꼬리 웃음기가 보일락 말락 일그러졌다.
"그렇지만두 않은 것 같던데요. 아까두 전활 거니까 집에 없구……요새 술을 굉장히 먹나 봐요. 요전에두 누가 밤늦게 술이 머리끝까지 취해 가지구 지나가는 걸 봤대요."

(1) 신명수한테서 들은 얘기였다. 어떤 사람과 술이 곤드레만드레 되어가지고 통금 직전에 미아리에 있는 것을 봤다고 했다.
"이상하게 절 피하는 것 같애요. 그럴 까닭두 없는데 참 알 수가 없어요. 요전 만났을 때 좀 골려주긴 했지만 그걸루 성낼 사람은 아니거든요. 만나구 싶지 않으면 만나구 싶지 않다구 할 거지 피할 게 뭐예요."

(2) 다혜는 이때다 싶었다.
"저, 나미 씨, 왜 그걸 알려구 안 하세요, 나미 씨 편에서?"
(1) 나미가 찻잔을 들어 루즈가 묻지 않도록 홀짝 차를 한 모금

마시고는 흐트러뜨리지 않은 웃음기를 여전히 입꼬리에 담은 채,

"제 편에서요?"

하고 되물었다.

"네. 자존심 문제 삼지 마시구. 지금 인주오빠에겐 나미 씨가 필요해요. 나미 씨를……뭐라구 할까요……역시 사랑이란 말을 써야겠군요……나미 씰 사랑하구 있어요. 분명히 인주오빠."

(3) 나미는 가만히 등을 의자에 기대고 머리를 뒤로 해서 의자 등받이에 얹었다. 입꼬리의 웃음기가 사라져 있었다.

(1) 무대나 스크린, 그리고 책에서 사랑이란 어휘가 얼마나 많은 경우 어설프게 들리고 또 보였는지 모른다. 그것이 지금 이 여자의 음성을 통해 조금도 어색함 없이 들려옴을 나미는 이상하다고 생각했다.

인철과 자기와의 관계를 이 여자는 다 알고 있다는 걸 깨달았다. 인주를 통해서일까. 아니다. 인철이 스스로가 이 여자에게 모두 말한 것이리라. 그런데 자긴 어떤가. 직접 인철에게서 이 여자와의 이야기를 들어본 일이 있었던가. 이 여자의 어느 일면 하나 인철 스스로에게서 들어본 일이 있었던가.

"전 너무나 인철 씰 모르구 있는걸요."

(1) 서로 사랑하는 사이라구 하기엔 말예요, 하는 말을 덧붙이려다가 그만두었다.

"누구를 다 안다는 일이 있을 수 있을까요. 그보담 이해가 더 중요하다구 봐요. 나미 씬 그럴 수 있을 거예요."

"전 무슨 말인지 통 알 수가 없군요. 제가 뭣을 이해해야 한다는 건지. 오해할 일이 있어야 이해구 뭐구 있잖겠어요."

(1) 혹시 이 여잔 지금 내가 자기들 사이를 오해하고 있다고 단정하고 있는 건 아닌가 하는 생각이 퍼뜩 나미의 머리를 스쳤다.

"전 누구를 오해하구 있다구 생각진 않아요."

"제가 너무 말을 비약시켰나 봐요. 아무튼 나미 씨 편에서 인주
오빠 만나두룩 하세요. 그러면 인주오빠가 나미 씰 피하구 있는 게
아니란 걸 알 거예요. 지금 인주오빠 괴로워할 일이 생겼어요. 나
미 씰 좋아하기 때문에 안 만나려구 하는 거예요."

(1) 나미는 더욱 알 수 없었다. 이 여자와 인철과의 무슨 관계는
아닌 듯한데, 그럼 대체 좋아하기 때문에 서로 만나기 괴로워지는
인철의 고민이란 무엇이냐고 묻고 싶었으나 참고 말았다. 이 여자
는 다 알고 있는데 자기는 모르고 있는 인철의 고민. 그것이 뭐냐
고 캐어묻는 것은 아무래도 자존심이 허락지 않았다. 현재 인철을
괴롭히고 있는 것이 무엇이든 간에 인철과 이 여자를 둘러싸고 있
는 세계에서 자기는 소외당하고 있다는 생각이 앞섰다. 그것은 두
껍게 꽉 짜인 둘레 같았다. 비집고 들어갈 틈새가 없을 만큼. 그러
자 나미는 구태여 그 둘레를 뚫고 인철에게 다가 설 욕심이 없는
자신을 발견했다. 비로소 나미는 입꼬리의 웃음기를 다시 되살릴
수 있었다.
"다혜 씨가 생각하는 것처럼 전 인철 씰 좋아하지 않는다는 걸
지금 막 깨달았어요. 인철 씨가 뭣 땜에 괴로워하는지 알구 싶은
생각이 없으니 말예요."
"아뇨. 인주오빠두 나미 씰 좋아하구 있지만 나미 씨두 인주오빠
사랑하구 있어요, 분명히."
"제 생각 같애선 지금 하신 말 속의 히로인을 나미 대신 다혜
씨루 바꿔 넣봐두 어색친 않을 것 같은데요."
"그런 말을……"

(2) 다혜는 흠칫했다. 저 속 깊이에 있는 어떤 허점을 찔린 느낌
이었다. 그러나 단순히 아픔만을 가져다주는 찔림은 아니었다.

(1) 나미는 나미대로 주객이 전도돼 있다는 생각을 하고 있었다.
다혜와 만나자고 한 것은 자기가 아닌가. 그것이 다혜 편에서 할말
이 있어 자기가 불려온 듯한 처지에 이른 것이었다.

"다른 얘기해요. 우리."

나미가 크게 미소를 퍼뜨렸다.

"피아노 레슨 땜에 늘 바쁘다죠?"

"네 조금……"

"사실은 오늘 나오시라고 한 건 딴 목적이 있어서예요."

(2) 다혜는 나미의 입을 바라보았다.

"피아노를 좀 골라주십사 해서요."

(1) 준비를 해두었던 구실을 나미는 꺼내놓았다.

"피아놀 골라 달라구요?"

"요 앞 한양악기점에 쉼멜 두 대가 있는데 쳐보시구 어느 것이 좋은지 좀 골라주세요."

"그런 걸 제가 어떻게……피아노 속을 잘 아는 분한테 부탁해야죠. 조율하는 분한테든지……"

"아뇨. 그저 다혜 씨께서 쳐보셔서 정해주심 돼요. 그런 방법으루 정하기루 맘먹었어요."

"집에 들여놓으실 거죠?"

"네. 그렇긴 해두 그저 장식품으루 놓으려는 심산이죠. 어디 피아놀 잘 칠 줄 아나요. 모독일까요, 피아니스트에겐? 뭐 사치라구 봐주세요. 그쯤 괜찮지 않아요. 여잔걸요 뭐."

(2) 화제가 엉뚱한 데로 흐른 속에서 다혜는 그만한 사치쯤 그네의 말대로 이 나미에게는 어색치 않다고 생각되었다.

(1) 나미가 벗어 놓았던 장갑을 꼈다.

(2) 다혜도 이제 더 할 말이 없었다.

다소 길게 인용된 위 글은 나미의 요청으로 나미와 다혜가 다방에서 처음 대면하게 되는 장면의 전문이다. 여기서 (1)은 나미의 입장에서, (2)는 다혜의 입장에서, 그리고 (3)은 객관적인 제3의 관찰자의 입장에서 서술된 부분들이다. (1)과 (2)는 "나미"와 "다혜"라는 3인칭 호칭을 각각 1인칭 "나"로 바꾸어도 별 무리가 없다. 이것은 전지적 작가 시점과는 전혀 다르다. 전지적 작가 시점에서는 보통 "ㅡ라고 생각한다"든지 "ㅡ한 느낌이다"는 식의 서술 형식을 취하지 않고 보다 요약적인 서술 형식을 취하게 될 것이다. 「일월」의 이러한 인물시점은 노먼 프리드먼의 분류로는 선택적 전지에 해당될 수 있을 것이다. 프리드먼에 따르면, 이 시점은 1인칭 시점만큼은 아니지만, 3인칭 전지보다는 독자와 등장인물 간의 동일시를 쉽게 해주고, 또 이 시점은 사람들이 실생활에서 반응하는 방식과 흡사하기 때문에 표현의 직접성과 즉시성을 전달한다고 한다.[54][55] 한편 웨인 부스는 극화된 화자들 중에는 관찰자와 서술자ㅡ행위자 narrator-agent가 있다고 하였는데, 황순원 소설에서 인물 시점의 화자들을 우리는 "서술자ㅡ행위자'라고 부를 수 있을 것이다. 이는 작중인물 스스로가 자기 이야기를 하도록 하려는 배려로 읽힌다. 또한 두 사람의 대화 과정에서 각자가 자기 생각과 입장을 대변할 수 있도록 시점을 상호교차시킴으로써 양자에게 공평한 발언기회를 제공하고 있다. 이렇게 함으로써 각각의 작중인물에 대한 정보를 작가나 특정한 서술자 한 사람이 일방적으로 제공하는 것이 아니라, 자기 내부에서 벌어지는 자신의 내적 대화를 통해 그들 스스로가 자신을 드러내 보임과 동시에 대화 상대자의 마음속에서 그들이 어떻게 받아들여지고 있는가가 다각적으로 제시된다. 즉 나미는 자기 내부에서의 내적 대화를 통해, 그리고 다혜와의 외적 대화를 통해, 그다

---

54) F. Friedman, "Point of View in Fiction" in *The Theory of the Novel.* ed. Philip Stevich, New York: The Free Press, 1967. pp.128-129

55) Wayne C. Booth, "Distance and Point-of-view", in Ibid., pp.94-95.

음엔 다혜의 눈을 통해 되비춰지고 있는 것이다. 다혜의 경우도 사정은 마찬가지다.

이처럼 이 작품에선 한 작중인물에 대한 정보를 전달해 주는 과정에서 작가가 또 다른 작중인물에게 자기 권한을 양보하고 있다. 또한 그 정보 전달의 한쪽으로만 고정되어 있지 않고 서로가 서로의 삶에 대한 이야기를 하는 식으로 되어 있다. 즉 각각의 나가 각각의 너에 관한 정보를 전달해주거나, 각각의 '너'가 각각의 나의 삶을 묘사하기도 하고, 각각의 '너'가 각각의 너에 관한 정보를 제공하기도 하는 것이다. 특히 진술의 주체가 누군지 파악되지 않을 정도로 나의 언어, 너의 언어, 그의 언어가 혼합되는 현상이 빈번히 일어나고 있다.

> 〈광대뼈가 솟고 턱이 억센 상진영감의 얼굴이 치미는 노기로 해서 벌겋게 물들여지며 실룩실룩 경련을 일으켰다.〉
> 그러자 인철은 어째서 또 그런 느낌이 들었는지 모르나 아버지의 얼굴에서 백정의 모습을 보게 되었다. 백정의 얼굴 생김이 꼭 이러해야 한다는 건 없겠지만 적어도 분디나뭇골 큰아버지의 얼굴에서 보다는 더 그런 느낌이 왔던 것이다. 인철은 가슴속에서 다시금 와르르 담 무너지는 소리를 들었다. (p.177)

여기서 괄호로 묶은 부분은 인철이 아버지 상진영감의 모습에서 일종의 포즈-"어쩔 수없는 자기의 전신을 커버하기 위한 하나의 제스처로 아버지는 골동품이며, 서화 같은 것을 가까이해 온 것인지도 모른다는 생각"-를 느끼고 "어째서 또 그런 느낌이 들었는지 모르나 아버지의 얼굴에서 백정의 모습을" 보게 되는 찰나에 상진영감의 모습을 서술한 것이다. 얼핏 보기엔 인철이나 상진영감 이외의 객관적인 제3의 관찰자가 서술하고 있는 부분으로 보일 수 있으나, 자세히 들여다보면, 이 짧은 문장 속엔 세 사람-인철, 상진영감, 제3의 관찰자-의 목소리가 모두 들어 있다. "광대뼈가 솟고 턱이 억센"이란 어구는 "아

버지의 얼굴에서 백정의 모습을 보게" 되는 인철의 눈을 통해 비춰진
상진영감의 모습이다. 따라서 인철은 아버지의 "광대뼈가 솟고 턱이
억센" 얼굴에서, 백정보다 더 백정 같은 느낌을 받게 되는 것이다. 또
"치미는 노기로 해서"라는 목소리의 주체는 바로 상진영감 자신이다.
그는 너무나 화가 나 있는 상태이고 지금 막 치미는 노기를 간신히 삼
키고 있는 중이다. 그리고 인철의 시점에서 "아버지"로 불리던 호칭이
갑자기 "상진영감"으로 바뀌는 것으로 보아서는 제3의 관찰자적 시선
이 개입하고 있음을 알 수 있고, "벌겋게 물들여지며 실룩실룩 경련을
일으켰다"는 묘사어구는 이 제3의 관찰자와 인철의 시선이 중첩되어
있는 것으로 여겨진다.

　이런 다양한 인물 시점의 교차와 이질적인 목소리들의 융합56)은 타
자의 의식이 주인공의 의식에 영향을 끼치고 주인공의 의식이 타자의
의식에 반응하는 정신의 복잡한 과정을 드러내는 데 효과적이다. 이
모든 경우에 어느 한 언어의 독점은 허용되지 않는다. 단지, 한 언어가
다른 언어, 다른 언어가 또 다른 언어를 매개할 뿐이다. 그리하여 이
소설 속에서는 꼬리에 꼬리를 무는 언어의 무한 순환 운동이 일어나게
된다. 또한 다음의 예문과 같이 상대주의적인 문장, 혹은 상대주의적인
어구는 진리에 대한 판단을 유보시킨다.

---

56) *After Bakhtin*에서 데이비드 로지는 이런 이질적인 목소리들 간의 융합을
　오늘날의 자유간접화법free indirect discourse과 연결시켜 권위적 발화와
　작중인물의 발화, 즉 디에게시스와 미메시스의 혼합 양상을 다각적으로 분
　석해내고 있다. 그러나 영미 및 불어권에서 쓰이는 자유간접화법과 독일어
　권에서 쓰이고 있는 체험화법이 과연 바흐친의 다성적인 언어관과 얼마나
　일치하는가, 그리고 과연 이것들이 서로 일치할 수 있는 동일한 맥락이 있
　는가 하는 문제가 아직 해명되지 않은 상태이므로, 필자는 자유간접화법,
　체험화법, 다성적인 언어를 구문적으로만 비교하는 것은 무리라고 판단되
　어 이를 제외시켰다.

너는 너, 나는 나라는 거리를 둘 수 있었다. 물론 인철이 그런
의식을 버리지 않으려는 노력도 있었으나 어쨌든 그러한 자기에
게 만족했다. (p.311)

이렇게 다양한 시점들이 상호 교차하여 서로가 서로를 되비추며 각
기 다른 의미로 받아들여질 때, 또 이질적인 목소리들이 섞일 때, 작품
의 의미는 이중적인 것이 될 수밖에 없는 것이다. 이런 이중적인 의미
는 진리에 대한 판단 혹은 의미에 대한 최종 판단을 유보시키게 된다.
작가나 각각의 작중인물의 내가 객관화되고 제3자의 입장을 취하는 경
우, 그 모든 '나'들은 삶에 대한 대화의 장에 참여할 뿐이다. 즉 너, 나,
그의 목소리가 한 단어나 문장이라는 공간 속에 모여 서로 반응하고
듣는 관계를 맺으면서 대화한다. 이때 어느 한 목소리가 헤게모니를 장
악하는 것이 아니라, 여러 목소리들이 교차되면서 소설의 공간을 탄력
적으로 만든다. 이처럼 언어의 탄력에 의한 운동 구조를 특징으로 갖는
이 소설에서 정작 중요한 것은 너의 의식, 나의 의식이 아니다. 그것은
너의 의식과 나의 의식이 만나 대화하게끔 만드는 삶 그 자체이다. 이
런 의미에서 이 소설은 여러 사람들의 대화를 가능케 하는 삶의 공간
형식에 다름 아니다. 그런데 삶에 대한 진리 판단이 중지된 이상, 삶의
구조는 이중적인 것이 되고, 이러한 이중적인 삶의 형식은 이 소설의
형식, 혹은 그 구조와 일치한다. 따라서 인철은 형식적으로 작품이 끝
을 맺는 그 순간까지도 자신의 입지를 정하지 못하고 있는 것이다.

서로 부딪칠 수 있는 데까지 부딪쳐본 다음에 처리돼야만 할 문
제가 아닌가. 기룡을 만나야 한다. 만나 얘기해야 한다.(343)

인철의 이러한 통찰은 삶에 대한 깊은 이해에서 비롯된 것으로 볼 수
있다. 그리고 이것은 자신의 삶을 자신의 눈으로써가 아니라 타자의 눈

으로 볼 수 있을 때 가능하다. 이렇게 삶의 상대적인 구조를 통찰할 줄
알기에 인철은 지속적으로 타인과의 부딪침을 지향하게 되는 것이다.

타인과의 지속적인 관계 속에서만 인간 존재의 의미가 양파껍질처럼
하나씩 벗겨질 수 있을 것이기에, 결국 지속적인 대화의 상대자를 지
향하는 것으로 작품은 끝을 맺는다. 그러나 인철에게 있어 그 종결점
은 아직도 위기의 시간, 문턱의 크로노토프 위에 위치해 있는 것이며,
이런 점에서 이러한 다성적 시점의 활용은 작품 「일월」의 주제를 웅변
적으로 대변해 주고 있는 것이다.

3. 「일월」의 대화 구조 – 내부대화와 외부대화의 상호
   작용

인간에게는 항상 무언가가 있게 마련인데 그것은 오로지 인간 자신
의 자의식과 말의 자유로운 행위 속에서만 밝혀질 수 있는 것으로서
그 당사자의 의사를 무시한 어떤 외면적 정의에도 따르지 않는다.[57]
따라서 인간을 묘사할 수 있는 가장 적절한 방법은 그와 남들과의 교
류를 묘사함으로써만 얻어질 수 있다. 인간 대 인간의 교류와 상호작
용 속에서만 인간 속의 내부 인간이 남뿐만 아니라 자기 자신에게도
열릴 수가 있는 것이다.

본 장에서는 「일월」에서 작중인물들이 타인과의 만남을 통해 갖게
되는 외부 대화와, 그것이 작중인물 본인의 내부대화와 어떻게 상호작
용하고 있는가를 분석해 보고자 한다.

앞 장에서 살펴본 바와 같이 「일월」의 서술에서 가장 두드러지게 나
타나는 특징은 서술자의 역할이 극히 제한되어 있고 거의 모든 권한이

---

57) Mikhail Bakhtin, *The Problems of Dostoevsky' Poetics.* p.86.

작중인물에게 부여된 점이다. 대부분의 문장이 특정한 작중인물의 시점에서 서술되고 있어서, 그들이 자기 내부에서 행하는 내적 대화와 타인들과 더불어 행하는 외적 대화의 상호작용이 결국은 작품 전체를 이끌어가게 된다. 이런 인물 시점의 상호교차와 중첩은 때로는 공간과 시간을 초월하여 동시성 속에 병치되기도 하고(「일월」의 마지막 장인 "전야제"의 작화가 전형적인 경우다), 또는 두 사람이 마주앉아 대화를 나누는 가운데 각각의 인물들의 회상이나 공상, 또는 한 인물 내부에서의 내적 대화가 둘 사이의 외적 대화 사이사이로, 혹은 그것과 병렬적으로 진행되기도 한다.

이 작품에서 이런 특성을 가장 집약적으로 보여주는 장면 중의 하나가, 박해연이 인간극을 구경시켜 준다고 "잡아끌다시피"하여 인철을 데리고 들어간 대폿집 장면이다. (「일월」 39페이지 18행부터 47페이지 15행까지를 참조할 것). 이 부분은 인철이 박해연을 따라 대폿집에 들어갔다 나올 때까지의 장면이다. 따라서 이 장면의 스토리 시간은 "저녁 그늘이 져"있었던 초저녁부터 "네온이 비치는 명동"으로 암시되는 밤까지의 불과 몇 시간 동안이다. 그 시간 동안에 박해연과 인철 사이에 오간 외부대화를 중심으로 내용을 간추려 보면 다음과 같다.

인철은 술을 좋아하지 않았다. 친구들과 만나면 한두 잔 안 하는 것도 아니지만 스스로 술을 부른 적이 없었다. 그러나 이날은 술을 좀 마시리라 했다. 그는 아까부터 무언가 마음이 개운치 못한 채 있었다. 지 교수 댁에서 본 노인의 사진이며 석연치 않는 나미의 태도가 가시지 않는 찌꺼기처럼 남아있는 것이었다. 술을 먹는 것은 지금 꼭 알맞은 일일 것 같았다.

카운터 앞에 둥근 의자가 예닐곱이나 되고, 이쪽에도 대여섯 패 앉을 수 있는 상과 걸상이 놓여있는 꽤 큰 대폿집이었다.

박해연은 카운터 앞의 의자가 두셋 비어 있는데도 이쪽 구석진 걸상으로 가 앉았다. 거기까지 가는 동안 그는 두어서너 번 아는 손님과 고개인사를 했다. 박해연은 심부름하는 애에게 약주 반 되를 가져오라고 하고는 인철이더러 안주는 무얼 하겠느냐고 하면서 카운터 안벽에 붙어있는 조그만 칠판을 가리켰다. 오늘의 메뉴라고 하고는 안주 이름 대여섯 가지가 씌어져 있었다. 인철이 아무거나 좋다고 했더니 박해연이 북어를 시켰다.

박해연의 술 먹는 법이 좀 색달랐다. 술주전자가 오자 한 잔을 단숨에 들이켜더니, 한 십 분 뒤에 잔을 또 단숨에 비우는 것이다. 그동안 술기운이 몸에 퍼지는 기분을 즐기는 듯했다. 그러나 통 안주는 입에 대지도 않는 것이다. 술이 들어가자 새로 얼굴에 생기가 돌며 쉴 새 없이 지껄여 댔다. 그렇게 하는 것이 또 술 퍼지는 기분을 즐기는 한 방법인 성싶었다.

"연극을 뵈어드리려구 했는데……무대는 보시는 바와 같구, 등장인물은 하두 많아 일일이 다 소개할 수 없으니 주역인물만 알려드리죠. 거의가 일년 이상 출연 경력을 가진 프로 비우들입니다……. 카운터 오른 쪽으루 셋째 번에 앉아 있는 키가 큰 사람 있죠? 저 친군 지난번 국회의원선거 때 출마를 했다가 낙선을 하셨죠. 그 바람에 집마저 날려버리구 빚을 몇 백만 환 짊어졌죠. 그야 뻔한 노릇이니 대단할 것 없지만 저 친구의 정견발표가 걸작이었어요. 자기를 국회에 보내주면 주세를 대폿 줄여서 애주가들루 하여금 싼 술을 마음껏 마시게 해주겠다구요. 사실 저 친구 자신이 호주가거든요. 일제시대 때 금천대회관에서 주최한 술 먹기 대회에 나가 이등을 한 실적을 갖구 있으니까요. 웬만큼 마셔선 취하지두 않습니다. 아마 여기 등장하는 인물 중에서 젤 셀 겁니다. 저 친구가 취하기만 하면 재미있는데……그리구 저 왼쪽에 앉아 있는 뚱뚱한 친구는 문학평론갑니다. 요즘 한창 인기죠. 얼마 전만 해두 구석에서 잠깐 얼굴만 비쳤던 조연잔데 오샌 꽤 중요한 역을 하구 있습니다. 카뮈, 사르트르가 어떠니, 키에르케고르, 야스퍼스가 어떠니, 하구 실존주의 문학을 마음대루 주무르구 있죠. 그런데 한 가지 웃지 못할 일이 있어요. 언젠가 저 친구 평론집을 보니까 자연주의를 자연으루 돌아가자는 뜻으루 해석하구 있잖아요 글쎄……"

계속해서 지껄여댔다.

인철은 어느새 박해연의 늘어놓는 이야기를 홀 안의 응성거리는 소음과 함께 귓가로 듣고 있었다.

"김형, 무엇을 그리 심각하게 생각하구 있는 거요?"

인철이 고개를 드니 박해연이 풀린 눈을 이리 주고 있는 것이다.

인철은 아까부터 그 눈 감은 노인의 얼굴을 떠올려 놓고 바라보고 있었던 것이다. 왜 그런지 술이 들어갈수록 이 얼굴은 더 깊이 가슴속을 파고드는 것이었다.

"어째 오늘은 주요 인물들이 많이 빠졌군. 하긴 이제 미스터 남과 조양이 나타나겠지만……"

그러다가 출입문을 들어서는 한 사내를 보고,

"아, 저기 한 군구가 등장하는군. 김형, 좀 봐요 옆구리에 끼구 있는 서류봉투 속에 무엇이 들어 있는지 아세요?……대학 강의 노트가 들어 있어요. 저 친군 모 대학 철학강사거든요. 그런데 이렇게 방학 때두 노트를 끼구 다니는 덴 그럴 만한 까닭이 있어요. 노트 갈피에다 용돈을 감춰 가지구 다니기 위해서랍니다. 어디 신문 잡지에 쓴 잡문의 고료를 부인 모르게 속여서 말이죠. 봉급에선 절대 어쩌지 못해요. 봉급은 보인이 몰수해가지구 하루에 진달래 한 갑 값, 교통비 백 환씩밖에 더 내주지 않으니까요……. 저렇게 노트 속에 감춰 가지구 다니는 것두 좀 있음 꼬릴 잽히구 말 거요."

인철은 박해연의 지껄이는 소리를 통 귀담아 듣지 않고 있었다. 나미가 여기 온다? 그럼 기다렸다 만나보자. 잔을 들어 입으로 가져갔다. 그러면서 그는 취기가 돈 머릿속으로도 자기가 여기서 나미를 기다린다는 것은 그야말로 서투른 연극에 한몫 끼다는 것밖에 안 된다는 생각이 들었다. 쓴 웃음이 지어졌다. 다혜가 이럴 때 어떻게 하라고 할까.

─(인철의 회상 생략)

"오, 저 친구가 연기를 시작하는군 언제나 저 친구가 젤 술이 약하다니까……"

철학강사가 옆구리에 서류봉투를 끼고 한 손에 잔을 들고 이리 오는 것이다. 와서는 박해연의 옆에 걸터앉으며 밑에 조금 남은 술잔을 상 위에 내려놓기가 바쁘게,

　　"저, 박 선생, 이 세상에서 젤 위대한 여자가 어떤 여잔지 아십니까?"

　　하는 것이다.

　　"위대한 여자라?……남편을 반 타스나 데리구 사는 네팔 왕국의 여자."

　　"노우."

　　"그럼 몸무게가 서른네 관이나 되는 흑인 여자."

　　"노우."

　　"그럼 한번에 다섯 쌍둥이를 낳은 서양의 어느 여자."

　　"센스가 무디군. 이 세상에서 젤 위대한 여성은 말입니다, 사십대에 히스테리를 안 부리는 여잡니다."

　　마침 박해연의 말동무가 생겨서 잘됐다고 인철이 자리에서 일어났다. 아니나 다를까 박해연이나 철학강사나 인철이 일어난 것에 전연 주의가 가지 않는 모양이었다.

　　인철이 셈을 치르고 밖으로 나왔다.

　　인간극이라? 그 인간극에서 박해연이 맡은 배역은 무엇일까? 자기는 그 극의 해설자나 연출가로 자처하는 것 같으나 그도 역시 한 등장인물에 지나지 않지.

이 부분을 편의상 〈원화 1〉이라고 해보면, 이 〈원화 1〉은 거의가 작중인물 인철의 관점에서만 서술되고 있음을 알 수 있다. 인철의 시야를 통해 대폿집의 전경과 박해연의 술 먹는 버릇 등이 보이고 있으며, 대화가 아닌 서술에서도 작중인물 인철의 감정이입이 두드러지게 표출된다. 박해연의 말에 대해 "지껄인다"는 표현을 계속 쓰고 있다든가, 각종 호칭이나 지시사에서도 "이리 오다", "한 사내", "즐기는 듯하다" 등 인철의 입장에서 서술되고 있는 것이다.

　　그런데 이 〈원화 1〉의 진행 과정에서 인철의 회상이 끼어든다. 그 회상은 그날 낮에 인철이 지 교수 집으로 다혜를 만나러 갔을 때의 일이다. 이 부분을 편의상 〈원화 2〉라고 하면, 이 〈원화 2〉의 줄거리는

인철이 다혜네 집에 가서 몇 마디 대화를 나누다 돌아온다는 것 정도
가 될 것이다. 〈원화 2〉의 내용을 간추려 보면 다음과 같다.

　　벌써 스물여섯. 그래 늙어 죽기까지 아버지 곁에서 저짓만 할 참
인가……중략……일곱 시 이십 분 전. 예서 명동까지 십오 분이면
갈 테지. (나미와 만나기로 약속한 시간을 생각하고 있다 - 필자)
　　"시간 약속이 있는가봐. 시계를 들여다보게."
　　다혜가 앞 의자에 앉으며 말했다.
　　"여름철에 얼굴빛이 그게 뭐야."
　　둘이는 어려서부터 같이 자라난 사이지만 한땐 어떤 말씨를 써
야 하는지 몰라 서로 망설인 시절이 없지 않았으나 어느새 다시
해라를 사용해 오고 있었다.
　　다혜가 이쪽 얼굴을 빤히 건너다보았다. 얼마 동안 사이를 두고
만날 때면 이렇게 바라보는 게 그네의 한 버릇처럼 돼있었다. 그
맑고 가라앉은 시선 속에 감싸일 적마다 인철은 어떤 안도감과 함
께 어딘가 불안감을 느끼곤 하는 것이다. 동갑이건만 그네는 언제
나 누이가 남동생을 바라보는 눈길인 것이다. 이건 벌써 어렸을 적
부터 그래 왔지만.
　　"눈 흰자위까지 탔네."
　　"온종일 바다에서 살다시피 했으니까.……그런데 좀 못된 것 같애."
　　"아마 늙은 거겠지."
　　"좀 여윈 듯한 게 더 매력 있어."
　　"그동안 입이 좀 나빠졌는데."
　　그네는 눈으로 꾸짖는 시늉을 해보이고 나서.
　　"그래 수영을 좀 뱄어?"
　　"응, 쉽더라."
　　"5미터? 10미터?"
　　"2백 미터는 문제없어."
　　"후라이!"
　　"믿지 못하겠으면 한강에 나가 한번 시합을 해볼까?"

"한강엘?"

－(여기서 다혜의 공상이 끼어든다. 이를 〈원화 4〉로 하자. 그리고 이어서 인철의 바닷가 회상이 나오고 있는데, 이를 〈원화 3〉으로 한다. 다시 〈원화 4〉가 이어지고, 그 다음에 〈원화 3〉이 다시 이어지면서 다시 〈원화 2〉로 돌아오고 있다. －필자)

인철은 저도 모르는 새 마주앉은 다혜의 발에 눈을 주고 있었다. 알맞추 살이 붙은 갸름한 발이었다. 가지런히 줄지은 발가락 이음마디마다 고운 우물이 패여 있었다. 끝이 약간 위로 젖혀진 엄지발가락의 배는 엷은 장밋빛이었다.

다혜가 인철의 시선을 느낀 듯 두 발을 가까이 모으며 뒤로 움츠렸다.

"발이 이뻐."

"어마, 오늘 좀 이상하다."

"다혜는 두 발을 위로 올려 원피스자락으로 감쌌다. 그러는 그네의 볼이 보일락말락 물이 들여졌다.

밤바다에서 자기의 정강이를 문지른 나미의 발은 어떤 모양을 하고 있을까. 그러고 보니 그네의 발을 한번도 유심히 바라본 적이 없는 것이었다.

"또 시계를 봐."

"좀 가볼 데가 있어서 그래."

"데이트?"

"응"

"어떤 여잔데?"

"바다에서 안 여자"

"그래서 옆서 한 장 띄우구는 통 소식이 없었군. 그런 좋은 뉴스야. 어떤 여잔데? 아냐. 그 애긴 후에 듣기로 하구 어서 가봐. 숙녀와의 약속에 불성실한 태돌 뱀 낙제야. 그리구 저, 존 여자거든 이번엔 꼭 잡어. 괜히 또 흐지부지해버리지 말구. 자, 어서 가봐."

다혜는 지금까지 인철이 사귀어온 여자들의 일을 죄다 알고 있었다. 세세한 것까지도. 이날도 시간의 여유만 있었다면 인철은 나미와의 얘기를 했을지도 모른다. 올라오기 전날 밤의 일까지도.

이것이 〈원화 2〉 부분의 표면상의 이야기 전부다. 〈원화 2〉 역시 〈원화 1〉과 마찬가지로 인철의 관점에서 서술되고 있다.

그런데 이 〈원화 2〉의 중간에 다혜의 공상과 인철의 회상 - 인철이 서울로 올라오기 전날 밤 나미와 바닷가에서 있었던 일에 대한 회상 - 이 서로 번갈아가며 끼어든다. 서로 간에 나누고 있는 외적 대화에 대해 서로 공상과 회상으로써 화답하듯이, 이 외적 대화와 그들 내부의 내적 내화가 서로 교차하고 있는 것이다. 이를 도표로 나타내면 다음과 같다.

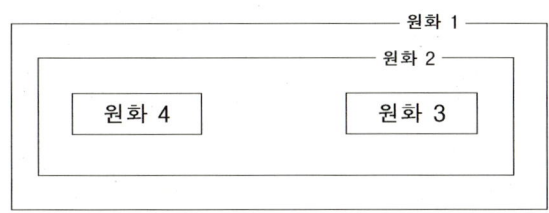

그러나 사실상 이 도표는 약간의 수정이 가미되어야만 할 것이다. 왜냐하면 〈원화 4〉는 완전히 작중인물 다혜의 시점에서만 서술되고 있는 부분이며, 인철을 비롯한 다른 작중인물들은 전혀 알 수도 짐작할 수도 없는 내용이기 때문에, 〈원화 4〉는 인철의 입장에서 서술되고 있는 〈원화 1〉 속에 도저히 포함될 수 없는 이야기인 것이다.

이처럼 작화 수준에서 도저히 도표화할 수 없을 정도로 일관성이나 통일성 없이 바뀌어가는 갑작스런 시점이동이 바로 작품 「일월」의 한 특징이다. 여기서 「일월」 전체를 가로지르는 또 하나의 중요한 단서를 포착할 수 있는데, 그것이 바로 이 〈원화 2〉의 외적 대화의 진행과정 (물론 〈원화 2〉와 〈원화 3〉을 꿰뚫고 있는)에서 끼어드는 인철의 내적 대화이며, 또한 그 외적 대화와 내적 대화 사이의 상호작용이다.

(1) 나미가 여기 온다? 그럼 기다렸다 만나 보자……중략……취기가 돈 머릿속으로도 자기가 여기서 나미를 기다린다는 것은 그야말로 서투른 연극에 한몫 낀다는 것밖에 안 된다는 생각이 들었다. 쓴웃음이 지어졌다. 다혜는 이럴 때 어떻게 하라고 할까.

(2) 마침 박해연의 말동무가 생겨서 잘됐다고 인철이 자리에서 일어났다. 아니나다를까 박해연이나 철학강사나 인철이 일어난 것에 전연 주의가 가지 않는 모양이었다.

(3) 인간극이라? 그 인간극에서 박해연이 맡은 배역은 무엇일까? 자기는 그 극의 해설자나 연출가로 자처하는 것 같으나 그도 역시 한 등장인물에 지나지 않지.

이런 인철의 내적 대화 속에는 자기 내부에서 서로 이질적인 두 개의 목소리가 공존해 있음이 드러난다. 먼저 문면에 나타나는 제1의 목소리는 대폿집 분위기와 박해연을 위시한 그 인간극에 속하는 무리들에 대한 경멸과 조소의 어조가 실린 목소리다. 이는 인철이 박해연의 말을 "통 귀담아 듣지 않고" 있다든가, 박해연의 말을 "지껄여"댄다고 말하는 데서 드러난다. 또한 인철이 인간극의 무리들에 대해 느끼는 그 경멸감은 "아니나 다를까 박해연이나 철학강사나 인철이 일어난 것에 전연 주의가 가지 않는 모양이었다"는 구절에서 드러나듯이 서로 간의 소통 불가능성과 소외된 관계에서 비롯된다. 그곳은 서로가 뭔가를 나눈다거나 진정한 대화가 애초부터 차단된 "허허 벌판"이며 "인간 정글"이 되는 공간이다. 또한 그들은 개인적인 이해관계나 돈에 의해 좌우되는 자본주의 사회의 인간존재를 대변하는 인물들임과 동시에, 자신들의 계급적 위상과 관념이 심하게 불일치된 당대 지식계층의 관념 과잉의 공허한 삶을 대변하는 존재들인 것이다.

특히 인철의 내적 대화에서 이 제1의 목소리가 나미에 대한 부정적 생각과 다혜에 대한 긍정적 입장으로 이어진다는 점에 주목할 필요가 있다. 인철의 제1목소리는 "취기가 돈 머릿속으로도 자기가 여기서(자기가 경멸해 마지않는 인간극의 무리들의 일원으로서 - 필자) 나미(또한 사람의 인간극의 일원인 - 필자)를 기다린다는 것은 그야말로 서투른 연극에 한몫 낀다는 것밖에 안 된다"고 말한다. 이처럼 인간극 무리들과 나미에 대한 부정적 인식은 "다혜는 이럴 때 어떻게 할까"라는 인식으로 이어지고 있다는 점에서 다혜를 향하는 인철의 마음을 대변해 주는 목소리이며, 바로 전에 만나고 온 다혜에 대한 회상인 〈원화 2〉를 주도해 가는 목소리이기도 하다. (물론 〈원화 3〉인 인철의 나미와의 바닷가 회상 장면을 이끌고 가는 것은 이와는 다른 제2의 목소리이다)

한편 인철의 내부대화에서 제2의 목소리는 "나미가 여기 온다? 그럼 기다렸다 만나보자."라고 말하는 목소리다. 또한 이 목소리는 인간극의 무리들을 경멸하면서도 계속해서 인철로 하여금 이곳을 찾게끔 이끄는 미묘한 심리의 근원이 되는 목소리이기도 하다. 바로 이 서로 이질적이면서 독립적인 두 개의 목소리들 사이에서 인철은 분열되어 있는 자아이다.

그런데 인철의 이러한 내부대화에서 더욱 중요한 것은 이 두 개의 목소리들이 앞으로 전개될 인철의 백정이란 혈통에 대한 갈등과 또 한편으로는 그의 존재적인 물음에 대한 해답 추구의 방향성과 깊이 맞물려 있다는 점이다.

인철이 처음 대폿집에 들어섰을 때 "아까부터 무언가 마음이 개운치 못한 채" 있었는데, 그것은 "지 교수 댁에서 본 노인의 사진이며 석연치 않는 나미의 태도가 가시지 않는 찌꺼기처럼 남아있"기 때문이었다. 그래서 "이날은 술을 좀 마시리라" 작정한 것이었고, 박해연과 술을 마시는 와중에도 "아까부터 그 눈 감은 노인의 얼굴을 떠올려 놓고 바라보고 있"곤 하는 것이다. "왜 그런지 술이 들어갈수록 이 얼굴은 더 깊이 가슴속을 파고드는 것이었다." 이것은 인철이 '피의 부름'을 막연하게나마 느끼게 되면서 앞으로의 갈등을 예고하는 부분이다. 간단히 말해서 인철이 앞으로 겪게 될 혈통과 관련된 존재 확인의 문제에서도 인철은 계속해서 이렇게 두 개의 분열된 목소리 사이에서 방황하게 된다. 그것을 요약하면, "나는 나를 억누르는 과거(백정의 혈통)보다는 현재가 중요하다고 생각한다. 과거가 나를 억눌러 현재에 영향을 미친다 해도 남은 문제는 그것을 감수하면서 현재의 내 갈 길을 가는 것이다. 그러나 운명이 의지를 앞섰에랴 어떡할 것인가?" 이것이 이 작품 전체를 좌우하는 인철이 자신과 갖는 내부대화의 구조인 것이다.

이처럼 작품 「일월」은 전체적으로 작중인물들에게 전권을 위임하는 가변적인 제한 시점을 사용함으로써, 독백적 소설에서와 같은 서술자나 함축된 작가에 의한 관점상의 통일성이나 일관성의 가능성은 애초부터 차단된다. 특히 그들 상호간의 외부대화와 내부대화의 상호작용을 통해 이야기를 진행시켜 나감으로써 작품 전체를 하나의 거대한 대화의 장으로 만들어 놓고 있다. 따라서 작품 전체가 하나의 거대한 대화-다양한 외부대화와 내부대화가 씨줄과 날줄처럼 교직되어 있는-의 교향곡이 되는 것이다. 다음 장에서는 이 분열된 한 인물 내부에서 분열된 두 개의 목소리들 사이에서 벌어지는 내부대화와 인물들 상호간의 외부대화가 어떻게 맞물리는지를 그 이데올로기적 측면에서 살펴보기로 한다.

4. 이데올로기들 간의 대립과 투쟁

그들은 수백만 루블보다도
사상을 해결하기를 바라고 있다.

─ 도스토예프스키 ─

바흐친은 단일 언어 속에 구현되어 있는 언어의 구심적 힘들은 어디까지나 언어적 다양성의 한가운데에서 작용하고 있음을 특히나 강조한다. 그 진화의 매 순간에 언어는 엄밀한 의미에서의 (형식적인 언어학적 표지들, 특히 음성학적 표지들에 따른) 언어학적 방언들뿐만 아니라 사회 이념적 언어들, 즉 여러 사회집단의 언어들이라든가 여러 가지 직업적, 장르적 언어들, 여러 세대들의 언어들 따위로 분화된다는 것이다. 또한 이러한 분화의 다양성은 일단 구체적 모습을 갖추게 되면 언어의 삶 속에서 불변하는 상수로 남아 있는 것이 아니라 그 역동성을 보장하는 힘으로 된다. 그리하여 모든 언어는 다강조성 multi-accentuality을 지니게 되는 것이다. 물론 이러한 다강조성은 이데올로기 분석가들이 지적하는 바와 같이 모든 언어가 고정된 내적 의미를 갖는 것이 아니라 사용에 따라 엑센트화 되는 의미의 잠재성을 가질 뿐임을 상기시켜 주는 것으로 해석될 수도 있다. 언어란 결국 사회 역사적으로 위치 지어진 사람들 간의 대화로서 전개되는 것이며 따라서 그것이 전개되는 관계에 따라 언어의 의미와 형식이 결정되는 것이기 때문이다. 언어가 살아 있는 한, 이러한 다강조성에서 비롯된 분화와 다양성은 폭과 깊이를 더해 나간다. 그리하여 구심적 힘들과 나란히 원심적 힘들이 작업을 수행한다. 언어 이념적 중심화 및 통일과 더불어, 탈중심화와 분열의 과정이 끊임없이 진행되는 것이다.[58] 바흐친에 따르면 이 변화를 억제하려는 것이 지배계급이라면, 그렇지 않은 것이 피지배계급이다. 따라서 그 과정은 이데올로기 투쟁이 된다. 그 과정은 또한 각 인물들 간에서뿐만 아니라 한 개인 내부에서도 진행된다.

　우선 담론의 주체가 행하는 모든 구체적인 발언은 구심적 힘들과 원심적 힘들이 동시에 작용하는 한 지점이 된다. 즉 중심화와 탈중심화, 통일과 분열의 과정이 발언 속에서 교차하는 것이다.[59] 이러한 언어의

---

58) Bakhtin, *The Dialogic Imagination*, pp.271-2.
59) Ibid. p.273.

구심성과 원심성, 중심화와 탈중심화의 과정을 통해 각 인물들 간에 그리고 각 인물들 내에서 벌어지는 이데올로기 투쟁을 밝혀 보려는 것이 본 장의 목적이다.

(1) 한 인물 내부에서의 내적 투쟁

작품 「일월」의 시대적 배경은 1950년대 말에서 1960년대 초반경으로 추정된다. 이런 추정이 가능한 것은 무엇보다도 상진영감의 치부과정에 대한 진술 속에 50년대 말까지 진행된 한국의 독점예속자본주의의 부패상이 고스란히 반영되어 있기 때문이다.

> 계기를 엿보아 형과는 상의도 하지 않고 몰래 서울로 들어갔던 것이다. 당시 십삼도 전체를 세부 측량하기 위해 많은 인원이 필요하던 때라, 부친한테 한자를 좀 배워 안다는 것으로 상진영감은 측량기사 조수 양성소에를 들어갈 수가 있었다. 거기를 끝마치자 측량을 나간 곳이 광주땅이었다. 여기서 상진영감은 뜻밖의 소득이 있었다. 일반 농촌에서는 왜놈들이 세금을 받아가기 위해서 하는 짓이라 하여 측량을 몹시 꺼려들 했다. 그래서 토질이 그리 좋지 않은 땅은 어엿한 자기 소유이면서도 제것이 아니라고 우겨대는 수가 많았다.……중략……그렇게 해서 얻어진 것이 전답 5정보 남짓, 임야 10여 정보나 되었다. 측량이 끝날 무렵에는 기사 자격 인가를 받았다. 그리고는 인호가 두 돌도 되기 전에 분가와 전적을 떼어가지고 아주 서울로 올라왔던 것이다. 몇 해 후 땅값이 오르자 그것들을 팔아 집장사를 시작하면서 측량 기사의 업을 집어치웠다.……중략……"나는 집장살 해서 재산을 불려 나갔다. 그리고 해방 후에두 여러 가지 장사를 해오다가 지금의 회살 시작했지.(pp.91-92.)

이렇게 시작된 상진영감의 치부과정은 한국의 식민지 시대부터 50년대까지의 종속적 자본주의화의 단계를 그대로 따르고 있으며, 왜곡된 현대사의 단면을 두루 반영하고 있다. 그런데 작품 「일월」은 앞서도 언급한 바와 같이 한편으론 상진영감이 일궈온 집의 몰락과 해체의 과정이라고 할 수 있는데, 이는 바꿔 말해서 신흥 지배계층으로 부상한 자본가 계급의 한 부패한 자본가의 몰락 과정에 다름 아니다. 그런데 자본가란 자본주의 사회에서 최상층에 속하는 계급집단이다. 이처럼 자본주의 사회 최상층에 속한 그가 과거 최하층 계급이었던 백정 출신이라는 데서 문제가 복잡해진다. 또한 주인공 인철의 혈통을 둘러싼 번민과 갈등, 그리고 그로 인한 정체성의 혼란도 바로 이 혼란한 초기 자본주의로의 개편과정에서 발생되는 계층 문제와 밀접히 관련되어 있다는 점에서 주목을 요한다.

과거의 최하층 계급이 현재의 최상층 계급이라는 데서 생기는 이데올로기적 갈등이 결국 이 작품 전체를 관통하는 '존재' 문제의 한 획을 이루고 있는 것이다. 따라서 이 작품에서 혈통의 문제를 둘러싼 작중 인물들의 갈등은, 백정의 핏줄을 타고났다는 열등감이나 자의식 때문이라기보다는, 사회에서 상류층에 속한 자신들이 최하위층의 인간들과 같은 족속이었다는 사실에서 오는 충격과 정체성의 혼란에 다름 아닌 것이다.

먼저 여기서. 이런 문제를 일으킨 장본인인 상진영감은 이 작품에서 최하층 천민인 백정에서 최상층인 자본가계급으로 수직적인 신분상승을 이룬 출세한 사람으로 등장하지만, 서서히 사업에 실패하여 결국에는 비참한 최후를 맞이하는 비극적인 인물로 그려진다. 또한 상진영감과 더불어 이 작품의 제1세대에 해당되는 그의 형 본돌 영감은 최하층 백정신분을 고수함과 동시에 철저하리만치 백정의식으로 무장되어 있는 인물이다. 그는 자신의 운명에 순응할 뿐만 아니라, 그 직업적 소명의식이 종교적 차원에까지 이르고 있다. 그런 형과 비교해 볼 때 상진영감은 이 작품에서 유일하게 변혁적이고 의지적인 삶을 살아온 인물이라고도 할 수 있다.

그는 어려서부터 받아온 백정 출신이라는 데서 오는 사회적 질시와 천대를 사회적 계층상승이라는 객관적인 루트를 통해 극복해낸 것이다. 따라서 백정의 비참한 처지를 적나라하게 증언하고 있는 그의 다음과 같은 언급은 처절하게까지 들린다.

> 지금두 잊혀지지 않는다. 어려서 나무하러 가서 느희 큰아버님과 나는 언제나 동네애들 것을 얼마큼씩이라두 대신 져다줘야 했다. 한번도 싫단 말을 못 허구, 으레 그걸 져다줘야 하는 걸루 돼있었어. 한번은 나무를 지구 비탈을 내려오는데 뒤에서 오던 애 하나가 돌부리에 걸려 무릎을 꿇었다. 다른 애들이 웃어대자 무릎 꿇은 애가 일어서더니 지게작대기루 내 다릴 걸지 않겠니. 내가 돌부릴 밟아 움직여놨기 땜에 제가 넘어졌다는 거야. 난 그 무거운 나뭇짐을 진 채 앞으로 꼬꾸라졌다. 눈물이 꽉 솟으면서 나는 바루 앞에 있는 큰 돌을 움켜쥐었어. 그때 느희 큰아버님이 앞에 와 막아섰다. 둘이는 한참 서루 바라만 보았어. 나는 돌을 도루 놓구 얼마를 엎드린 채 있었지.(pp.90-91)

위의 인용문에서도 본돌 영감과 상진영감이 억울한 신분상의 핍박을 받아들이는 태도가 사뭇 다르게 나타난다. 형인 본돌 영감이 그런 사회적 천대와 멸시를 그대로 감수하는 순응적, 즉자적 입장을 취하는 반면 동생인 상진영감은 "눈물이 꽉 솟으면서……바로 앞에 있는 큰 돌을 움켜쥐"는 저항적, 대자적 입장을 취한다. 이렇듯 백정이란 최하층 신분에 대해 가해진 핍박은 상진영감의 여동생, 즉 인호와 인철의 고모에 대한 증언에서 최고조에 달한다. 백정 신분임을 속이고 결혼한 누이가 결국 죽게 된 경위를 설명하는 상진영감의 다음과 같은 사무친 과거의 회상을 들어보자.

> 처음엔 내외간 금실이 이만저만이 아니라는 소문이었어. 그게 탈이었는지 모르지. 그처럼 자길 위해주는 남편에게 뭣을 감추구

산다는 게 죄스럽게 생각됐던 모양이야. 그런 게 고만 뒤집혀 버리
구 말았지. 그렇게 될 줄은 고모두 몰랐을 거다……중략……종당엔
남편의 입에서 느희 고모 아랫배에 소털이 나있다는 말까지 나오
게 됐어……. 난 느희 고몰 다시는 시가에 보내지 않으려구 했다.
그랬는데 시가에서 정식으루 이혼을 하자는 통지가 왔어. 내가 가
려구 한 걸 느희 고모가 굳이 자신이 결말을 짓구 오겠다구 갔던
거야. 그날 밤으루 그 집 광에서 목을 매구 말았지. 느희 고몬 시
굴서 내가 서울루 오면서 데리구 왔었다. 어려서부터 날 끔찍이 따
랐거든. 그런 느희 고모의 시체를 내 손으루 묻어주구 싶었지만 그
것두 참아야 했다. 풍문이 두려웠던 거야. 나중 생각한 거지만 느
희 고모 자신이 이혼장에 도장을 찍겠다구 가서 그날밤 그 집에서
목을 맨 것두 그런 걸 생각해서가 아닌가 해. 그 집 호적에 이름을
둔 채 죽어야 그 집에서두 자기 며느리가 그렇다는 걸 창피해서
입 밖에 내지 못할 테니까 말이다. 곧 우리 북아현동 집을 팔구 견
지동으루 이사를 했지. 암만해두 무슨 소문이 퍼질 것 같애서……
(pp.89-90)

이처럼 백정이란 신분에 대해 가해진 사회적 통념과 멸시를 피해 상진
영감은 결국 고향을 떠나 근대적 사업가로 자성하면서 이를 악물고 그
러한 자신의 혈통을 넘어서고자 피도 눈물도 없는 의지적 인간이 된
셈이다. 따라서 그는 최상층으로 대접받는 현재의 사회적 지위를 지키
기 위해서는 수단과 방법을 가리지 않을 인물이다. 지 교수가 자신들
의 신분을 알게 된 사실을 알고 인철에게 다혜와의 결혼을 종용하는
것도 바로 그 일환으로 이해될 수 있다.

　　나중에 어떤 가슴 아픈 경울 당하더래두 숨기구 살 수 있는 데
　까진 숨기구 살아야 하는 거야. 난 지금두 숨기구 살아온 걸 후회
　하지 않는다. 칼잽이에 대한 수모가 어떻다는 걸 느희들은 꿈에두
　생각지 못할 거다.(p.90)

이 대목은 이 작품의 문면에 드러나는 상진영감의 혈통의 문제와 관련
된 확고한 입장을 그대로 대변해준다.

　그런데 상진영감의 이런 일대기는 그의 의지로만 가능했던 것이라기
보다는 오히려 이러한 그의 삶에 대한 의지적 태도가 객관적인 역사적
현실과 맞물리면서 이루어진 결과이다. 결국 그는 초기 자본주의 개편
과정에서 비정상적인 자본 축적의 와중에 벼락 출세자가 된 수많은 한
국 초기 자본가들의 한 전형이 되기에 충분하다. 그는 말하자면 전형
적인 매판적 자본축적의 과정을 밟은 신흥자본가의 한 사람이다. 그는
식민지시대 일제의 산미증산계획의 일환인 토지측량사업에 참여하여
농민의 토지를 갈취해서 이를 밑천으로 장사를 했고, 해방 후 귀속재
산의 인정을 받으면서 곧이어 전개된 원조경제의 틈을 타서 관료 및
금융가와 결탁, 다양한 특혜의 도움으로 대기업을 이룬 자이다. 이와
같은 상진영감의 치부과정은 식민지 시대로부터 50년대에 이르는 한국
의 종속적 자본주의화의 단계를 그대로 따르면서 왜곡된 현대사의 단
면과 심층을 두루 반영하고 있다. 따라서 이 작품의 말미에서 상진영
감이 결국 사업에 실패하여 자살이라는 비참한 최후를 맞게 된 것도
따지고 보면 단순히 우연적인 "일개 은행장의 돌연한 비협조"라는 사
회적 통념 때문이라기보다는, 하나의 역사적 필연으로 이해되어야 할
것이다. 즉 매판적 자본주의의 개편과정에서 도태되는 한 자본가의 비
극을 우리는 상진영감의 삶을 통해 집약적으로 대면할 수 있게 된다.

　기업 간의 치열한 경쟁관계는 제3부 4장에서 상진영감이 "이 난국을
뚫고 나갈 수 있는" 묘책을 궁리하고 있는 장면에서의 그의 내적 대화
를 통해 적나라하게 제시된다.

　　한 열흘 전에 벌써 제분공장 조업은 단축을 하다못해 종내 중단
　　을 하고 만 지경에 이르렀던 것이다. 제분업계의 공황은 아직 계속
　　되고 있었다. 그러나 시장의 동향으로 보아 그리 오래 끌지 않을

것만은 뻔했다. 일시 조업 중단이 문제가 아니고, 호경기가 돌아왔을 때 작업을 계속할 수 있는 자금을 어떻게 조달하느냐가 제일 급한 일이 아닐 수 없었다……중략……삼화제분과의 관계만 해도 미묘하고 복잡했다. 기획부장이 어느 기관을 껴가지고 조사한 결과로는 상대방의 탈세행위와 수회혐의가 확실하다고 하지만 그것이 도무지 법적으로 처리되지 않고 있는 것이다. 최근 탐지한 바에 의하면 상대방이 이쪽보다 더 고위층 인물을 동원하여 사건을 덮어 버리고 말 기세인 것이다. 그뿐이 아니다. 상대방은 어떻게 융자를 받는 것인지 결손만 보는 공장을 그냥 움직이고 있는 것이다. 싸움이다. 싸움인 이상 무슨 짓을 해서라도 이겨야만 하는 것이다.(pp.313-314)

금융자본가의 손에 한 기업의 사활이 좌지우지될 수밖에 없는 열악한 초기 자본가의 위상과 "탈세행위와 수회혐의"를 통해서만 부의 축적이 가능한 부패한 경제논리도 그대로 당대 사회사에 상응하는 현실논리이다. 이런 상황에서 "무슨 짓을 해서라도 이겨야만" 살아남는 것이 경쟁의 논리요 약육강식의 자본의 논리인 것이다. 그리하여 원래 정권과의 야합에 의해 상당한 이득을 취해 온 상진영감도 여기에 머물지 않고 이 불황기를 기화로 타 업체를 도태시키려는 계획을 획책하기에 이른다. 이는 개인적 욕심이기도 하지만 자본의 논리이기도 하다. 이 욕심이 결국 그의 비극을 앞당기는 결과를 빚게 되지만 말이다. 그는 그의 기업체보다 큰 유일한 업체인 삼화제분을 이 기회에 넘어뜨리기 위해 그 기업체의 비리를 조사한다. 그 과정에서 그는 자신에게도 도움을 주어왔던 세무 공무원을 별 고민 없이 희생시키려 한다. 이쪽이 망하느냐 흥하느냐 하는 판에 이것저것 사정을 볼 수야 없다는 상진영감의 생각은, 부하직원으로 하여금 "눈 안쪽에 깔린 차가운 것"을 느끼게 하는 것이다. 이는 자본가로서의 상진영감의 냉혹성과 비열성을 암시하는 대목이다. 그런데 아이러니하게도 적자생존의 이 냉혹한 논리는 결국은 상진영감 자신의 비참한 종말을 불러일으킨 바로 그 논리이기도 하다.

자살하기 직전 상진영감의 뇌리를 스쳐간 배반감은 따라서 항의할 데 없는 왜곡된 경제 질서를 향한 것이 된다.

일단 후퇴했다가 재기한다? 대체 무얼로 어떻게 해서 재기한단 말인가. 상진영감의 가슴을 메우고 있는 것은 파멸이란 말뿐이었다.

생각할수록 기막힌 일이었다. 일개 은행장의 돌연한 비협조로 자기의 일생이 허무하게 무너지고 마는 것이다. 그런데 그 은행장의 돌변한 심중을 암만해도 이해할 수가 없는 것이다. 처음부터 희망을 주지 않았었다면 아예 진작 조업중단을 했을 것이 아닌가. 그렇다고 해결이 됐을 일이 아닐지 모르나 최소한 손해를 줄이거나 딴 방도를 강구했을지도 모르지 않은가. 그동안 사옥과 주택을 저당 잡아 대부를 받으려고 한 것도 이것저것 걸리는 데가 많아 연내로는 가망이 없게 됐다. 조은행장에게 다시 한번 조용히 사정이야기를 해보려고 저녁이나 같이하자고 해도 연말이 가까워 바쁘다는 이유로 응해주지 않는 것이다. 오늘 낮에는 최후로 직접 조 은행장을 찾아가 보았다. 언제나처럼 부드럽게 대해주긴 했으나 그의 대답은 판에 박은 듯이 같은 말만 반복하는 것이었다. 제 힘으론 어쩌는 도리가 없습니다, 정부나 ICA의 기본방침이 앞으론 절대루 반제금 연체를 불허하기루 됐답니다, 김 사장의 딱한 사정을 모르는 바 아닙니다마는 제 힘에 닿지 않는 것을 어떡헙니까. 무슨 일이 있더라두 연내루 결산을 해주셔야겠습니다. 상진영감은 더 어떻게 해볼 방도가 없었다.

모두가 허망하기 짝이 없었다. 무엇에 한껏 속아넘어간 것만 같은 심정이었다. ICA에서 융자를 해주어 제분공장 시설을 해놓은 것이 어이없게도 그 융자를 해준 바로 ICA의 본국으로부터 밀가루가 대량 반입되어 이쪽 생산가격보다 헐값으로 시장에 나돌게 함으로써 업자를 속속 넘어뜨리고, 이쪽 정부는 거기 대한 아무런 대책도 세워주지 않고 방관하고 있는 상태고, ICA는 ICA대로 융자

반제금을 당장 납부치 않으면 법적으로 차압 경매를 하려 하
고……(pp.334-335)

위의 인용문을 통해 미국의 원조정책이 변하기 시작하면서 수많은 자
본가들이 도태되게 된 한국 현대사의 한 단면을 엿볼 수 있다. 연구자
들에 따르면, 당시 원조경제를 틈타 크게 호황을 누리던 제당, 제분,
면방직 공업의 소위 삼백산업은, 미국이 국내사정으로 원조규모를 줄
이고 차관경제로 전환하면서 가동률이 급격히 떨어져 제분업의 경우
가동률이 불과 30%에 지나지 않았다고 한다.[60]

이 불황기를 견딘 극소수 업체를 중심으로 오늘날의 재벌이 형성되
었음은 주지의 사실이다. 따라서 상진영감의 대륙상사가 위기에 처하
게 된 것, 그리고 그로 인한 상진영감의 몰락도 바로 이러한 한국의
1950년대 말기 상황과 정확히 맞물리고 있다. 따라서 상진영감 일가의
몰락은 조 은행장의 태도 변화를 야기한 한국적 계급관의 봉건적 유제
라는 측면과, 융자가 기업의 필요에 의해서가 아니라 뇌물증여 등의
사적 차원에서 이루어지는 타락한 현실의 측면, 그리고 무엇보다도 왜
곡적, 종속적 경제 질서 자체에서 그 원인을 찾을 수 있을 것이다.

그러나 상진영감은 인철이 정확히 꿰뚫어 본 바와 같이 자본가적 측
면과 백정의 측면을 아울러 가진 인물이다. 즉 그는 자본가이자 백정
이며, 최상층 계급이자 최하층 계급의 일원으로 끝까지 이런 분열된
자아의 이중적 다강조성을 유지해간다. 상진영감의 이런 분열된 이중
성, 나아가 내부에서 분열된 두 개의 목소리는 그러나 직접적으로 반
향되고 있지는 않다. 우선 문면에 부각되는 것은 그의 자본가적 측면
이고, 그의 백정신분 혹은 자본가 이전의 원초적 인간으로서의 목소리
는 작품 말미에서 그가 교통사고를 당해 다리를 절단한 채 병원에 누
워 있는 딸 인주를 만나러 갈 때와 자살 직전의 내부대화 장면을 제외

---

60) 윤선기, "한국사회의 중층모순구조," 연세대 대학원 석사논문, 1991, pp.48-50.

하고는 주로 인철의 시선을 통해 간접적으로만 전달된다.

　　광대뼈가 솟고 턱이 억센 상진영감의 얼굴이 치미는 노기로 해
서 벌겋게 물들여지며 실룩실룩 경련을 일으켰다.
　　그러자 인철은 어째서 또 그런 느낌이 들었는지 모르나 아버지
의 얼굴에서 백정의 모습을 보게 되었다. 백정의 얼굴 생김이 꼭
이러해야 한다는 건 없겠지만 적어도 분디나뭇골 큰아버지의 얼굴
에서 보다는 더 그런 느낌이 왔던 것이다. 인철은 가슴속에서 다시
금 와르르 담 무너지는 소리를 들었다.

최상층 자본가 집단의 일원인 아버지 상진영감에게서 최하층 신분인
백정의 모습을 본다는 것은 인철의 신분상의 콤플렉스에서 비롯된 자
의식적 판단일 수도 있겠지만, 그보다는 상진영감 자신의 이중적이고
분열된 자아의 모습이 오버랩되면서 객관적인 관찰자로서의 작중인물
인철의 시야에 포착된 것으로 보아야 할 것이다. 골동품이나 서화를
즐기는 최상층 자본가라는 사회적 자아와 백정이자 한 술집 여인을 사
랑한 적도 있는 본질적, 실존적 자아 사이의 분열이 바로 상진영감의
내부대화의 구조인 셈이다. 이는 나미에게는 항상 다정한 "파파"이면
서도 한편으로는 철저한 금융가의 일면을 가진 은행장 조씨의 경우도
마찬가지이다.
　의지적 인간 상진영감의 삶도 이렇듯 자본주의 현실과 긴밀하게 맞
물려 있는 것이므로, 결국은 현실의 논리, 자본의 논리, 역사적 필연이
라는 한 인간의 또 하나의 운명적인 필연 앞에서 꺾일 수밖에 없음을
보여준 셈이다. 이처럼 이 작품을 꿰뚫고 있는 강한 운명론적 세계관
을 반영하는 일월의 크로노토프를 지탱해 주는 하나의 기둥이 바로 자
본주의적 현실의 논리, 즉 자본의 논리라는 역사적 필연이다. 이 필연
을 엄연한 현실로 받아들이지 못하는 사람들은 따라서 역사와 현실에
서 소외된 자들이며, 이러한 객관적인 자기 존재로부터의 소외가 결국

은 대상에 대한 물신숭배를 조장해낸다. 본돌영감의 거의 종교적 차원으로까지 승격된 백정의식이나 홍씨 부인의 종교적 환상이 대표적인 경우일 것이고, 그 밖에 다혜의 인철에 대한 끝없는 공상과 나미의 항상 계산되고 조작된 듯한 연극적인 행동, 그리고 박해연의 끊임없는 술타령이나 남준걸의 엽색행각, 특히 지 교수의 민속에 대한 취미에도 그런 물신숭배적 태도가 짙게 깔려 있다.

이들은 모두 객관적 현실에서 비켜선 자들이며, 소외된 자신들의 분열된 자아를 어떤 주관적이고 물신숭배적인 대상과의 동일시를 통해 그나마 운명의 무게를 지탱해 가는 구조 내 인간들이다. 작품 문면에서 이러한 작중인물들의 목소리가 비교적 안정된 어조로 들리는 것은 바로 이들이 어떤 대상과의 동일시를 통해 자아를 확립해 가는 상상계적 단계에 머물러 있기 때문이다.

한편 인철의 경우 문제의 발단이 된 최상층 자본가의 아들이었던 자신이 최하층을 이루는 백정들과 그토록 맺어져 있다는 사실의 인식은 그의 내부대화에서의 목소리들 간의 분열로 이어진다. 그는 작품 전반에 걸쳐 분열된 자아이며, 어떤 주관적 물신적인 신념이나 대상과의 동일시를 통해 그런 분열을 극복하려 하기보다는 오히려 끊임없는 자신과의 내부 대화와 타인들과의 외부대화를 통해 역사적 필연이란 운명의 부조리성과 무의미성을 역설적으로 보여준다.

먼저 인철이 직접적으로 아버지 상진영감으로부터 자신들의 혈통에 대한 비밀을 듣게 되는 삼부자간의 대화 장면에서의 그의 내적 대화를 보자. "아버지와 형의 대화를 들으며 인철은 여태까지 여기저기 흩어져 희미했던 상념들이 한순간 모두 제자리에 들어맞으며 선명해짐을 느"끼게 된다. 그리고는 "언젠가 지 교수 댁에서 사진 속 노인의 얼굴을 본 순간 무엇인가 확 가슴에 안겨지는 듯했던 느낌을 되살리고 있었다. 그것이 피의 알림이라는 것일까. 그러면서 인철은 그 사진 속의 백정 노인이 자기 큰아버지라는 사실이 드러난 지금도 그다지 놀라운 느낌이 일지 않는" 자신을 이상하게 생각하리만치 담담하게 그런 사실을 받아들이고 있는 듯하다. 곧이어 그는 "그러나 문제는 거기 있는 게 아니었다. 자기네가 바로 백정의 자손이라는 움직일 수 없는 사실이 가져다주는 타격이 얼마만한 것이냐에 문제의 초점은 있는 것"이라고 비교적 냉정하게 사태를 직시하고 있다. 다음을 들어보자.

> 인철은 지 교수한테 백정에 관한 이야기를 듣기까지는 그러한 세계가 따로 있다는 것조차 전혀 모르고 있었다. 따라서 자기와는 아무 관련이 없는 일로 무심히 들어넘겼던 것이다. 그 후 전경훈에게서 백정의 전신인 양수척에 대한 이야기를 들었을 때에는 또 우리나라에도 집시족이 있었다는 데 적지 않은 흥미를 자아냈을 정도였다. 그러나 지금에 와서 그것들이 제삼자의 남의 일이 아니고 자신과 불가분의 관계가 있는 일로 앞에 나타나고 보니, 양수척의 집시 같은 생활도 단순히 흥미의 대상으로만 생각할 수 없게 된 것은 물론, 백정의 세계가 곧 자기 세계처럼 여겨야 할 처지에 놓이게 된 것이었다. 그 다시없는 천민 취급을 받아오는 백정 세계가. 인철은 검은 그늘이 온몸을 휩싸는듯함을 느끼기 시작했다. 그러면서도 언제나 냉철한 자세를 잃지 않던 형이 그처럼 흥분해 있는 데 비해 자기가 그렇지 못함은 무슨 일일까 하고 자신을 돌이켜보는 것이었다. 형의 말대로 자기가 아직 완전한 한 사람의 사회인이 되지 못해서 그런 것일까.(pp.85-86)

인철은 갑작스럽게 직면하게 된 이런 사태에 대해 처음엔 사실상 그 심각성을 별로 인식하지 못하고 있는 듯했다. 그러면서 백정이라는 신분으로 인해 치룰 수밖에 없었던 온갖 멸시와 고초를 아버지로부터 듣게 되면서 서서히 "저도 모르게 가슴이 먹먹해 옴을 느"끼게 된다. 이렇듯 처음엔 비교적 냉정하고 남의 일처럼 막연하게만 느껴졌던 혈통의 문제가 인철의 내부에서 서서히 내면화되면서 "자기만은 예전의 자기가 아닌 것 같"은 이상한 피해의식에 사로잡히게 된다. 이런 심정을

부추긴 것은 지 교수 댁에서 전경훈과 지 교수로부터 전해들은 다음과
같은 백정들의 핍박사이다.

> "하여간 다른 천민보다두 더 심한 취급을 받아왔드군요. 하인이
> 나 종 같은 천민은 그걸 그만두면 평민이 될 수 있었지만 백정은
> 어느 때까지나 평민이 될 수 없었거든요. 갑오경장 때 사민평등의
> 포고를 내렸다지만 실제에 있어서 백정에 대한 인식은 그다지 달
> 라진 게 없는 것 같애요. 그런데 이 책에두 그러한 특수 천민의 유
> 래가 언제 어디서부터 생겼는지는 미상하다구 했어요. 그저 어느
> 열등한 타민족의 이주자인 것 같다는 말뿐이구요. 김상기 씨의 설
> 두 그랬죠."
> "아유가이가 쓴 〈잡고〉에두 그렇게 되어 있지. 삼국시대 때 고구
> 려 영토였던 평안북도 의주 방면에 이주해 온 중국 동북지방의 부
> 락민족이 양수척의 원조가 아닌가 하구. 그러나 그것두 하나의 억
> 측에 지나지 않어." (pp.105-106)

이와 같은 "두 사람의 이야기를 들으면서 인철은 검은 돌이 하나하나
가슴속에 던져져 무겁게 쌓이는 것 같음을 느끼"게 되고, 지 교수의
댁에서 나와 "골목을 빠져나오면서 인철은 바로 며칠 전 형을 데려다
주는 차 속에서 아직 실감이 안 간다고 했던 그 세계가 너무나 급속히
몸 가까이 닥쳐왔음을 느끼"게 된다. 그로부터 인철은 위기의 시간, 오
전 3시의 악몽에 시달리게 된다. 그러면서 줄곧 "미아리 도수장에를
찾아갈 것인가. 대체 자기는 사촌을 만나 어쩌자는 것일까. 차라리 아
버지가 노력해온 것처럼 그 세계와는 외면하고 사는 것이 현명한 일이
아닌가(p.114)"라는 자기 내부에서의 두 개의 목소리 사이에서 갈피를
잡지 못하고 있다.

그러나 이 같은 인철의 분열된 두 개의 목소리─자신과 같은 혈통으
로 태어나 백정으로 살아가고 있는 기룡과 분디나뭇골 큰아버지를 찾

아가 자신의 존재를 확인하고 받아들이려는 목소리와, 아버지나 형과 같이 그 세계를 외면한 채 현재의 삶을 고수해 가려는 목소리-의 핵심에는 자신의 존재에 대한 공존하는 두 개의 이데올로기 간의 내적인 갈등과 투쟁이 도사리고 있다. 지 교수와 전경훈으로부터 백정이라는 수난계층에 대한 이야기를 듣고부터 인철은 그것이 자신의 문제로 실감되게 됨과 동시에 기존의 모든 인간관계에서 불편함을 느끼게 된다. 그러나 무엇보다도 인철의 삶을 뒤흔들어 놓은 것은 상류층에 속한 자기가 최하층의 인간과 그토록 맺어져 있다는 사실을 깨닫고 나서 느낀 충격과 혐오감이다. 지 교수의 조수 자격으로 분디나뭇골을 찾아간 인철의 내적 대화를 들어 보자.

  인철은 줄곧 마음이 어두워 있었다. 눈앞에 벌어지는 모든 일들을 이미 남의 일로만 볼 수 없는 자기의 처지. 얼마 전만 해도 호기심이 일었을 이런 일들이 바로 자기 조상들이 해왔고 지금은 큰아버지 된다는 사람이 하고 있다는 사실에 직면하자 복잡하고도 강한 혐오감마저 솟는 것이었다.(p.143)

이러한 인철의 본능적인 혐오감은 그가 큰아버지가 되는 본돌영감을 처음 보았을 때의 반응에 대해 기룡이 언급하고 있는 다음 부분에서도 확인된다.

  "아까 거기서 보니까 사뭇 증오하는 얼굴이드군요."
  비로소 기룡의 말뜻을 알아듣고 인철은 핸들 잡은 손에 힘을 주었다. 이쪽을 보고 있을 기룡이의 표정이 궁금했으나 인철은 보지 못했다. 사실 사진에서 한 번 본 그 얼굴이 수염과 머리를 파랗게 밀고 실단추 단 무명 적삼 잠뱅이에 짚신을 신고 걸어오는 모양을 보았을 때부터 인철은 노인을, 그리고 그가 하는 모든 것을 혐오했던 것이다. 그러나 그것은 피붙이라는 데서 오는 괴로움이 섞인 혐오였다.

"전 이렇게 생각합니다. 백정을 인간 이하루 취급하는 것두 그르
지만 그 세계를 괜히 우상화하는 것두 옳지 않다구 봅니다. 백정이
란 하나의 직업으루 시작돼서 직업으루 끝나야 한다구 봅니다."

"이론이야 언제나 간단하죠. 아아, 좋습니다. 증오하구 싶은 건
증오해야죠. 그래두 차는 이렇게 빌려줄 줄 알았습니다."

비꼬는 말이 아닌가 하여 옆을 보았으니 기룡은 무표정한 얼굴
이었다. 인철은 이 무표정한 얼굴과 그의 변함없이 가라앉고 궁글
은 음성 속에 적의 비슷한 것이 어렸다고 생각하면서도 이상하게
친근감 같은 것을 핏속에 느끼는 것이었다.(pp.148-149)

최상층의 자제이자 "도련님"으로 불리던 자신이 최하층 계급 출신이라
는 데서 오는 이런 본능적인 혐오감은 "백정은 하나의 직업에서 시작
돼서 직업으로 끝나야 한다"는 자기 자신의 말이 하나의 변명이며 허
위임을 입증해 준다. 상류층 도련님이자 대학원 석사 과정을 수료한
인철에게 있어서 계급적 편견은 하나의 이데올로기로 체화되어 있는
것이다. 그러나 그러한 인철의 이데올로기적 편견의 벽을 뚫고 기룡으
로부터 "이상하게 친근감 같은 것을 핏속에 느끼"게 되는 또 다른 목
소리가 서서히 터져 나온다.

바로 이 목소리가 인철로 하여금 지 교수나 다혜, 나미 등을 위시한
그의 주변 인물들에게 자신의 혈통을 발설하게 하는 또 하나의 이데올
로기를 구성한다. 인철 자신이 "그것은 (지 교수에게 자기와 분디나뭇
골 본돌영감과의 관계를 말해버린 것 - 필자) 단순히 어떤 돌발적인 충
동에서 온 것이 아님을 깨"닫고 있듯이, 그것은 결코 우연적인 것이
아니라 인철 자신의 존재로부터 규정된 필연적인 이데올로기인 것이
다. 또한 이 목소리는 인철로 하여금 지속적으로 기룡을 찾아가게끔
만드는 충동의 근원이기도 하다.

무엇보다도 기룡은 백정이라는 최하층 신분을 지키고 있는 노동자이
다. 인철은 기룡을 미아리 도수장에서 한 사람의 노동자로 정확하게

포착하고 있는 것이다. 또한 이 작품에선 다소 추상적이고 모호하게만 암시되어 있지만 기룡은 일어로 된 사회과학 서적을 탐독하는 깨인 노동자이기도 하다. 그러나 그런 학식 있는 깨인 노동자인 기룡이 대자적인 계급의식으로 성장하고 있지 못한 까닭은 무엇일까?

결국 작가가 작중인물에게 목소리를 돌려주고 권한을 부여한다는 창작원칙을 고수한다 해도, 자신이 결코 알지 못하는, 또는 결코 알 수 없는 부분에 대해서는 적당히 얼버무리거나 신비화시켜 놓을 수밖에 없는 것이 아닐까? 의당 깨인 노동자로서 또 하나의 이데올로기적 입장을 대변해야 할 기룡이 이 작품에선 단지 주관적인 관념성으로만 치장된 운명론과 관념적인 역사관만을 읊조리는 인물로 묘사되고 있을 뿐이다. 기룡에게 부여되었어야 할 1950년대 말에서 1960년대 초반까지의 깨인 노동자상과 그들의 관념 체계를 보여주지 못한 것이 이 작품의 다성성에 있어서 치명적인 한계라면 과언일까? 결국 이러한 한계는 인철 내부에서 또 하나의 목소리, 즉 기룡으로부터 뭔가 지속적으로 얻어내고자 하는 인철의 또 다른 이데올로기적 입장의 추상성과 모호성으로 이어진다.

다시 인철 내부의 두 개의 분열된 목소리를 정리해 보자. 먼저 제1의 목소리는 계급적 편견이 체화된 자본주의 지배계급의 이데올로기가 깊이 각인된 목소리이다. 이 목소리는 본고의 앞장에서 행해진 대폿집 장면 분석에서 나미를 향해 가던 인철의 내적 목소리와 상통하는 바로 그 목소리다. 이 작품에서 거침없고 당돌한 나미의 최대의 매력은 결국 그녀가 언제든지 맡을 수 있는 "화폐냄새"에 바탕을 두고 있다. 다음의 인용을 보자.

언제나처럼 옆문으로 해서 은행으로 들어갔다. 문 안에 앉았던 수위가 일어나 인사를 했다. 나미는 코트 주머니에서 껌을 하나 꺼내어 수위에게 내밀고는 이층으로 올라가는 계단에 발을 올려놓았다. 계단 한 중간에서 그네는 미간을 쫑긋했다. 자신이 명명한 화폐의 체취가 맡아졌던 것이다.

아버지 은행장실에는 손님이 있었다.

나미는 창가에 있는 의자에 가 앉았다. 아버지 테이블 옆 팔걸이 의자에 마주앉아 있는 아버지와 손님 사이에 오가는, 조업 중지니 자산 내용이니 하는 말들이 귀에 들어왔다.

나미는 앞 탁자에서 은행월보철을 집어 들었다. 연재되는 만화만을 찾아 눈을 거쳤다. 행원 중에서 누가 그리는 것이리라. 은행 샐러리맨을 주인공으로 하여, 그를 중심한 가정과 사회생활의 단면을 보여주려고 하고 있으나 만화로서의 위트가 전혀 결여되어 있어 싱거웠다.

심부름하는 소녀가 커피잔을 가져다 탁자에 내려놓으며 설탕도 크림도 안 넣었다고 한다. 고개를 끄덕여주었다. 여기 와선 커피에 크림뿐 아니고 설탕마저 넣지 않고 블랙커피로 마시곤 하는 것이다. 진한 커피 향기로 코에 스며드는 화폐의 체취를 지워버리기 위함이라고 했다가 아버지에게 핀잔을 맞고도 그냥 고집해 오는 습관이었다.

한 모금 크게 마시고 잔을 내려놓는데 홀연 등 뒤에서 무엇이 움직이는 것 같아 고개를 돌렸다. 눈이 부셨다. 길 건너편 빌딩 한 유리창에 햇살이 쨍 반사되고 있었다. 마냥 백열로 타는 불덩어리였다. 이제 햇빛이 걷히면 그 유리알은 녹아 일그러져 있을 것만 같았다. 그 유리창 바로 아래층 창가에 꽃을 소복이 피운 시네라리아로 보이는 화분이 하나 놓여있었다. 저 화분에 지금 이글거리는 햇빛을 비추면 어떻게 될까. 삽시간에 꽃이며 잎이며 줄기가 바작바작 타버리리라. 나미의 입가에 찬 미소가 떠올랐다. 그러나 화분이 그렇게 되기를 원하는 마음에선 아니었다. 태우는 햇빛과 타는 꽃, 둘 다 자신이 되기를 바라는 심정이었다.(pp.269-270)

나미가 은행에 왔을 때 상진영감이 조은행장을 찾아와 융자건을 사정하고 있는 찰나였다. "조업중지니 자산내용이니"하는 말들을 귓결로 듣고 있는 나미의 한가로움과 상진영감의 생존을 건 절박한 심사가 묘한 대조를 이루고 있는 장면이다. 이런 상황에서 생활과는 무관한 나미의 터무니없는 감상성 - "태우는 햇빛과 타는 꽃, 둘 다 자신이 되기를 바라는 심정" - 과 수위에게 태연하게 껌을 건넨다든지 잡지책에서 만화만 골라 뒤적이는 나미의 공허한 관념체계 등 현재의 그녀를 지탱하고 있는 것은 바로 이 "화폐의 체취"인 것이다. 그녀에게는 "자기 말이면 다 들어주는" 은행가 아버지가 있고, "대지가 한 백칠팔십 평가량"에 "건평 육칠십 평쯤 되는 이층"으로 새로 짓는 집에 장식용으로 들여놓을 피아노를 미리 사두는 적당한 허영도 있다. 아무런 문제도 없는 그녀에게 삶은 그저 신나는 놀이이자 연극일 뿐이다. 이러한 나미의 은근한 물질적인 과시는 작품 도처에 깔려 있다. 이 "화폐체취"가 빠진 나미는 상상할 수도 없거니와, 이런 나미에게 이끌리는 인철의 제1목소리의 이데올로기성은 불을 보듯 뻔한 것이다. 특히 이 작품의 말미에서 크리스마스이브에 짓고 있는 새집 이층홀에서 참석자 모두에게 고깔모자를 씌우고 참석자 전원에게 선물을 하나씩 주면서 파티를 주도하는 나미의 행동은 특히나 그녀답다.

따라서 "호텔비가 어디서 나오는지 압니까. 조양에게서 나오구 있어요, 조양에게서. 그렇다면 짐작할 수 있잖아요. 미스터 남이 쓰는 게 어떤 것이 될는진 몰라두 중요한 배역을 자기가 따보겠다는 속셈이지 뭐예요. 안 그래요, 김형? 김형 듣긴 안 됐을지 몰라두 생각해보면 드럽죠, 모두가 드러워요."라는 박해연의 지적은 문제의 핵심을 정확하게 포착하고 있는 대목이다. 통계에 따르면 고작 1%내외에 불과한 자본가 계급의 독점적 부와 보릿고개로 표상되는 다수 민중의 고통이 격심한 사회적 모순을 야기하던 당대 현실을 고려하면 크리스마스 파티를 비롯한 나미 주변 인물들의 퇴폐성은 너무나 분명해진다. "생각해보면 드럽죠, 모두가 드러워요"라는 박해연을 위시한 당대 지식인들의 이런 모순된 현실에 대한 냉소와 비판이 결국 4·19라는 사회적 대폭발을 준비하고 있었음은 널리 알려진 사실이다.

그러나 박해연을 위시한 그녀 주변의 사람들은 결국 철저히 자본주의적 사회의 논리, 자본의 논리에 어찌됐든 편승해 간 사람들이며, 그렇기에 그들이 맺는 인간관계 또한 진정한 소통 가능성이 아예 불가능한 소외된 관계인 것이다. 마지막에 파티장을 빠져나와 고깔모자를 벗어 나뭇가지에 거는 인철의 행동은 따라서 자못 상징적이다. 본고의 앞장("만남의 크로노토프장")에서 밝힌 바와 같이 이는 자본주의적 현실의 지배적 이데올로기에 대한 단호한 거부의 몸짓으로 읽힐 수 있다. 인간 존재를 중층결정하는 자본주의적 현실의 두꺼운 벽 속에 갇힌 존재의 의미를 깨닫게 된 인철은 새로운 자아를 찾으려는 의식으로 성장하게 되고, 새로운 인간과 인간의 만남, 새로운 대화적 소통 가능성에 대해 생각하는 것이다.

그러나 이러한 인철의 입장을 대변해줄 제2의 목소리는 뚜렷한 계급적 입장으로 구체화되지 못한다. "기룡을 만나야 한다"는 마지막 인철의 절규는 아직은 막연한 부조리한 현실을 타개해 나갈 제2의 목소리의 이데올로기적 발원지를 찾아가려는 존재 추구의 방향성을 가리키고 있을 따름이다. 그러나 이 작품에서 거의 유일하게도 내적 대화의 측면이 생략(?)되어 있는 기룡이란 인물 설정에 있어서의 불공평한 추상성이 결국 이 작품의 진실한 내적 대화에 있어서의 이데올로기적 투쟁을 구체화시키는 데 실패하게끔 만들고 있다고 보인다.

이 작품이 발표된 1960년대 초반의 한국 사회는 잘 알려졌다시피 정치, 사회, 경제적으로 혼란이 극에 달했던 시대였다. 역사적으로 보아서도 이승만 정권의 정치적 부패와 그로 인해 이어진 4·19, 그 이후의 제2공화국의 출범, 5·16과 군사독재정권의 전횡 등으로 점철되는 말할 수 없는 혼돈과 부패의 시기였다. 또한 경제적 낙후와 빈곤의 문제는 전쟁을 거치면서 더욱 심화되어 극소수의 자본가와 배고픈 다수 민중의 가난이 격심한 사회적 모순을 야기하고 있었던 것이다. 아직

128

막연하나마 "훈훈한 방"에서 나와 나미가 씌어준 고깔모자를 벗어던지고 "어둡고 추운" 바깥에서 소외계층이지만 깨인 노동자 기룡을 만나러 가는 인철의 이러한 마지막 선택은 따라서 1960년대 이후 한국 사회 지식인들의 고뇌를 예기하고 있음이 분명하다. 이는 「일월」 이후에 쓰인 황순원의 일련의 장편소설들-「움직이는 성」, 「신들의 주사위」 등-이 변동하는 사회에서 지식인의 고뇌를 직접 다루고 있다는 사실을 통해서도 확인해 볼 수 있다.

그러나 이 작품에서 작가 황순원의 보수적인 세계관이 결국 기룡으로 표상되었어야 할 인철의 제2의 목소리와 그 이데올로기적 측면을 형상화하는 데 실패했다고 한다면 지나친 판단일까? 그로 인해 한 인물 내부에서의 두 목소리 간의 이데올로기적 투쟁은 활발하게 문면에 나타나고 있지 않은 것이다. 너무나 분명하게 울려 퍼지는 하나의 목소리는 그 근원이 확실치 않은 제2의 목소리에 의해 번번이 차단당하고 있지만, 그 목소리의 이데올로기적 측면은 아직은 미지수이다. 이는 이 작품에서 기룡이란 인물의 모호성과 신비화로 이어지고 있다.

(2) 작중인물들 간의 이데올로기적 대립의 측면

이 작품에서 인철 네가 과거에 백정 신분이었다는 혈통상의 문제가 처음 구체적으로 밝혀지게 되는 상진영감, 인호, 인철 간의 삼자 회담 장면이 나오는 1부 4장의 표제는 "작은 역사"이다. 이런 표제는 파란만장한 비정상적인 한국 현대사와 긴밀하게 맞물려 있는 상진영감네 가족사를 상징한 것으로 해석해 볼 수 있다. 이런 충격적인 '작은 역사'의 전모를 알게 된-또는 이미 알고 있는-각 작중인물들의 반응은 다양하다. 먼저 이 집의 가장인 인호의 반응은 "지금 어떻게 했으면 좋을지 막막"한 심정이고, "천길 만길 깊은 구렁텅이 속으루 빠져들어간 심정"이다. 다음의 인용문을 보자.

형 인호가 먼저 와 기다리다 부친을 만난 지 얼마 안 되는 것 같았다. 탁자 위 과일접시에는 프루추 포크가 하나뿐이고, 부친은 옷도 갈아입지 않은 채였다.

오십이 가까웠건만 이마에 별로 주름살도 없는 형 인호가 몹시 흥분한 듯 코끝이 하얘진 얼굴로 다시,

"정말 전 지금 어떻게 했으면 좋을지 막막합니다. 천길만길 깊은 구렁텅이 속으루 빠져들어간 심정이에요. 헤어나려야 헤어날 수두 없을 것 같습니다."

그러더니 잠시 탁자를 응시하고 있다가,

"전 아버님이 원망스럽습니다. 그런 무서운 과거가 있으면서 어째서 제가 광주루 가보겠다구 서신을 올렸을 때 잠자쿠 계셨나요. 호랑이 굴루 들어가는 줄 아시면서 왜 말리지 않으셨느냐 말씀이에요."

"그래 모두들 눈치를 챘단 말이냐?"

광대뼈가 솟고 턱이 억세게 생긴 상진영감의 얼굴에도 낭패의 빛이 어려 있었다.

"지금 당장 눈치 챌 채구 안 채구가 문젭니까. 어차피 곧들 알게 될 텐데요. 그런 소문이란 어느 틈에 퍼지게 마련 아닙니까."

먼저 대륙상사의 사장인 상진영감과 "오십이 가까웠건만 이마에 별로 주름살도 없"고 "다음 국회의원 선거 때 출마"를 작정하고 있는 이 집의 가장 인호에게 있어 이런 사실은 곧 "무서운 과거"로 받아들여지고 있고, 이 사실이 외부에 알려지는 것에 대한 극심한 두려움과 공포감마저 감돌고 있다. 이들에게 있어 관건은 곧 백정 신분임이 사회에 드러나지 못하도록 하는 데 있다. 상진영감과 인호, 이 두 사람에게 있어선 자신들의 계급적 위상이나 정체성이 실존적 차원에서 문제시되는 것이 아니라 철저히 사회적 차원에서만 거론되고 있는 것이다.

따라서 그들의 해결책은 간단명료하다. "무서운 과거"를 철저히 숨기고 계속해서 현재의 최상층 계급이란 사회적 지위를 고수해 가는 것

이다. 자신들의 출신성분이 최하층인 백정이었다는 사실이 사회에 알려지는 것은 "죽기밖에 더하겠니"라는 인호의 절박한 어조에서 드러나듯이 결국 그들에겐 생사가 달린 문제로 받아들여지고 있는 것이다.

상진영감은 첫아들 인호가 백일이 막 지난 무렵 광주 본가를 떠나기로 결심한 이래 측량기사 조수양성소를 거쳐 집 장사 등 장사를 하며 재산을 불려 대륙상사의 사장이 된 현재까지 자신의 신분과 이름을 바꿔 가면서 철저히 자신의 본색을 감추어왔음은 이미 앞에서 언급한 바와 같다. 백정이라는 신분이 세상에 드러나는 것은 곧 사회적 죽음을 의미하는 것이다. 예컨대 인철의 고모는 시집을 갔다가 백정 신분이 드러남으로써 자살이라는 길을 택하였다. 현재 광주 군수의 관직에 있으면서 장차 국회의원에 출마할 야망을 가지고 있는 인호에게 있어서도 신분의 드러남은 자멸일 수밖에 없으므로 살길을 타개하지 않으면 안 된다.

그리하여 인호는 상진영감에게 보낸 편지를 통해 그의 살길을 제시하고 곧바로 실천에 옮기겠다고 말한다. 첫째, 남이 모르게 타지방에 가 성까지 갈며 살겠다는 것이고, 둘째, 앞으로 아버지를 찾아보는 것은 물론 서신도 띄우지 않겠다는 것이다. 백정이란 과거의 신분과 단절하기 위해 인륜마저 저버리겠다고 선언하는 인호의 단호한 결심은 결국 아버지 상진영감의 재판이며, 그러한 결단을 내리는 그의 편지에는 객관적으로 책망할 수 없는 처절함마저 배어 있다.

인호가 이처럼 "무덤에 떼두 입히지 않는 백정이 제 조상이라니" 하는 계층에 대한 경멸감을 노골적으로 드러내 보이면서 인륜을 저버리겠다는 단호한 결심을 하기에 이르고 있음에 반해, 인철은 생사를 건 대책을 논의하고 있는 형과 아버지 상진영감의 대화를 잠자코 듣고 있으면서 "언젠가 지 교수댁에서 사진 속 노인의 얼굴을 본 순간 무엇인가 확 가슴에 안겨지는 듯했던 느낌을 되살리고" 있다. 즉 인철에게 있어서 이 같은 사실은 일차적으로는 "피의 알림"으로 받아들여지고

있고, 따라서 "그 사진의 백정 노인이 자기 큰아버지라는 사실이 드러
난 지금도 그다지 놀라운 느낌이 일지 않는" 것이다. 이처럼 "조금도
놀란 빛이 없는" 인철의 반응을 보고 인호는 "넌 아직 우리가 직면하
구 있는 이 기막힌 사태를 깨닫지 못하는 모양이로구나. 어쨌든 다행
한 일이야. 인제 완전한 사회인이 되기까지 넌 마음의 준비를 할 기간
이 있으니까. 그렇지만 난 마지막야. 그 늙은이의 눈이 날 노려본 순간
부터"라고 말한다. 그러나 이러한 피의 알림에 대해 자신의 존재가 화
답하고 있음을 느끼면서도 인철은 자신에게 무의식적으로 체화되어 있
는 계급적 편견으로 인한 혐오감 때문에 이렇다 할 명확한 입장을 취
하지 못하고 있다.

　　그러나 문제는 거기 있는 게 아니었다. 자기네가 바로 백정의 자
　손이라는 움직일 수 없는 사실이 가져다주는 타격이 얼마만한 것
　이냐에 문제의 초점은 있는 것이었다. 인철은 지 교수한데 백정에
　관한 이야기를 듣기까지는 그러한 세계가 따로 있다는 것조차 전
　혀 모르고 있었다. 따라서 자기와는 아무 관련이 없는 일로 무심히
　들어 넘겼던 것이다. 그 후 전경훈에게서 백정의 전신인 양수척에
　대한 이야기를 들었을 때에는 또 우리나라에도 집시족이 있었다는
　데 적잖은 흥미를 자아냈을 정도였다. 그러나 지금에 와서 그것들
　이 제삼자의 남의 일이 아니고 자신과 불가분의 관계가 있는 일로
　앞에 나타나고 보니, 양수척의 집시 같은 생활도 단순히 흥미의 대
　상으로만 생각할 수 없게 된 것은 물론, 백정의 세계가 곧 자기 세
　계처럼 여겨야 할 처지에 놓이게 된 것이었다. 그 다시없는 천민
　취급을 받아오는 백정 세계가. 인철은 검은 그늘이 온몸을 휩싸는
　듯함을 느끼기 시작했다. 그러면서도 언제나 냉철한 자세를 잃지
　않던 형이 그처럼 흥분해 있는 데 비해 자기가 그렇지 못함은 무
　슨 일일까 하고 자신을 돌이켜보는 것이었다. 형의 말대로 자기가
　아직 완전한 한 사람의 사회인이 되지 못해서 그런 것일까.

이로써 인철에게도 아버지나 형과 마찬가지로 혈통을 숨길 것이냐 드러낼 것이냐 하는 갈등이 시작된다.

　인철네 가족구성원과 그의 주변 인물들이 인철네가 과거에 백정이었다는 사실을 알고 있느냐 모르고 있느냐, 또 그것에 대해 어떤 반응을 보이고 있는가를 간단히 도표로 나타내 보면 다음과 같다.

〈인철네 가족〉

	혈통에 대한 반응		현재의 계급적 위치		
	신분을 앎	신분을 드러냄	상류층(자본가)	하류층(백정)	지식인
본돌영감	+	+	−	+	−
상진영감	+	−	+	−	−
홍씨 부인	−		+	−	−
기룡	+	+	+	+	+
인호	+	−	+	−	−
인철	+	+	+	−	+
인주	−		+	−	−
인문	−		+	−	−

〈인철 주변의 인물들〉

	혈통을 앎	계급적 편견	상류층(자본가)	하류층(백정)	지식인
지 교수	+	−	+	−	+
조은행장	+	+	+	−	−
박해연	−		−	−	+
남준걸	−		−	−	+
전경훈	−		−	−	+
다혜	+	−	+	−	−
나미	+	−	+	−	−
신명수	+	±	−	−	−

위의 도표에서 알 수 있는 바와 같이 인철네 가족구성원 중에서 자신이 백정의 혈통을 타고 났음을 아는 사람은 큰아버지인 본돌영감, 상진영감, 기룡, 인철, 인호이고, 이들 중 신분을 드러낸 사람은 본돌영감, 기룡, 인철이다. 이들 중 혈통을 드러낼 것인가 말 것인가 하는 딜레마에 빠진 사람은 현재 최상층의 계급적 위치를 점하고 있는 상진영감, 인호, 인철이다. 또한 상진영감, 인호는 신분을 감추는 쪽으로, 인철은 드러내는 쪽으로 입장을 정해간다. 인철은 표1에서 기룡을 제외하고는 유일한 지식인이다. 따라서 이러한 과거 신분을 둘러싼 인철의 고뇌는 진실된 삶을 살고자 하는 지식인으로서의 존재론적 추구와 맞물려 있음을 알 수 있다. 이는 상진영감, 인호가 현실논리에 입각해 신분의 감춤을 택하고 있는 반면, 기룡은 지식인으로서의 이성논리에 입각해 드러냄을 택하고 있는 것과 상통한다.

한편 신분을 모르고 있는 홍씨 부인, 인주, 인문에게 있어서 문제시되고 있는 것은 백정이라는 과거 신분의 드러냄과 감춤에 있는 것이 아니라 이 집의 가장 상진영감의 외도에서 비롯된 가족 구성원 간의 신뢰와 애정상실에 있다. 이 집의 가장인 상진영감은 본처와의 사이에서 장남 인호를, 후처인 홍씨 부인에게서 인철과 인문을 보았고, 홍씨 부인이 인문을 가졌을 당시에 외도하여 다른 여자에게서 인주를 본 것이다. 따라서 홍씨 부인은 인문을 "죄의 씨앗"으로 단정하고 그때부터 기독교에 몰입하게 된다. 본래 상진영감은 사랑과 애정으로 가정을 꾸린 것이 아니라 철저히 생존논리, 현실논리에 입각하여 이 가정을 꾸려왔다. 따라서 그가 애정과 사랑을 느낄 수 있었던 유일한 공간은 그 자신이 일군 허욕과 위장의 산물인 지금의 집에서가 아니라, 인주의 엄마가 살던 외부 공간에서이다.

또 여기서 특이한 것은 직계가족이 아닌 본돌영감, 기룡을 제외한 인철네 가족 전부와, 인철 주변의 인물들 중 하류층에 속한 인물이 하나도 없다는 점이다. 따라서 객관적인 계급적 입장들 간의 대립과 갈등은 애초에 성립될 수 없다. 또 인철 주변 인물들 중 혈통을 알고 있는 인물은 모두 다섯 사람 - 조 은행장, 다혜, 나미, 신명수 - 인데 이들 중 계급적 편견을 가진 사람은 조 은행장뿐이다. 신명수는 백정의 자손이란 사실을 알고서도 인주를 사랑하고 있으므로 사람들의 계급적 편견을 이용한 것이지, 그 자신이 그런 편견을 체화하고 있다고는 볼 수 없다. 따라서 위의 도표를 통해 알 수 있는 바와 같이 이 작품에서 작중인물들 간의 이데올로기 대립은 뚜렷하지 않으며, 또한 그들 사이의 갈등도 별로 중요하게 부각되고 있지 않다. 신분상의 드러냄과 숨김이란 대립은 작중인물들 간의 입장 대립이라기보다는 그들 각자의 입장 표명에 불과한 것이다.

이상을 통해 알 수 있는 바와 같이 작품 「일월」은 인물 대 인물의 관계의 대립에 초점이 있다기보다는 오히려 인물 대 세계의 대립, 인물 대 그를 둘러싼 사회적 세계 및 운명과의 대립에 초점을 맞춘 작품이다. 그러나 이 작품에서 그 사회적 세계에 대한 구체적 묘사는 생략되어 있는 대신, 작중인물의 삶의 방식과 사유, 행동 등이 그것을 응축해서 보여준다. 따라서 이 작품에서 각각의 작중인물들은 사회 그 자체의 거대한 형상을 입게 된다. 가령 앞에서 언급한 바와 같이 상진영감이 한국의 1950년대 말경부터 60년대 초반까지의 종속적 자본주의화의 과정에서 결국엔 도태되는 매판 자본가의 형상을 입고 있다면, 나미의 아버지 조 은행장은 그런 사회적 세계에서 최상층에 위치한 금융 자본가란 형상의 옷을 입고 있다.

그러나 이런 작중인물들은 동시에 개별적 생명들이기도 하다. 그들은 한편으로는 자신들이 속한 세계를 담당하며 때로는 그 세계를 대표하기도 하지만, 다른 한편으로는 그 세계에 의해 제약받고, 그 구속을 자기 나름의 방식을 통해 벗어나고자 애쓰는 사회 내 개인들이기도 한 것이다. 상진영감이 아들 인철의 눈엔 한낱 포즈로써 자신을 위장한 백정으로 비춰진다거나, 자살하기 직전 그에게 밀려드는 허망감을 고려할 때, 상진영감 자신은 더 이상 사회의 권화가 아니라, 사회 속에 묶여 사회에 의해 시달리는 개인으로 나타난다. 앞장에서 분석해본 한 인물 내부의 분열된 두 목소리란 결국 이런 이가성에서 연유한 것임이 분명하다. 또한 작품 「일월」에서 이런 두 개의 분열된 목소리의 이가 성이야말로 이 작품을 살아 움직이게 하는 기본 동력 중의 하나이다. 그것은 무엇보다도 세계가 단순히 미리 주어지고 확정된 것으로서 그 속의 사람들과 전혀 무관한 것이 아니라, 바로 의도들의 구성체라는 것을 보여주는 것이기에 더욱 그러하다.

　이 세계는 인간의 힘으로는 어쩔 수 없는 거대한 괴물과도 같은 것 이지만, 아니 그렇게 보이지만 실제 인간에 의해서 만들어진 것이기도 하다. 그 세계의 형성에 적극적으로 가담하건 수동적으로 따르건 혹은 저항하건, 세계는 그 모든 움직임의 총체의 산물이다. 이렇듯 세계를 의도의 구성체로 읽게 하는 작품 「일월」은 따라서, 작중인물들의 기본 유형을 세 부류로 묶어 놓는다. 첫째 유형은 세계의 구성을 의도적으 로 주도하는 인물들로, 여기엔 상진영감과 조 은행장이 포함된다. 둘째 유형은 첫 유형의 인물들이 이루어 놓은 상황을 무의지적으로 좇는 인 물들로 인호와 인간 극의 무리들, 그리고 인철과 기룡을 제외한 모든 인물들이 여기에 포함된다고 할 수 있다. 셋째 유형은 첫 유형의 인물 들과 대립적인 삶의 양식을 보여주면서 현실에 대한 하나의 대안적 생 존방식을 제공해 주는 기룡으로 대표되는 유형이다.

　여기서 첫 번째 유형의 인물 군들은 일정한 목표를 향해 전진하는 움직임을 보여주며, 그 목표는 자기를 둘러싸고 있는 세계의 지배에 있으며 동시에 강력한 소유욕을 드러낸다. 상진영감은 사회적 출세라 는 목표로만 모아지는 집중된 삶을 살았고, 또 그것을 위해서는 그 어 떤 위선과 비리, 나아가 고통스러운 자기희생까지도 불사한다. 조 은행 장 역시 냉정한 자본의 논리에 의거, 상진영감의 간절한 융자 부탁을 단호히 거부함으로써, 역으로 자신의 소유욕을 드러낸다. 한편 위의 두 번째 유형의 인물들은 첫 유형의 삶에 흡수되며, 수동성과 현실순응성으로 기울어진다.

그러나 그들의 삶은 완벽한 수동성이라기보다는 그런 현실의 부당함을 인식하고 있지만, 현실의 논리에 따라 그저 적당히 눈감고 포기하며, 냉소하는 삶이다. 따라서 이들의 삶은 자신들의 의지나 욕구와는 무관한 소외된 삶이다. 박해연의 술타령, 남준걸의 엽색행각, 그 밖의 인간극 무리들의 비정상적인 삶의 행태가 여기에 포함된다. 또 인철이 잠시 인간극의 무리로 자처하며 술에서 도피처를 찾으려 했던 것도 바로 이 두 번째 유형의 속성을 그 또한 지니고 있기 때문이라 할 수 있다. 그 밖에 다혜의 공상, 나미의 허영심과 과시욕, 신명수의 일방적인 짝사랑 등 이런 유형의 인물은 이 작품의 대부분을 차지한다. 한편 세 번째 유형의 인물은 자신을 둘러싸고 있는 객관적 세계와 맞서서 새로운 세계를 지향해 가는 인물이다.

그러나 앞에서 언급한 바와 같이 황순원의 소설에서 이 세 번째 유형의 인물들이 추구하는 새로운 세계는 집단적 의지들의 상호 통화와 그것의 총화에 의한 세계 극복을 실현할 수가 없는 추상적 개별성의 세계이다. 그것은 기룡의 "고독의 철학"으로 대변되는 주관적 무역사적 세계이기도 하다.

따라서 이들의 삶은 첫 번째 유형의 삶에 대한 비판 내지는 저항적인 대안으로 나아가지 못하고, 객관적인 현실 인식에도 실패하게 되는 관념성으로 도피해 가고 만다. 작품 「일월」에서 제도/인간의 대립을 심층구조로 두고 있는 의식적 개인들이, 표층구조에서 입장들 사이의 대립으로 나아가고 있지 못한 것도 바로 이런 까닭에서이다. 이는 "문학 자체만을 고수하면서, 문학작품을 통해서만 자기 자신을 증명하려"[61] 했다는 작가 황순원에 대한 기존의 평가와 맞물리는 그의 역사와의 특수한 관련성을 간접적으로 시사해 주는 것이기도 하다.

---

61) 장현숙, 「황순원 문학 연구」, 시와 시학사, 1994, p.9.

요컨대 이것은 일제 시대에 우리말과 우리글의 사용이 제한당하던 시절, 작가 황순원은 골방에서 계속 한국어로 작품을 창작하는 길을 택했고, 해방 후 이데올로기의 첨예한 대립으로 혼란했던 정국에서도 자신의 정치적 입장을 굳이 세우려 하지 않았으며, 6·25와 이승만 정권, 그리고 4·19로 이어지는 파란만장한 현대사의 질곡 속에서도 그러한 현실에 직접 개입해 들어가기보다는 작품 속으로 침잠해 들어가면서 진정한 실존의 의미와 존재 확인을 모색해 온 그의 삶의 태도와 상통하는 것이다.

그러나 「일월」을 통해 추론되는 작가 황순원의 순수 관념의 세계는 결코 실체로 존재하지 않는 것이기에 그것을 추구하고 모색하는 작중 인물들은 항상 방황하고 떠돌 수밖에 없다. 이는 「일월」 이후의 그의 작품들에 대해 "유랑민 의식"이란 평가를 꼬리표처럼 붙여놓은 여러 필자들의 연구 결과에서도 확인해 볼 수 있는 대목이다.

하지만 실체는 없어서 그것이 무엇인지 알 수 없음에도 불구하고 그것에 대한 지향만은 남아 그것을 확인해 보고 싶은 간절한 욕망을 낳는다. 만남과 새로운 모색을 향해 열려 있는 작품 「일월」의 결말은 바로 여기에서 연유된다. 즉 실체 없는 세계의 원형 자체보다 그것을 찾으려는 행위와 과정에 더 의의를 부여하는 것이 곧 이 작품이 보여주고자 한 진정한 존재 확인의 방식인 셈이다. 그 과정은 결국 이 작품에서 다음과 같은 세 단계의 과정을 경유했다.

1) 현재와 과거, 의식과 무의식, 실재와 허구의 주 객관적 요소들의 중층결정에 의한 한 인간의 운명이란 필연을 받아들인다.
2) 동시에 그런 운명을 강인한 주관적인 의지로 극복해 나갈 방도를 주변 인물들과의 대화적 관계를 통해 모색한다. 그러나 다른 인물들이 부재하는 어떤 허구적 대상에 자신을 투기시킴으로써 소외됨과 동시에 역설적이게도 결국 운명에 순응하게 되는 현실의

논리를 징후적으로 읽어낸다.
3) 그런 식의 현실 논리를 거부할 수 있는 새로운 삶의 논리를 찾고
자 지속적으로 타인을 향해 지향해 간다.

이는 타인의 삶과 자신의 삶을 명확히 구분하는 "고양이의 생리"와
는 구분되며, 타인의 삶을 자기 몫으로 떠맡고 자기의 삶을 타인에게
나누어 주려는 생성과 파괴가 공존하는 삶이다.

그러나 작품 「일월」에서 이 파괴와 생성의 변증법은 자유로운 독립
된 개인들 간의 대화와 입장 대립으로 표상되지 못하고 있다. 인철을
포함한 이 작품 속의 사람들의 의식과 존재는 완벽한 체제의 논리에
갇혀 있는 것으로 보이기 때문이다. 그것은 현대에 들어올수록 충분히
납득할 수 있는 관점이다. 지배 이데올로기는 더 이상, 단순히 강요되
는 관념이 아니라 체계이기 때문이다. 그것은 우리의 무의식 속에 강
력하게 육화된다.

하지만 우리의 무의식은 지배 이데올로기에 장악되어 있다기보다는
끊임없이 충돌하고 갈등하며 싸우고 있다. 그 싸움을 자발적으로 실천
하고 있는 것은 우리의 긴 역사적 삶의 과정을 통해 쌓인 한, 의지, 노
동을 통한 삶에의 희열, 그 희열의 상호교환 등등이 복잡하게 얽힌 뿌
리 깊은 그 무엇이다. 지배 이데올로기가 부단히 자기 체계를 변모시
켜 나가는 것도 그 뿌리 깊은 무엇과의 싸움이 존재하기 때문이고, 그
에 의해 자기방어 시스템을 계속 재생산해야 하기 때문이다. 그 무엇
을 집단적 차원에서 의식화시키는 것은, 아니 우리 스스로 집단적 방
향으로 의식화하는 것은 지극히 어려운 일이겠지만, 바로 그렇기 때문
에 가장 중요한 문제의 하나일지도 모른다.

그래서였을까? 「일월」 이후의 작품들에서 작가 황순원은 좀더 일상
적 삶의 구체성으로 다가서고 있는 듯하다. 그렇다면 작가 황순원에게
있어서 이 작품은 하나의 분수령과도 같은 작품이 아니었나 한다. 이

작품의 연재가 시작되기 얼마 전에 분출된 4·19와 그 이후 장장 2년에 걸쳐 이 작품의 완성이 미뤄져야만 했던 내막을 제대로 알 수는 없지만, 4·19가 당시 지식인들 사이에 미친 거대한 정신적인 영향력을 감안해 볼 때, 「일월」의 정신사적 의미는 자못 문제적이라고 할 만하지 않을까 한다.

5. 「일월」의 다성성과 그 한계

이상의 분석을 통해 다성적 소설로서의 작품 「일월」의 특성을 요약해 보면 다음과 같다. 먼저 작품 「일월」은 몇 개의 원화가 중첩되어 이 중첩된 원화들이 어우러져 발산하는 의미의 교향곡이 작화의 다성성으로 이어지고, 이 중첩, 반복되는 의미들의 반향이 결국 작품의 주제를 형상화하고 있다.

또한 이 소설은 작중인물에게 권한을 부여하는 다양한 인물 시점의 교차를 통해 어느 한 독백적인 언어의 독점을 허용하지 않는 탄력 있는 대화망을 구축해 놓는다. 이처럼 작가나 각각의 작중인물들이 대등한 위치에서 객관화되고 삶에 대한 대화의 장에 참여자가 됨으로써 이 소설은 너의 의식과 나의 의식이 만나 대화하게끔 만드는 삶 자체의 다성성을 언어의 탄력에 의한 운동 구조로써 보여준 셈이다.

또한 이러한 가변적인 제한 시점의 사용은 인물의 형상화와 주제를 전개시켜 나가는 데 있어서도 서술자나 함축된 작자에 의한 관점상의 통일이나 일관성의 가능성을 애초부터 차단시켜 놓는다. 그 대신 각 작중인물들 상호간의 외부대화와 대부대화의 상호작용을 통해 이야기를 전개시켜 나감으로써 작품 전체가 하나의 거대한 대화의 교향곡이 되도록 한다.

그러나 인물들 내부에서의 내적 대화나 각 인물들 간의 외적 대화에서의 이질적인 목소리들 간의 심층적인 대립은, 분열되어 있지만 표층적으로는 명확한 이데올로기적 입장을 보유하고 있는 각 인물들 간의 대립으로 나아가고 있지 못하다.

따라서 이 작품은 각 작중인물들 간의 대립 및 갈등이라기보다는, 구체적인 개인들과 현실, 나아가 의지와 운명의 대립이라는 갈등구조를 취하고 있다고 할 수 있다.

하지만 한 인물 내부에서의 분열된 목소리들의 사회적 입지가 명확한 실체를 가지고 있지 못한 까닭에 "의지"의 측면이 약화되고, 희미한 느낌 내지는 막연한 당위성으로서만 지향되고 있다.

따라서 이 작품이 문면에 제시하고 있는 것은 결국 구체적인 행동이나 대안적인 메시지라기보다는 한 인간의 실존적, 역사적, 사회적 존재 위치가 그 인간의 삶을 결정짓게 될 것이라는 역사적 필연에 대한 인간의 무기력함과 고독의 형상화에 있다고 할 수 있다.

따라서 사회를 변혁시키기보다는 현재의 삶에서 올바른 자아를 구축해 가려는 쪽으로 의지가 작용하고 있는 것이다. 인물과 세계, 인간과 제도의 갈등을 각기 다른 이데올로기적인 측면에서의 대립으로 형상화해 놓지 못한 이 작품의 한계는 어찌 보면, 지배 이데올로기가 인간의 무의식적 내면세계에까지 체화되어 있는 현대 자본주의 사회에서의 삶의 본질적 한계 자체인지도 모른다.

이런 측면에서 이 소설의 다성성의 한계는 실제 삶의 한계이자, 진정한 입장들의 대등한 대화를 가로막은 작가 의식의 한계이기도 할 것이다. 이는 작가 황순원의 그 이후의 작품들에서 어느 정도 극복되어 가고는 있지만, 어쩔 수 없이 구조 내 인간일 수밖에 없는 현실 세계의 논리를 감안할 때, 다성적인 삶 자체를 가로막는 객관적인 현실 사회의 제도적 담론에 대한 객관적이고 과학적인 인식이 선행되어야 할 것이다.

V. 결 론

이상에서 본고는 작가 황순원의 장편소설 「일월」을 바흐친의 다성성과 크로노토프 범주를 중심으로 고찰해 보았다. 이는 개별 작품에 대한 분석적이고 치밀한 연구 작업의 집적을 통해서만 특정 작가에 대한 전반적인 평가와 문학사적 위치가 조율될 수 있을 것이기 때문이다.

그러나 특히 학위논문에 있어서 최근까지 학계의 편향적인 연구태도는 문학연구의 본체가 되어야 할 작품론을 뒷전으로 물러나게 했던 것이 주지의 사실이다. 그럼으로써 작품 자체의 문학성은 도외시되거나 단편적으로만 논의되고 오직 전체적인 논리의 엄정성만이 존중되는 불충분한 연구물들이 양산되어 왔다.

이러한 문제의식을 바탕으로 본고는 황순원에 대한 전체적인 문학사적 평가 작업에 선행되어야 할 전제 작업의 일환으로 황순원 문학에서 초기와 후기를 이어주는 중요한 문제작이자 그의 대표작으로 손꼽히는 작품 「일월」을 대상 텍스트로 선정하였다.

이 작품이 발표된 1960년대는 한국 현대사의 모순과 파행성이 폭발한 4·19의 여파로 인해 당대 지식인들 사이에서 현실의 문제가 전면에 부각되던 시대이기도 하다. 1962년 벽두부터 연재되기 시작하여 1965년 1월까지 장장 3년에 걸쳐 연재중단과 재개를 반복하면서 진행되어온 황순원의 장편소설 「일월」은 바로 이러한 작가의 현실에 대한 대응과 태도변화를 민감하게 굴절, 반영하고 있는 작품이다.

이 작품에서 작가 황순원은 존재와 역사의 문제를 객관적으로 통찰하려는 방관자적 현실주의자의 입장을 견지함으로써 주인공 인철이란 인물의 자의식을 통해 1960년대 이후 한국 사회 지식인들의 고뇌를 예기하고 있다. 이는 「일월」 이후에 쓰인 그의 일련의 장편소설들-「움

직이는 성」「신들의 주사위」 등 - 이 변동하는 사회에서 지식인의 고뇌
를 직접 다루고 있는 데서도 확인된다.

특히 삶의 지향점을 먼 곳에 두고 그곳을 향해 목적의식적으로 나아
간 동시대의 많은 작가들과 달리, 작가 황순원은 작품 「일월」에서 객
관적이고 냉정한 제3의 시선으로 대상과의 거리를 팽팽하게 유지함으
로써 소설 자체의 자의식적 특성을 다성적 차원에서 실현하고 있다.

또한 이 작품에서 보여준 황순원의 방관자적 현실관은, 인간이 자기
자신과 일치하지 않으며, 나의 주관적 인식 또한 완전하지 못하다는
인식에 토대를 둔 바흐친의 대화주의와도 상통하는 것이다. 특히 바흐
친의 대화주의는 무엇보다도 각 학문 분과 간의 영토 개방과 경계 철
폐로 요약될 수 있는 금세기의 연구 풍토를 가장 잘 대변해줄 수 있는
통합이론이다. 이에 본고에서는 바흐친의 소설이론을 망라하고 있다고
판단되는 크로노토프와 다성성 개념을 바탕으로 하여 장편소설 「일월」
을 분석해 본 것이다.

시간과 공간 속에서 이루어지는 현실 세계의 총체적인 경험이 축조
되는 방식을 일컫는 바흐친의 크로노토프 개념을 이론적 틀로 삼아 작
품 「일월」을 분석해 본 결과, 황순원의 장편소설 「일월」은 각 작중인
물들이 선점하고 있는 크로노토프들 간의 대화적 관계를 통해 인간이
란 과거와 현재의 복합체이며, 의식과 무의식의 복합체이고, 나아가 실
재와 허구가 밀접하게 관련되어 있는 유기체라는 운명론적 역사관을
형상화하고 있음을 확인해 볼 수 있었다.

이 작품은 크게 네 개의 크로노토프들 간의 상호작용에 의해 축조되
어 있는데, 그것은 다음과 같다.

(1) 작품 「일월」에서 "위기와 분기점"의 크로노토프로 작용하고 있
는 "오전 3시"는 그냥 평범한 시계의 시간이 아니라 백정을 상징하는

시간(丑時)이면서 동시에, 작중인물들의 일상적 시간이고, 사회적인 어떤 결단과 선택이 내려지는 분기점으로서 역사의 흐름과 일상적, 전기적 진행이 상호 침투하는 문턱의 크로노토프를 시간 차원에서 응축하고 있는 위기의 시간이자 이 작품의 주제와 맞닿아 있는 운명의 시간이다. 바로 이 지점에서 상호 교차되던 작중인물들은 이 위기의 시간을 넘어서면서 각자 다른 길을 걷게 되고 자신의 삶의 방향을 결정짓게 된다.

그러나 상진영감, 인호, 기룡, 본돌영감이 이 위기의 시간을 통과하면서 각자 자신이 정한 방향을 향해 방사되어 가는 데 반해, 이 작품의 주인공 인철만은 이 작품이 끝날 때까지도 여전히 이 위기의 시간 위에 머물러 있다는 점에서 이 시간은 작품 전체를 이끌어 가는 핵심적이고 상징적인 시간이 된다.

(2) 작품 「일월」이 기반으로 하고 있는 두 번째 크로노토프는 "집"이다. 이 작품은 집의 와해와 개인의 자아확인이 동시에 병행되는 구조를 가진 전형적인 현대적 의미에서의 가족(가계) 소설로도 읽힐 수 있는데, 특히 새로운 자아의 성장을 상징하는 집의 건축과, 한 가족의 와해와 해체를 병렬적으로 진행시켜 나가는 이 작품의 구조는 시대 변화에 따른 "집"의 이질 크로노토프성을 함축하고 있는 것으로 보인다.

또한 이 작품에서 생성되는 집과 와해되는 집이란 서로 이질적인 크로노토프에 모두 속해 있는 작중인물 인철은, 가족이란 가장 작은 사회적 제도 및 구조로부터의 탈피를 통해 진정한 자아를 확인해 가려는 인물이며, 두 개의 대립하는 이데올로기적 입장 사이에서 마지막까지도 갈등, 번민하는 미완결된 과정상의 인물로 설정되어 있다.

한편 이 소설에는 집과 관련된 "도우장"이란 공간이 등장하는데, 이 도우장이란 집은 본돌 영감이 백청이라는 직업상 소를 잡던 장소이면서 동시에 소의 혼백을 위로하고 자신의 아들 기룡 대신에 속죄를 빌던 곳이다. 또 기룡이 현재 일하고 있는 미아리 도수장은 기룡이 스스로 택한 고난의 장소인 반면, 이 도우장이라는 집이 주인공 인철에게 있어서는 노동자들이 소를 잡는 한낱 작업장에 불과한 곳이 된다. 이처럼 작품 「일월」에서 "집"의 크로노토프는 작중인물들의 각기 다른 사회적 이념적 위치, 그리고 의식의 변화, 발전해 가는 양상에 따라 각기 다른 의미를 지니는 공간이며, 이들의 각기 다른 이념적 지향성을 응축하고 있는 크로노토프이다. 즉 이질 크로노토프성을 특징으로 하는 상징적 공간으로 작용하고 있는 것이다.

(3) 작품 「일월」에서는 온갖 차이가 노출되고 다양한 운명들이 서로 충돌하고 얽히는 대화적 공간인 "만남"의 크로노토프로서 대폿집이란 공간이 등장한다. 이곳은 이 작품에서 술을 매개로 한 당대 인간들의 정신적 만남의 자리를 마련하고 있는 공간이며, 주인공 인철이 자신과 동시대인들의 공허한 의식과 불완전한 삶의 형태를 접하게 되는 곳이기도 하다.

이러한 만남을 통해 주인공 인철은 결국 자기 역시 그 인간극 속의 일원이라는 반성적 사유에 도달하게 되고, 비로소 사회 속에서의 자신의 존재에 대한 인식으로 좀더 가깝게 다가서게 된다.

그리하여 이 작품 말미에서 인철의 자아는 인간 존재를 중층결정하는 자본주의적 현실의 두꺼운 벽 속에 갇힌 존재의 의미를 깨닫고 새로운 자아를 찾으려는 의식으로 성장한다. 그러나 이러한 주인공 인철의 선택을 작가 황순원은 "어둡고 추운" 바깥 날씨에 비유함으로써 당대 사회에 대한 부정적인 현실 인식을 시사하고 있다.

결국 이 "만남"의 크로노토프를 통해서도 주인공 인철은 아무런 입장이나 사회 속에서 자아의 나아갈 방향을 명확히 발견하고 있지 못한 상태이다. 형식상으로는 완결되었으나, 내용상으로는 아무것도 확실한 것이 없는 상태로 작품은 끝을 맺고 있는 것이다.

(4) 이상의 크로노토프 분석을 통해 알 수 있는 바와 같이 작품 「일월」은 시간의 문제를 통해 인간 존재를 규명하려 한 야심에 찬 시도이다. 이 작품의 제목인 "일월"은 해와 달, 또는 날과 달의 뜻으로 '세월'을 이르는 말이며, 동시에 상호대립적인 존재물의 융합을 통해 이질성과 동시성, 시간성과 공간성을 아울러 포괄하는 개념이다.

또한 이는 인간을 규정짓는 다양한 힘들의 중층적인 관련성을 아울러 포괄하는 일종의 상징으로도 읽힐 수 있다. 이 소설은 과거가 현재속에 깊이 각인됨으로써 과거의 현재화가 문제시되고 그 와중에서 인간의 실존적, 역사적, 사회적 존재 위치가 결국 한 인간의 삶을 결정짓는다는 운명론적 역사관을 보여준다. 즉 "세월"이란 말로 집약될 수 있는 역사의 과정이란 한 인간의 삶과 그의 내면까지도 결정짓게 될 것이므로, 인간의 자아는 외롭고 무기력할 수밖에 없다는 인식이다. 각각의 등장인물들은 모두 공통적으로 세월, 즉 시간의 흐름과 그로 인한 사회의 변화에 잘 적응하지 못하고 있고, 그럼으로써 시간의 대열에 적극적으로 동참하기보다는 그 흐름과 변화를 견뎌내려는 안간힘을 쓸 뿐이다. 바로 여기에서 존재의 문제가 부각된다.

결국 운명이 의지를 압도한다는 이러한 역사관은 인간이란 과거, 현재의 복합체이며, 의식과 무의식, 실재와 허구에 의해 중층결정되는 통시적, 공시적인 다양한 힘들의 상호작용의 산물이라는 결론을 도출해낸다.

그렇기 때문에 한 인간의 존재 의미는 그 무수한 힘들과의 대화 속에서, 즉 상호주관적인 맥락에 대한 이해를 통해서만 접근 가능한 것이라는 메시지를 형상화하고 있는 것이다.

절대적 권위적 세계인식의 반발에서 출발하여 소설을 다양한 사회, 이념적 언어들 간의 대화적 공존으로 보는 바흐친의 다성적 문학관은, 결국 소설 속에 표현되는 언어 및 이념적 세계의 탈중심성을 부각시키려는 창작방법으로 구체화된다. 이는 나의 세계가 가능한 많은 세계들 중 하나일 뿐이라는 작가의식을 전제로 한 것인데, 작품 「일월」에서 작가 황순원이 보여준 방관자적인 전략-자신의 참여 없이 벌어지고 있는 인생극을 훔쳐보는 사람으로서의 작가적 입장-은 곧 바흐친의 다성성 개념을 통해 가장 잘 설명될 수 있다.

따라서 본고에서는 작품 「일월」에서 다성적 언어관의 핵심을 형식화하고 있다고 여겨지는 측면들을 몇 가지 항목으로 나누어 고찰해 보았다.

(1) 이 작품의 작화에는 늘 몇 개의 원화가 중첩되어 이 중첩된 원화들이 어우러져 발산하는 의미의 교향곡이 작화의 다성성으로 이어지고, 이러한 중첩, 반복되는 의미들의 반향이 결국 작품의 주제를 형상화하고 있다.

먼저 원화 차원에서 서로 독립된 여러 가닥의 이야기들이 작화 차원에서 서로가 서로를 빗대고 함축하는 관계에 놓여 있으며, 또 이 굵직한 개개의 원화 속에는 본 이야기와는 무관한 이야기들이 삽입되어 있어서, 이 삽입된 이야기들이 다시금 전체 원화를 내용 및 형식적인 측면에서 빗대고 함축하는 관계에 놓이게 된다.

이처럼 이 작품은 빗대는 이야기와 빗대어진 이야기 사이의 상호작용에 의해 작화의 다성성을 꾀하고, 이러한 다성적 관계를 통해 작품의 주제를 형상화하고 있다.

(2) 작품 「일월」에서 시점상의 가장 두드러진 특징은 다양한 인물시점의 상호교차와 목소리들 간의 융합 및 상호침투에 있다. 이 작품에선 가변적인 제한시점을 통해 작중인물들에 대한 정보를 작가가 직접 제시하는 것이 아니라, 또 다른 작중인물에게 권한을 부여함으로써, 작중인물들 스스로가 서로의 삶에 대한 이야기를 하는 식으로 되어 있다.

이런 다양한 인물 시점의 교차와 이질적인 목소리들의 융합은 타자의 의식이 주인공의 의식에 영향을 끼치고 주인공의 의식이 타자의 의식에 반응하는 정신의 복잡한 과정을 드러내는 데 효과적이다.

또 이렇게 다양한 시점들의 상호교차는 작품의 의미를 유보시키고 최종판단을 불가능하게 만드는 것이기도 하다. 따라서 지속적인 대화 상대자를 지향하는 것으로 끝을 맺는 이 작품에서 이런 다성적 시점의 활용은 작품 전체의 주제를 웅변적으로 대변해 주고 있다.

(3) 이 작품에서 이런 가변적인 인물 시점은 작중인물들이 타인과의 만남을 통해 갖게 되는 외부대화와, 작중인물 본인의 내부대화의 상호 작용을 통해 작품 자체를 전개시켜나가게끔 한다.

인간을 묘사할 수 있는 가장 적절한 방법이 그와 남들과의 교류를 묘사하는 것이라고 할 때, 인간 대 인간의 교류와 상호작용을 통해 작품 전체가 하나의 거대한 대화의 교향곡이 되는 이 작품의 구조는 다분히 다성적이다. 즉 이 작품에서 작중인물들은 각기 자기 내부에 서로 이질적인 두 개의 목소리가 공존해 있음으로 해서 내적 갈등을 겪게 되고, 이러한 내적 대화의 구조가, 각 개인들이 타인과 맺고 있는 외적 관계, 나아가 외적 대화의 구조와 맞물리면서 소설 전체를 하나의 거대한 대화의 장으로 엮어가고 있다.

특히 주인공 인철의 내부 대화에서 분열된 두 개의 목소리는 그의 혈통에 대한 갈등과 그 자신의 존재론적 물음에 대한 해답 추구의 방향성과 맞물려 있음으로 해서 이데올로기적인 대립과 투쟁으로 나아가고 있다.

(4) 그리하여 본고에서는 작품 「일월」에서 이데올로기적 대립과 투쟁의 측면을, 한 인물 내부에서의 내적 투쟁과, 작중인물들 간의 이데올로기적 대립의 측면으로 나누어 고찰해 보았다.

그 결과 먼저 한 인물 내부에서의 분열된 목소리의 이데올로기성은,

자본주의로의 개편과정에서 과거의 최하층 백정계급 출신이 현재의 최상층 자본가계급이라는 데서 야기된 이데올로기적 갈등 및 그로 인한 개인의 정체성의 혼란에서 비롯된 것임을 알 수 있었다.

따라서 각 작중인물들은 계급적 편견이 체화된 자본주의 지배계급의 이데올로기가 각인된 제1의 목소리와 그에 맞서는 실존적, 본질적인 목소리의 대립으로 내적인 갈등을 겪고 있다.

특히 이 작품에서 "작은 역사"로 표현되는 한국 현대사의 단면과 심층을 두루 반영하고 있는 인철 네 가족사는 역사적 필연이란 현실의 논리에 그대로 지배되고 있는 것이기에, 작가에 의한 객관적인 현실 반영의 측면이 리얼리티를 획득하고 있다.

그러나 이 작품에서 작가 황순원의 보수적인 세계관이 결국 기룡으로 표상되었어야 할 인철의 제2의 목소리와 그것의 이데올로기적 측면을 형상화하는 데 실패하고 있다고 판단된다. 그로 인해 한 인물 내부에서의 두 목소리 간의 이데올로기적 투쟁은 활발하게 문면에 나타나고 있지 않다. 그리고 이런 특성은 작중인물들 간의 이데올로기적 대립의 측면에서도 확인된다.

결국 이 작품은 인물 대 인물의 대립에 초점이 있다기보다는 인물 대 세계의 대립, 인물 대 그를 둘러싼 사회적 세계 및 운명과의 대립에 초점을 맞춘 작품이다.

그러나 이 작품에서 그 사회적 세계에 대한 구체적 묘사는 생략되어 있는 대신, 작중인물의 삶의 방식과 사유, 행동 등이 그것을 응축해서 보여준다.

그리하여 이 작품에서 작중인물들은 기본적으로 세 유형으로 나뉠 수 있다. 세계의 구성을 의도적으로 주도하는 인물들과, 이 첫 유형의 인물들이 이루어 놓은 상황을 무의지적으로 좇는 인물들, 마지막으로 첫 유형의 인물들과 대립되는 삶의 양식을 보여주면서 현실에 대한 하나의 대안적 생존방식을 제공하는 인물들이 그것이다.

그러나 작품 「일월」에서 이 세 번째 유형의 인물들이 추구하는 새로운 세계는 집단적 의지들의 상호 통화와 그것의 총화에 의한 세계 극복을 실현할 수가 없는 추상적 개별성의 세계이다.

따라서 이들의 삶은 첫 번째 유형의 삶에 대한 비판 내지는 저항적인 대안으로 나아가지 못하고, 객관적인 현실 인식에도 실패한다. 이처럼 이 작품을 통해 추론되는 작가 황순원의 순수 관념의 세계는 결코 실체로 존재하지 않는 것이기에 그것을 추구하고 모색하는 작중인물들은 항상 방황하고 떠돌 수밖에 없다.

하지만 실체는 없어서 그것이 무엇인지 알 수 없어도, 그것에 대한 지향만은 남아 그것을 확인해 보고 싶은 간절한 욕망을 낳는다. 만남과 새로운 모색을 향해 열려 있는 작품 「일월」의 결말은 바로 여기에서 연유한다. 즉 실체 없는 세계의 원형 자체보다는 그것을 찾으려는 행위와 과정에 더 의의를 부여하는 것이 곧 이 작품이 보여주고자 한 진정한 존재 확인의 한 방식인 셈이다.

요컨대 작가 황순원이 작품 「일월」을 통해 보여준 방관자적 현실관은 의도했든 의도하지 않았든, 절대적인 진리나 이성에 대한 일원론적 믿음과 지향을 해체시키고, 대화적인 상호교류에 의한 탐색과 자유로운 관찰의 중요성을 일깨워준 것이다. 작가 황순원의 이러한 자세는 현재 후기 구조주의적 흐름과 그 맥을 같이하는 것이기에, 어떤 의미에서는 시대를 앞서 간 듯한 느낌마저 들 정도이다.

그러나 바흐친에게 있어서 소설은 그의 대화주의적 이상에 가장 근접한 비평적인 사회적 지식의 보고이자, 이런 이념을 적극적으로 실현해 줄 도구였던 데 반해, 황순원의 소설 「일월」은 명백히 체제 내적인 논리에 머물고 만 한계를 드러내고 있다.

이런 측면에서 이 소설의 한계는 지배 이데올로기가 인간의 무의식적 내면세계에까지 체화되어 있는 현대 자본주의 사회에서의 삶의 본질적 한계이자, 진정한 입장들의 대등한 대화를 가로막은 작가 의식의 한계이기도 할 것이다. 이는 작가 황순원의 그 이후의 작품들에서 어느 정도 극복되어 가고는 있지만, 어쩔 수 없이 구조 내 인간일 수밖에 없는 현실 세계의 논리를 감안할 때, 다성적인 삶 자체를 가로막는 객관적인 현실 사회의 제도적 담론에 대한 비판적이고 과학적인 분석이 필요하리라고 판단된다. 그러나 이는 본고의 분석 영역을 넘어서는 것이므로 앞으로의 연구과제로 남길까 한다.

 **참고문헌**

1. 기본 자료

황순원, 「일월」, 『황순원전집』 제8권, 문학과지성사, 1993.

2. 국내 논저

〈단행본〉

구인환, 「한국근대 소설연구」, 삼영사, 1983.

권영민, 「한국현대문학사」, 민음사, 1993.

김병욱 편, 최상규 역, 「현대소설의 이론」, 대방출판사, 1993.

김병익, 「열림과 일굼」, 문학과지성사, 1991.

김욱동, 「대화적 상상력, 바흐친의 문학이론」, 문학과지성사, 1988.

김욱동, 「바흐친과 대화주의」, 나남, 1990.

김윤식, 「우리 문학의 넓이와 깊이」, 서재헌, 1979.

김주연, 「한국문학과 기독교」, 문학과지성사, 1984.

김치수, 「문학과 비평의 구조」, 문학과지성사, 1989.

김 현, 「현대소설의 담화론적 연구」, 계명출판사, 1995.

문학사와 비평연구회 편, 「1960년대 문학 연구」, 예하, 1993.

염무웅, 「민중시대의 문학」, 창작과비평사, 1979.

오생근 편, 「황순원연구」, 문학과지성사, 1985.

원형갑, 「문학과 실존의 언어」, 홍익재, 1981.

유종호 외, 「현대 한국작가 연구」. 민음사, 1979.

이남호, 「문학의 偽足 2」, 민음사, 1990.

이동하, 「현대소설의 정신사적 연구」, 일지사, 1989.

이보영 편저, 「황순원」, 지학사, 1985.

이정우, 「담론의 공간」, 민음사, 1994.

이재선, 「한국문학 주제론」, 서강대학교 출판부, 1991.

이재선, 「한국현대 소설사」, 홍성사, 1979.

이태동, 「한국현대 소설의 위상」, 문예출판사, 1987.

장현숙, 「황순원문학 연구」, 시와시학사, 1994.

조연현, 「황순원 단장」, 현대문학, 1964.

진형준, 「또 하나의 세상」, 청하, 1988.

천이두, 「한국 소설의 관점」, 문학과지성사, 1985.

천이두, 「한국 현대소설 작품론」, 형설출판사, 1993.

〈연구논문〉

고 은, "실내작가론 3, 황순원", 《월간문학》 제2권, 제5호, 1969. 5.

구인환, "황순원 소설의 극적 양상", 《선청어문》 제19집, 서울사대, 1991.

구창환, "황순원의 생명주의 문학", 《한국언어문학》 통권 제4호, 1976.

권영민, "일상적 체험과 소설의 수법", 『황순원전집』 제4권, 문학과지성
　　　　사, 1982.

권영민, "황순원의 문체, 그 소설적 미학", 「말과 삶과 자유」, 문학과지
　　　　성사, 1985.

권오룡, "소설의 대화주의와 그 문학사적 의미: 바흐친의 소설 이론,"
　　　　《세계의 문학》 1985. 겨울호.

권택영, "카니발의 의미: 바흐친과 문학의 사회성," 《현대문학》 1987. 9.

김근식, "도스토예프스키 연구의 현 단계와 바흐친의 시학," 《러시아
　　　　소비 에트 문학》 통권 1호, 1990.

김동선, "황고집의 미학, 황순원 가문", 「황순원 연구」, 문학과지성사,
　　　　1985.

김병욱, "黃順元 小說의 꿈 모티프", 《문학과 비평》, 1988. 여름호.

김병익, "수난기의 결벽주의자", 「황순원문학전집」 제5권, 삼중당, 1973.

김병익, "순수문학과 그 역사성", 《한국문학》 1976.

김병익, "찢어진 동천사상의 복원", 「황순원문학전집」 제4권, 삼중당, 1973.

김상일, "순원 문학의 위치", 《현대문학》 1965. 4.

김상일, "황순원의 문학과 악", 《현대문학》 1966. 11.

김상태, "한국현대소설의 문체 변화", 「말과 삶과 自由」, 문학과지성사,
　　　　1985.

김용성, "한국소설의 시간의식", ≪현대문학≫ 1988. 1-2.

김욱동, "언어와 이데올로기: 바흐친의 언어 이론," ≪세계의 문학≫
　　　　1987. 여름호.

김욱동, "형식주의와 마르크스주의: 바흐친의 문학 이론," ≪외국문학≫
　　　　1988. 봄호.

김욱동, "단성적 문학과 다성적 문학: 바흐친의 대화 이론," ≪문학과
　　　　사회≫ 1988. 여름호.

김욱동, "다성적 소설의 세계," ≪문학사상≫ 1989. 10.

김윤식, "민담, 민족적 형식에의 길", 『소설문학』 1986. 3.

김인환, "인고의 미학", 「황순원전집」 제6권, 문학과지성사, 1981.

김정하, "황순원「日月」연구 – 전상화된 상징구조의 원형비평적 분석과
　　　　해석", 서강대석사, 1986.

김주연, "싱싱함, 그 생명의 미학", 「황순원전집」 제11권, 문학과지성사, 1985.

김치수, "소설의 사회성과 서정성", 「말과 삶과 自由」, 문학과지성사, 1985.

김치수, "소설의 조직성", 「황순원전집」 제10권, 문학과지성사, 1982.

김 현, "계단만으로 된 집", 「말과 삶과 自由」, 문학과지성사, 1985.

김 현, "소박한 수락", 「황순원문학전집」 제6권, 삼중당, 1973.

김 현, "안과 밖의 변증법", 「황순원전집」 제1권, 문학과지성사, 1980.

김 현, "플레하노프, 루카치 그리고 바흐친," 「문학사회학」, 민음사, 1983.

박양호, "황순원 문학연구", 전북대 박사논문, 1994.

반성완, "루카치와 바흐친의 소설 이론의 공통점과 차이점," ≪외국문
　　　　학≫ 1990. 봄호.

설준규, "대화론인가, 대화주의인가," ≪창작과 비평≫ 1989. 겨울호.

송상일, "순수와 초월, 「황순원전집」 제7권, 문학과지성사, 1981.

성민엽, "존재론적 고독의 성찰", 「황순원전집」 제8권, 문학과지성사, 1993.

양선규, "황순원 소설의 分析心理學的 硏究", 경북대 박사논문, 1991.

오양호, "그로테스크 리얼리즘과 민중 문학," ≪현대문학≫ 1988. 2.

원형갑, "바흐틴의 카니발적 세계 감각", ≪민족지성≫ 1989. 3.

유정완, "바흐친의 담론 이론과 소설 이론," 경희대학교 석사논문,
　　　　1989.

156

유종호, "겨레의 記憶", 「황순원전집」 제2권, 문학과지성사, 1981.

윤지관, "「日月」의 정치적 차원", ≪문학과 비평≫, 1987. 가을호.

이동하, "파멸의 길과 구원의 길", ≪문학사상≫ 1988. 3.

이병혁, "이데올로기와 말: 바흐친의 기호학적 견해를 중심으로," 이병
혁 편저, 「언어사회학 서설」, 까치, 1986.

이보영, "황순원의 세계" 상, 하, ≪현대문학≫ 1970. 2-3.

이부영, "심리학적 상징으로서의 동굴", ≪문학과 비평≫, 1987. 가을호.

이상섭, "유랑민 근성과 창조주의 눈", 「황순원전집」 제9권, 문학과지
성사, 1980.

이용남, "「조신몽」의 소설화 문제," ≪관악어문연구≫ 제7집, 1990.

이종숙, "왜 바흐친인가," ≪문학과 사회≫ 1989. 봄호.

이태동, "실존적 현실과 미학적 현현" ≪현대문학≫ 1980. 11.

이형기, "유랑민의 비극과 무상의 성실", 「황순원문학전집」 제1권, 삼
중 당, 1973.

정과리, "사랑으로 감싸는 의식의 외로움", 「황순원전집」 제5권, 문학
과지 성사, 1984.

정과리, "현실의 구조화", 「말과 삶과 자유」, 문학과지성사, 1985.

조남현, "순박한 삶의 파괴와 회복" 「황순원전집」 제3권, 문학과지성사,
1981.

조연현, "황순원 단장", ≪현대문학≫ 1964. 11.

진형준, "모성으로 감싸기, 그에 안기기 - 황순원론", ≪세계의 문학≫,
민음사, 1985.

천이두, "부정과 긍정", 「황순원문학전집」 제2권, 삼중당, 1973.

천이두, "자의식과 현실", ≪현대문학≫ 1961. 12.

최정희, 오유권, 서정범, 이호철, "황순원과 나", 「말과 삶과 自由」, 문
학과 지성사.

최현무, "미하일 바흐친과 소설의 역사 창조," ≪외국문학≫ 1989. 여름호.

홍기삼, "유랑민의 서사극", 「한국문학대전집」, 태극출판사, 1976.

홍정선, "이야기의 소설화와 소설의 이야기화", 「말과 삶과 自由」, 문
학과 지성사.

3. 국외 논저

Aronowitz, Stanley. *Dead Artist, Live Theories, and Other Cultural Problem. Routledge,* 1994.

Bakhtin, Mikhail. *The Problems of Dostoevsky's Poetics,* ed. and trans. Carl Eerson, Minnesota Univ. Press, 1984. (김근식 역, 「도스토예프스키 詩學」, 정음사, 1988)

Bakhtin, Mikhail. & P. Medvedev. *The Formal Method in Literary Scholarship,* trans. A. J. Wehrle cambridge: Harvard Univ. Press, 1985. (이득재 역, 「문예학의 형식적 방법」, 문예출판사, 1988)

Bakhtin, Mikhail. *Rabelais and His World.* trans. Helene Iswolsky. Bloomington: Indiana Univ. Press, 1984.

Bakhtin, Mikhail. *Speech Genres & Other Late Essays.* ed. Caryl Emerson and Michael Holquist, trans. Vern W. Mcgee. Austin: Univ. of Taxas Press, 1986.

Bakhtin, Mikhail. *The Dialogic Imagination,* ed. Michael Holquist. trans. Caryl Emerson and Michael Holquist. Austin: Univ. of Taxas Press, 1984.

Bakhtin, Mikhail. 전승희 외 역, 「장편소설과 민중언어」, 창작과비평사, 1988.

Bakhtin, Mikhail. 이득재 역, 「바흐찐과 소설미학」, 열린 책들, 1988.

Bennett, Tony. *Formalism and Marxism,* New York & London: Fonrana, 1977.

Chatman, Seymour. *Story and Discourse,* Cornell Univ. Press, 1978. (김경수 역 「영화와 소설의 서시구조」, 민음사, 1990.)

Clark, Katerina and Michael Holquist. *Mikhail Bakhtin.* Cambridge, Mass.: Jarvard Univ. Press, 1984.

Davis, R. C. & R. Schleifer. *Contemporary Literary Criticism,* New York & London: Longman Inc., 1989.

de Man, Paul. "Dialogue and Dialogism." *Poetics Today* 4(1984), pp. 99-107.

Dolezel, Lubomir, *Narrative Modes in Czech Literature*, Univ. of Toronto Press, 1973.

Gardiner, Michael. *The Dialogics of Critique: M. M. Bakhtin and the theory of ideology*, Routledge, 1992.

Genette, Gerard, *Narrative Discourse*, Ithaca: Cornell Univ. Press, 1980. (권택영 역, 「서사담론」, 교보문고, 1992)

Hirschkop, Ken and David Shepherd, eds. *Bakhtin and Cultural Theory.* Manchester: Manchester Univ. Press, 1989.

Hirschkop, "A Response to the Forum on Mikhail Bakhtin." *Critical Inquiry 10*(December 1984), pp.672-678.

Hirschkop, "The Social and the Subject in Bakhtin." Poetics Today4 (1986), pp.769-775.

Kershner, R. B. Joyce, *Bakhtin, and Popular Literature.* Chapel-Hill: Univ. of North Carolina Press, 1989.

Kristeva, Julia. *Desire in Language*, ed. Leon S. Roudiez, Columbia, Univ. Press, 1980.

Lodge, David. *After Bakhtin: Essays and Dialogues on His Work.* Chicago: Univ. of Press, 1986.

Macdonell, Dainell. 임상훈 역, 「담론이란 무엇인가」, 한울, 1992.

Morson, Gary Saul. *Bakhtin: Essays and Dialogue on His Work*, Chicago Univ. of Press, 1986.

Morson, Gary Saul. & Carl Emerson, *Mikhail Bakhtin*, Stanford Univ. Press, 1990.

Morson, Gary Saul. *Rethinking Bakhtin: Extensions and Challenges.* Evanston: Northwestern Univ. Press, 1989.

Prince, Gerald. *Narratology*. Nabraska Univ. press. 1987. (최상규 역, 「서사학」, 문학과지성사, 1988)

Rimmon-Kenan, S. 최상규 역, 「소설의 시학」, 문학과지성사, 1985.

Todorov, Tzvetan. *Mikhail Bakhtin. trans.* Wlad Godwich, Minnesota Univ. Press, 1984. (최현무 역, 「바흐찐: 문학사회학과 대화이론」, 까치, 1987)

Toolan, Michael J. 김병욱, 오연희 공역, 「서사론 - 비평언어학적 서설」, 형설, 1993.

Uspensky, Boris, *A Poetics of Composition*, trans. B. Zararin. Berkeley: Univ. of Califonia Press. 1981. (김경수 역, 「소설구성의 시학」, 현대소설사, 1992.

Volosinov, V. *Marxism and Philosophy of Language*, trans. L. Matejka and I. Totunnik. Harvard UP, 1986. (송기한 역, 「마르크스주의와 언어철학」, 한겨레, 1988.

Volosinov, V. *Freudianism: A Marxist Critique*, trans. I. R. Titunik, Academic Press, Inc. 1976.

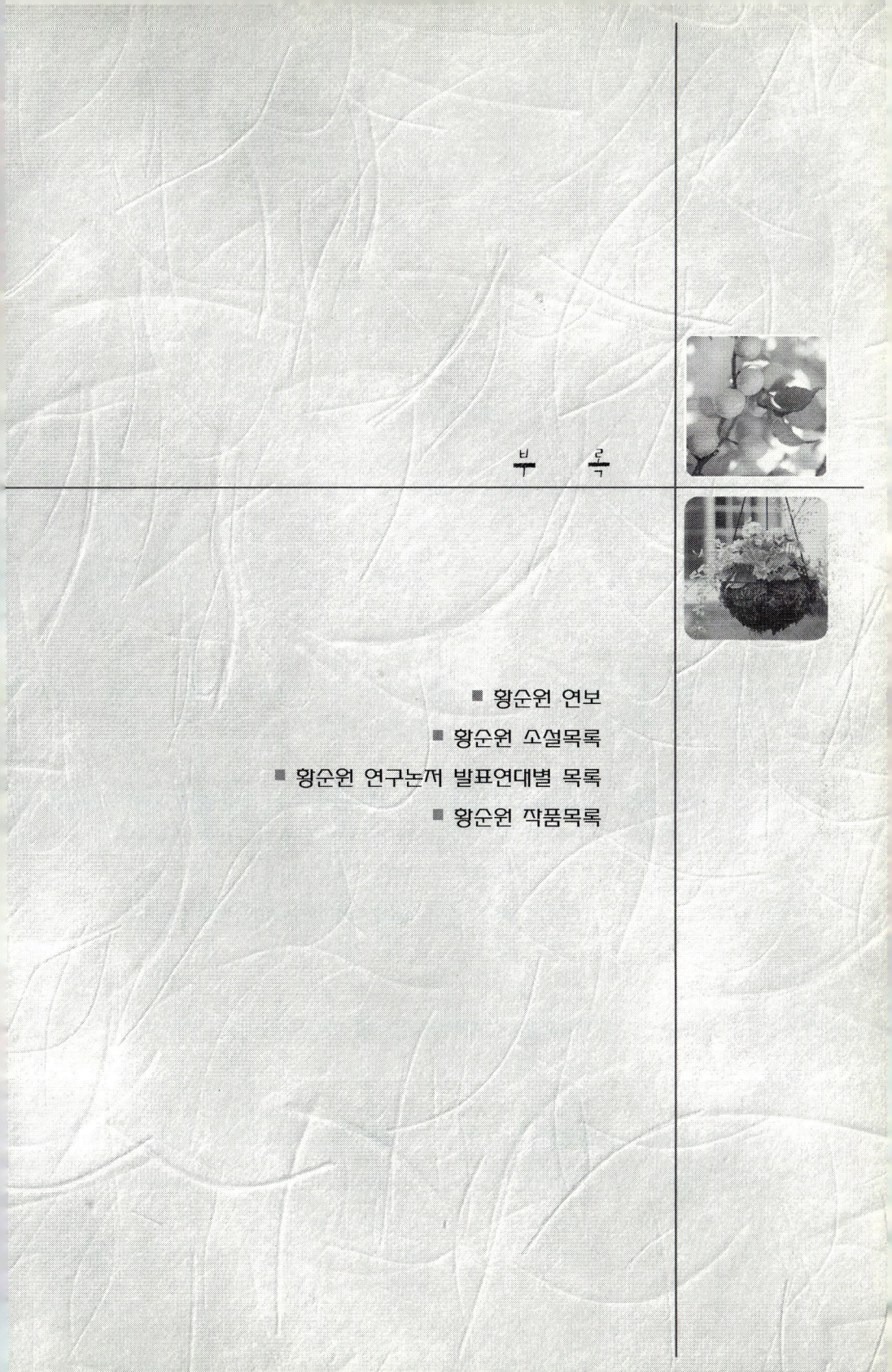

부 록

■ 황순원 연보*

1915   3월 26일 평안남도 대동군 재경면 빙장리 1175번지에서 부친
       찬영(贊永), 모친 장찬붕(張贊朋)의 맏아들로 태어남. 자는
       만강(晩岡). 본관은 제안(齊安).

1923   평양 숭덕소학교 입학.

1929   3월, 평양 숭덕소학교 졸업, 정주 오산중학교 입학. 9월, 건강
       때문에 평양 숭실중학교로 전학.

1931   7월,『나의 꿈』을『동광』에 발표 9월, 시「아들아 무서워 마
       라」를『동광』에 발표. 12월 24일, 시「묵상」을 조선중앙일보
       에 발표.

1934   3월, 숭실중학교 졸업, 일본 동경 와세다 제2고등학원 입학.
       동경에서 이해랑 · 김동원과 함께 극예술 연구 단체인 '동경학
       생예술좌'를 창립. 11월, 첫시집『방가』를 '동경학생예술좌'에
       서 간행.

1935   시집『방가』를 조선총독부의 검열을 피하기 위해 동경에서 간
       행했다 하여 여름방학 때 귀성했다가 평양 경찰서에 붙들려가
       29일간 구류당함. 서울에서 발행하는『삼사문학』의 동인이 됨.

1936   와세다 제2고등학원 졸업, 와세다대학 문학부 영문과 입학.
       동경에서 발행하는『창작』의 동인이 됨.

1937   7월, 단편「거리의 부사」를『창작』제3집에 발표.

1938   10월, 단편「돼지계」를『작품』제1집에 발표.

1939   와세다대학 졸업.

1940   8월, 단편집『늪』(간행할 때의 표제는『황순원단편집』)을 서
       울 한성도서에서 간행.

---

* 황순원 소설의 이미지 읽기, 허명숙, 도서출판 월인, 2005년.

1941	2월, 단편 「별」을 『인문평론』에 발표

1941 2월, 단편 「별」을 『인문평론』에 발표

1942 3월, 단편 「그늘」을 『춘추』에 발표. 일제의 한글 말살 정책에 의하여 발표 기관이 없어지기 시작하여 작품을 발표하지 못하고 써둠. 단편 「기러기」, 「병든 나비」, 「애」, 「황노인」, 「머리」 등.

1943 9월, 평양에서 향리인 빙장리로 소개.

1946 5월, 월남. 9월, 서울중고등학교 교사 취임.

1947 장편 『별과 같이 살다』를 부분적으로 독립시켜 잡지에 발표

1948 12월, 해방 후의 단편만을 모은 단편집 『목넘이마을의 개』를 육문사에서 간행.

1950 2월, 장편 『별과 같이 살다』를 정음사에서 간행. 6월 25일, 한국전쟁 발발. 경기도 광주로 피난. 1·4 후퇴 때는 부산으로 피난.

1951 8월, 해방 전의 작품만 모은 단편집 『기러기』를 명세당에서 간행.

1952 6월, 단편집 『곡예사』를 명세당에서 간행.

1953 7월 27일, 휴전 협정 조인. 8월, 서울로 돌아옴. 9월부터 장편 「카인의 후예」를 『문예』에 제5회까지 연재했으나 이 잡지의 폐간으로 중단. 나머지 부분은 써둠.

1954 12월, 장편 『카인의 후예』를 중앙문화사에서 간행.

1955 1월부터 장편 『인간접목』(발표할 때의 제목 「천사」)을 『새가정』에 1년간 연재하여 완결. 3월, 장편 『카인의 후예』로 아시아 자유문학상 수상. 서울중고등학교 교사 사임. 『현대문학』 추천 작품 심사위원에 피촉.

1956 12월, 단편집 『학』을 중앙문화사에서 간행.

1957 2월, 단편 「내일」을 『현대문학』에 발표. 4월, 경희대 문리대 교수로 취임. 예술원 회원 피선. 10월, 장편 『인간접목』을 중앙문화사에서 간행.

1958 3월, 단편집 『잃어버린 사람들』을 중앙문화사에서 간행.

164

1960	1월부터 장편 『나무들 비탈에 서다』를 『사상계』에 연재 시작하여 7월호에 완결. 9월, 장편 『나무들 비탈에 서다』를 사상계사에서 간행.
1961	7월, 장편 『나무들 비탈에 서다』로 예술원상 수상.
1962	10월부터 장편 『일월』 제2부를 『현대문학』에 다음해 4월호까지 발표.
1964	5월, 단편집 『너와 나만의 시간』을 정음사에서 간행. 8월부터 장편 『일월』 제3부를 『현대문학』에 연재하여 다음해 1월호에 완결. 12월, 『황순원전집』 전6권을 창우사에서 간행.
1966	3월, 장편 『일월』로 3·1 문화상 수상. 단편 「소나기」가 인문계 중학교 3학년 국어 교과서에, 단편 「학」이 실업계 고교 3학년 국어 교과서에 각각 수록됨. 3·1 문화상 심사위원에 피촉.
1968	5월부터 장편 『움직이는 성』을 『현대문학』에 연재 시작, 10월호까지 제1부 발표. 『월간문학』 편집위원에 피촉. 한글 전용 심의위원에 피촉.
1969	5월, 『황순원대표작선집』 전6권을 조광출판사에서 간행. 7월부터 장편 『움직이는 성』 제2부 3회분을 『현대문학』에 발표.
1970	5월부터 장편 『움직이는 성』 제2부 2회분을 『현대문학』에 발표 8월 15일, 국민훈장 동백장 받음.
1971	3월부터 장편 『움직이는 성』 제2부 4회분을 『현대문학』에 발표.
1972	4월부터 장편 『움직이는 성』 제3부와 제4부를 『현대문학』 10월호까지 연재하여 완결.
1973	5월, 장편 『움직이는 성』을 삼중당에서 간행. 12월, 『황순원문학전집』 전7권을 삼중당에서 간행.
1976	3월, 단편집 『탈』을 문학과지성사에서 간행.
1978	2월, 장편 「신들의 주사위」를 『문학과지성』 봄호에 연재 시작.
1979	5월, 시 「모란 Ⅰ·Ⅱ」를 『한국문학』에 발표.

1980   경희대학 교수 정년 퇴임과 동시에 명예 교수로 취임. 장편
      『신들의 주사위』가 『문학과지성』의 폐간으로 가을호부터 연
      재 중단됨. 12월, 문학과지성사가 낱권으로 기획한 『황순원전
      집』 전12권 중 제1권 『늪/기러기』, 제9권 『움직이는 성』이 간
      행되기 시작, 1985년 『시선집』을 마지막으로 완간됨.

1981   8월, 장편 『신들의 주사위』를 『문학사상』에 처음부터 다시 연
      재하여 다음해 5월호에 끝냄.

1983   3월, 시 「낭만적」, 「관계」, 「메모」를 『현대문학』에 발표. 12월,
      장편 『신들의 주사위』로 대한민국 문학상 본상 수상.

1984   3월, 시 「우리들의 세월」을 『월간조선』에 발표. 3월 25일, 시
      「도박」을 한국일보에 발표. 7월, 시 「밀어」, 「한 풍경」, 「고백」
      을 『현대문학』에 발표. 10월, 시 「기운다는 것」을 『문학사상』
      에 발표

1985   3월, 고희 기념 문집 『말과 삶과 자유』(문학과지성사)가 간행
      됨. 9월, 단편 「나의 죽부인전」을 『한국문학』에 발표. 12월,
      단편 「땅울림」을 『세계의 문학』 겨울호에 발표.

1986   5월, 「말과 삶과 자유 Ⅱ」를 『현대문학』에 발표. 9월, 「말과
      삶과 자유 Ⅲ」을 『현대문학』에 발표.

1987   1월, 「말과 삶과 자유 Ⅳ」를 『현대문학』에 발표. 5월, 「말과
      삶과 자유 Ⅴ」를 『현대문학』에 발표. 10월, 제1회 인촌상 문
      학 부문 수상. 12월, 예술원 원로회원에 추대됨.

1988   3월 「말과 삶과 자유 Ⅵ」을 『현대문학』에 발표.

1992   9월, 시 「산책길에서 1」, 「산책길에서 2」, 「죽음에 대하여」,
      「미열이 있는 날 밤」, 「밤늦어」, 「기쁨은 그냥」, 「숫돌」, 「무
      서운 아이」를 『현대문학』에 발표.

2000   9월 14일 오전 8시, 서울 사당동 자택에서 타계. 충남 천안시
      병천면 풍산공원묘원에 안장됨. 향년 85세.

166

■ 황순원 소설 목록*

■ 가나다순

※ 이 목록은 단편소설은 작품명(창작시기) - 《발표지명》 발표시기,
『수록작품집명』 순으로, 장편소설은 작품명 - 《발표지명》 발표기간순
으로, 단편집 또는 장편소설 단행본은 『작품집』(출판사항)순으로 정리
하였음

〈가랑비〉(61. 3) - 《自由文學》 1961. 6, 단편집 『너와 나만의 시간』

〈갈대〉- 단편집 『늪』

〈거리의 副詞〉- 《創作》 제3집, 1937. 7, 단편집 『늪』

〈겨울 개나리〉(67. 1) - 《現代文學》 1967. 8, 단편집 『탈』

〈曲藝師〉(51. 2) - 《文藝》 1952. 1, 단편집 『곡예사』

『곡예사』(명세당, 1952. 6)

〈골목 안 아이〉(51. 6) - 단편집 『곡예사』

〈寡婦〉(52. 12) - 《文藝》 1953. 1, 단편집 『학』

〈그〉(51. 10) - 단편집 『곡예사』

〈그늘〉(41. 여름) - 《春秋》 1942. 3, 단편집 『기러기』

〈그래도 우리끼리는〉(63. 5) - 《思想界》 1963. 7, 단편집 『너와 나만의
시간』

〈그림자 풀이〉(83. 11) - 《現代文學》 1984. 1

〈그물을 거둔 자리〉(77. 7) - 《創作과 批評》 1977. 9

〈기러기〉(42. 봄) - 《文藝》 1950. 1, 단편집 『기러기』

『기러기』(명세당, 1951. 8)

〈나무들 비탈에 서다〉- 《思想界》 1960. 1~7

---

* 황순원 소설의 이미지 읽기, 허명숙, 도서출판 월인, 2005년.

『나무들 비탈에 서다』(사상계사, 1960. 9)

〈나무와 돌, 그리고〉(75. 12) - 《現代文學》 1976. 3, 단편집 『탈』

〈나의 죽부인전〉- 《韓國文學》 1985. 9

〈내 故鄕사람들〉(61. 1) - 《現代文學》 1961. 3, 단편집 『너와 나만의 시간』

〈내일/다시 내일〉(56. 12/57. 12) - 《現代文學》 1957. 2/1958. 1

〈너와 나만의 時間〉(58. 7) - 《現代文學》 1958. 10, 단편집 『너와 나만의 시간』

『너와 나만의 시간』(정음사, 1964. 5)

〈노새〉(43. 늦봄) - 《文藝》 1949. 12, 단편집 『기러기』

〈눈〉(44. 겨울) - 단편집 『기러기』

〈늪〉- 단편집 『늪』

『늪』(황순원 단편집, 한성도서, 1940. 8)

〈닥터 장의 境遇〉(66. 8) - 《新東亞》 1966. 11, 단편집 『탈』

〈달과 발과〉(63. 12) - 《現代文學》1964. 2, 단편집 『너와 나만의 시간》

〈닭祭〉- 단편집 『늪』

〈담배 한 대 피울 동안〉(46. 1) - 《新天地》 1947 9, 단편집 『목넘이 마을의 개』

〈독짓는 늙은이〉(44. 가을) - 《文藝》 1950. 4, 단편집 『기러기』

〈돼지系〉- 《作品》 제1집, 1938. 10, 단편집 『늪』

〈두꺼비〉(46. 7) - 《우리公論》 1947. 2, 단편집 『목넘이 마을의 개』

〈두메〉(52. 8) - 단편집 『학』

〈땅울림〉- 《世界의 文學》 1985. 겨울

〈링반데룽〉(58. 2) - 《現代文學》 1958. 4, 단편집 『너와 나만의 시간』

〈마지막 잔〉(74. 8) - 《現代文學》 1974. 10, 단편집 『탈』

〈幕은 내렸는데〉(67. 7) - 《現代文學》 1968. 1, 단편집 『탈』

〈매〉(52. 10) - 단편집 『학』

〈孟山할머니〉(43. 가을) - 《文藝》 1949. 8, 단편집 『기러기』

〈盲啞院에서〉(53. 5) - 《文化世界》 1953. 11(〈태동〉으로 발표), 단편집 『학』

〈머리〉(42. 가을) - 단편집 『기러기』

〈메리크리스마스〉(50. 12) - 《嶺南日報》 1950. 12, 단편집 『곡예사』

〈모든 榮光은〉(58. 5) - 《現代文學》 1958. 7, 단편집 『너와 나만의 시간』

〈帽子〉(47. 11) - 《新天地》 1947. 2, 단편집 『곡예사』

〈목넘이 마을의 개〉(47. 3) - 단편집 『목넘이 마을의 개』

『목넘이 마을의 개』(육문사, 1948. 12)

〈목숨〉(51. 4) - 《週刊文學藝術》 1952. 5, 단편집 『곡예사』

〈몰이꾼〉(48. 3) - 《新天地》 1949. 2(〈검부러기〉로 발표), 단편집 『학』

〈무서운 웃음〉(49. 4) - 《新天地》(〈솔개와 고양이와 매와〉로 발표), 단편집 『곡예사』

〈물 한모금〉(43. 늦가을) - 단편집 『기러기』

〈配役들〉- 단편집 『늪』

〈별〉(40. 가을) - 《人文評論》 1941. 2, 단편집 『기러기』

『별과 같이 살다』(정음사, 1950. 2)

〈병든나비〉(42. 봄) - 《彗星》 1950. 2, 단편집 『기러기』

〈부끄러움〉(54. 12) - 《現代文學》 1955. 2(〈무서움〉으로 발표). 단편집 『학』

〈불가사리〉(55. 10) - 《文學藝術》 1956. 1, 단편집 『잃어버린 사람들』

〈비늘〉(63. 7) - 《現代文學》 1963. 10, 단편집 『너와 나만의 시간』

〈비바리〉(56. 9) - 《文學藝術》 1956. 10, 단편집 『잃어버린 사람들』

〈뿌리〉(75. 6) - 《週刊朝鮮》 1975. 6, 단편집 『탈』

〈사나이〉(53. 9) - 《文學藝術》 1954. 2, 단편집 『학』

〈사마귀〉- 단편집 『늪』

〈山〉(56. 6) - 《現代文學》 1956. 7, 단편집 『잃어버린 사람들』

〈산골아이〉(40. 겨울) - 《民聲》 1949. 7, 단편집 『기러기』

〈세레나데〉(43. 봄) - 단편집 『기러기』

〈소나기〉(52. 10) − 《新文學》 1953. 5, 단편집 『학』

〈소라〉− 단편집 『늪』

〈소리〉(57. 2) − 《現代文學》 1957. 5, 단편집 『잃어버린 사람들』

〈소리 그림자〉(65. 1) − 《思想界》 1965. 4, 단편집 『탈』

〈손톱에 쓰다〉(60. 12) − 《藝術院報》 1960. 12(〈꽁트2제〉로 발표), 단편집 『너와 나만의 시간』

〈솔메마을에 생긴 일〉(51. 2) − 단편집 『곡예사』

〈송아지〉(61. 10) − 《思想界》 1961. 11, 단편집 『너와 나만의 시간』

〈수컷退化說〉(66. 5) − 《文學》 1966. 6, 단편집 『탈』

〈술〉(45. 10) − 《新天地》 1947. 2(〈술이야기〉로 발표), 단편집 『목넘이 마을의 개』

〈숫자풀이〉(74. 5) − 《文學思想》 1974. 7, 단편집 『탈』

〈神들의 주사위〉− 《文學과 知性》 1978. 봄 − 1980. 7(이 잡지 정간으로 3부 2장에서 중단), 《文學思想》 1981. 8~1982. 5

『神들의 주사위』(문학과지성사, 1982. 7)

〈아내의 눈길〉(65. 7) − 《思想界》 1965. 11, 단편집 『탈』

〈아버지〉(47. 2) − 《文學》 1947. 2, 단편집 『목넘이 마을의 개』

〈아이들〉(50. 12) − 단편집 『곡예사』

〈안개구름끼다〉(58. 12) − 《思想界》 1959. 1, 단편집 『너와 나만의 시간』

〈애〉(42. 첫여름) − 단편집 『기러기』

〈어둠 속에 찍힌 版畵〉(51. 2) − 《新天地》 1951. 1, 단편집 『곡예사』

〈어머니가 있는 유월의 對話〉(65. 6) − 《現代文學》1965. 7, 단편집 『탈』

〈女人들〉(48. 9) − 《新天地》1953. 10(〈間島揷話〉로 발표), 단편집 『학』

〈온기있는 破片〉(65. 1) − 《新東亞》 1965. 6, 단편집 『탈』

〈왕모래〉(53. 10) − 《新天地》 1954. 1(〈윤삼이〉로 발표), 단편집 『학』

〈雨傘을 접으며〉(66. 9) − 《文學》 1966. 11, 단편집 『탈』

〈움직이는 城〉−1부: 《現代文學》 1968. 5~10, 2부: 《現代文學》

1962. 10~1963. 4, 3부: 《現代文學》 1964. 8~11

『움직이는 城』(삼중당, 1973. 5)

〈原色오뚜기〉(65. 11) - 《現代文學》 1966. 1, 단편집 『탈』

〈園丁〉-단편집 『늪』

〈이날의 遲刻〉(74. 12) - 《文學思想》 1975. 4, 단편집 『탈』

〈이리도〉(48. 5) - 단편집 『곡예사』

〈이삭주이〉(58. 5) - 《思想界》 1958. 7(〈꽁트3제〉로 발표), 단편집 『너
와 나만의 시간』

〈人間接木〉-〈천사〉라는 제목으로 《새가정》 1955. 1부터 1년 동안 연재

『人間接木』(중앙문화사, 1957. 10)

〈日月〉-1부, 《現代文學》 1962. 1부터 5회, 2부, 《現代文學》 1962. 1
0~1963. 4, 3부, 《現代文學》1964. 8~1964. 11

『日月』(창우사, 1964. 12)

〈잃어버린 사람들〉(55. 11) - 《現代文學》 1956. 1, 단편집 『잃어버린
사람들』

『잃어버린 사람들』(중앙문화사, 1958. 3)

〈自然〉(66. 6) - 《現代文學》 1966. 8, 단편집 『탈』

〈저녁놀〉(41. 첫가을) - 단편집 『기러기』

〈조그만 섬마을에서〉(65. 8) - 《藝術院報》 1965. 12, 단편집 『탈』

〈주검의 場所〉(75. 10) - 《文學과 知性》 1975. 겨울, 단편집 『탈』

〈지나가는 비〉-단편집 『늪』

〈집〉(46. 8) - 단편집 『목넘이 마을의 개』

〈차라리 내 목을〉(67. 2) - 《新東亞》 1967. 8, 단편집 『탈』

〈참외〉(50. 10) - 단편집 『학』

〈청산가리〉(48. 8) - 단편집 『학』

〈카인의 後裔〉-《文藝》 1953. 9부터 5회만 연재

『카인의 後裔』(중앙문화사, 1954. 2)

〈탈〉(71. 9) - 《朝鮮日報》 1971. 8, 단편집 『탈』

『탈』(문학과지성사, 1976. 3)

〈風俗〉 - 단편집 『늪』

〈피〉(66. 12) - 《現代文學》 1967. 1, 단편집 『탈』

〈피아노가 있는 가을〉 - 단편집 『늪』

〈筆墨장수〉(55. 4) - 단편집 『학』

〈鶴〉(53. 1) - 《新天地》 1953. 5, 단편집 『학』

『鶴』(중앙문화사, 1956. 12)

〈한 벤치에서〉(58. 10) - 《自由公論》 1958. 12, 단편집 『너와 나만의 시간』

〈할아버지가 있는 데쌍〉(59. 8) - 《思想界》 1959. 10, 단편집 『너와 나만의 시간』

〈허수아비〉 - 《創作》 제3집, 1937. 7, 단편집 『늪』

〈黃老人〉(42. 가을) - 《新天地》 1949. 12, 단편집 『기러기』

〈황소들〉(46. 12) - 단편집 『목넘이 마을의 개』

■ 창작 · 발표 시기순

〈거리의 副詞〉 - 《創作》제3집, 1937. 7, 단편집 『늪』

〈돼지系〉 - 《作品》 제1집, 1938. 10, 단편집 『늪』

『늪』(황순원 단편집, 한성도서, 1940. 8)

〈늪〉 - 단편집 『늪』

〈허수아비〉 - 단편집 『늪』

〈配役들〉 - 단편집 『늪』

〈소라〉 - 단편집 『늪』

〈갈대〉 - 단편집 『늪』

〈지나가는 비〉 - 단편집 『늪』

〈닭祭〉-단편집 『늪』

〈園丁〉-단편집 『늪』

〈피아노가 있는 가을〉-단편집 『늪』

〈사마귀〉-단편집 『늪』

〈風俗〉-단편집 『늪』

〈별〉(40. 가을)-《人文評論》1941. 2, 단편집 『기러기』

〈산골아이〉(40. 겨울)-《民聲》1949. 7, 단편집 『기러기』

〈그늘〉(41. 여름)-《春秋》1942. 3, 단편집 『기러기』

〈저녁놀〉(41. 첫가을)-단편집 『기러기』

〈기러기〉(42. 봄)-《文藝》1950. 1, 단편집 『기러기』

〈병든나비〉(42. 봄)-《彗星》1950. 2, 단편집 『기러기』

〈애〉(42. 첫여름)-단편집 『기러기』

〈黃老人〉(42. 가을)-《新天地》1949. 12, 단편집 『기러기』

〈머리〉(42. 가을)-단편집 『기러기』

〈세레나데〉(43. 봄)-단편집 『기러기』

〈노새〉(43. 늦봄)-《文藝》1949. 12, 단편집 『기러기』

〈孟山할머니〉(43. 가을)-《文藝》1949. 8, 단편집 『기러기』

〈물 한모금〉(43. 늦가을)-단편집 『기러기』

〈독짓는 늙은이〉(44. 가을)-《文藝》1950. 4, 단편집 『기러기』

〈눈〉(44. 겨울)- 단편집 『기러기』

〈술〉(45. 10)-《新天地》1947. 2(〈술이야기〉로 발표), 단편집 『목넘이
마을의 개』

〈두꺼비〉(46. 7)-《우리公論》1947. 2, 단편집 『목넘이 마을의 개』

〈집〉(46. 8)-단편집 『목넘이 마을의 개』

〈황소들〉(46. 12)-단편집 『목넘이 마을의 개』

〈담배 한 대 피울 동안〉(46. 1)-《新天地》1949. 7, 단편집 『목넘이
마을의 개』

〈아버지〉(47. 2) - 《文藝》 1947. 2, 단편집 『목넘이 마을의 개』

〈목넘이 마을의 개〉(47. 3) - 단편집 『목넘이 마을의 개』

〈帽子〉(47. 11) - 《新天地》 1947. 2, 단편집 『곡예사』

〈몰이꾼〉(48. 3) - 《新天地》 1949. 2(〈검부러기〉로 발표), 단편집 『학』

〈이리도〉(48. 5) - 단편집 『곡예사』

〈청산가리〉(48. 8) - 단편집 『학』

〈女人들〉(48. 9) - 《新天地》1953. 10(〈間島揷話〉로 발표), 단편집 『학』

『목넘이 마을의 개』(육문사, 1948. 12)

〈무서운 웃음〉(49. 4) - 《新天地》 (〈솔개와 고양이와 매와〉로 발표),
단편집 『곡예사』

『별과 같이 살다』(정음사, 1950. 2)

〈참외〉(50. 10) - 단편집 『학』

〈아이들〉(50. 12) - 단편집 『곡예사』

〈메리크리스마스〉(50. 12) - 《嶺南日報》 1950. 12, 단편집 『곡예사』

〈어둠 속에 찍힌 版畵〉(51. 2) - 《新天地》1951. 1, 단편집 『곡예사』

〈솔메마을에 생긴 일〉(51. 2) - 단편집 『곡예사』

〈목숨〉(51. 4) - 《週刊文學藝術》 1952. 5, 단편집 『곡예사』

〈曲藝師〉(51. 2) - 《文藝》 1952. 1, 단편집 『곡예사』

〈골목 안 아이〉(51. 6) - 단편집 『곡예사』

『기러기』(명세당, 1951. 8)

〈그〉(51. 10) - 단편집 『곡예사』

『곡예사』(명세당, 1952. 6)

〈두메〉(52. 8) - 단편집 『학』

〈매〉(52. 10) - 단편집 『학』

〈소나기〉(52. 10) - 《新文學》 1953. 5, 단편집 『학』

〈寡婦〉(52. 12) - 《文藝》 1953. 1, 단편집 『학』

〈鶴〉(53. 1) - 《新天地》 1953. 5, 단편집 『학』

〈盲啞院에서〉(53. 5) - 《文化世界》1953. 11(〈태동〉으로 발표), 단편집『학』

〈사나이〉(53. 9) - 《文學藝術》1954. 2, 단편집『학』

〈왕모래〉(53. 10) - 《新天地》1954. 1(〈윤삼이〉로 발표), 단편집『학』

〈카인의 後裔〉- 《文藝》1953. 9부터 5회만 연재

『카인의 後裔』(중앙문화사, 1954. 2)

〈부끄러움〉(54. 12) - 《現代文化》1955. 2(〈무서움〉으로 발표), 단편집『학』

〈人間接木〉-〈천사〉라는 제목으로 《새가정》1955. 1부터 1년 동안 연재

〈筆墨장수〉(55. 4) - 단편집『학』

〈불가사리〉(55. 10) - 《文學藝術》1956. 1, 단편집『잃어버린 사람들』

〈잃어버린 사람들〉(55. 11) - 《現代文學》1956. 1, 단편집『잃어버린 사람들』

〈山〉(56. 6) - 《現代文學》1956. 7, 단편집『잃어버린 사람들』

〈비바리〉(56. 9) - 《文學藝術》1956. 10, 단편집『잃어버린 사람들』

『鶴』(중앙문화사, 1956. 12)

〈내일/다시 내일〉(56. 12/57. 12) - 《現代文學》1957. 2/1958. 1

〈소리〉(57. 2) - 《現代文學》1957. 5, 단편집『잃어버린 사람들』

『人間接木』(중앙문화사, 1957. 10)

〈링반데룽〉(58. 2) - 《現代文學》1958. 4, 단편집『너와 나만의 시간』

『잃어버린 사람들』(중앙문화사, 1958. 3)

〈모든 榮光은〉(58. 5) - 《現代文學》1958. 7, 단편집『너와 나만의 시간』

〈이삭주이〉(58. 5) - 《思想界》1958. 7(〈꽁트3제〉로 발표), 단편집『너와 나만의 시간』

〈너와 나만의 時間〉(58. 7) - 《現代文化》1958. 10, 단편집『너와 나만의 시간』

〈한 벤치에서〉(58. 10) - 《自由公論》1958. 12, 단편집『너와 나만의 시간』

〈안개구름끼다〉(58. 12) - 《思想界》1959. 1, 단편집『너와 나만의 시간』

〈할아버지가 있는 데쌍〉(59. 8) - 《思想界》 1959. 10, 단편집『너와 나만의 시간』

〈나무들 비탈에 서다〉- 《思想界》 1960. 1-7

『나무들 비탈에 서다』(사상계사, 1960. 9)

〈움직이는 城〉- 1부; 《現代文學》 1968. 5-10, 2부; 《現代文學》 1962. 10-1963. 4, 3부, 《現代文學》 1964. 8-11

〈탈〉(71. 9) - 《朝鮮日報》 1971. 8, 단편집『탈』

『움직이는 城』(삼중당, 1973. 5)

〈숫자풀이〉(74. 5) - 《文學思想》 1974. 7, 단편집『탈』

〈마지막 잔〉(74. 8) - 《現代文學》 1974. 10, 단편집『탈』

〈이날의 遲刻〉(74. 12) - 《文學思想》1975. 4, 단편집『탈』

〈뿌리〉(75. 6) - 《週刊朝鮮》 1975. 6, 단편집『탈』

〈주검의 場所〉(75. 10) - 《文學과 知性》 1975. 겨울, 단편집『탈』

〈나무와 돌, 그리고〉(75. 12) - 《現代文學》 1976. 3, 단편집『탈』

『탈』(문학과지성사, 1976. 3)

〈그물을 거둔 자리〉(77. 7) - 《創作과 批評》 1977. 9

〈神들의 주사위〉- 《文學과 知性》 1978. 봄-1980. 7(이 잡지 정간으로 3부 2장에서 중단), 《文學思想》1981. 8-1982.

『神들의 주사위』(문학과지성사, 1982. 7)

〈그림자 풀이〉(83. 11) - 《現代文學》 1984. 1

〈나의 죽부인전〉- 《韓國文學》 1985. 9

〈땅울림〉- 《世界의 文學》 1985. 겨울

〈손톱에 쓰다〉(60. 12) - 《藝術院報》 1960. 12(〈꽁트2제〉로 발표), 단편집『너와 나만의 시간』

〈내 故鄕사람들〉(61. 1) - 《現代文學》 1961. 3, 단편집『너와 나만의 시간』

〈가랑비〉(61. 3) - 《自由文學》 1961. 6, 단편집『너와 나만의 시간』

〈송아지〉(61. 10) - 《思想界》1961. 11, 단편집『너와 나만의 시간』

〈日月〉-1부;《現代文學》1962. 1부터 5회, 2부;《現代文學》1962. 10
-1963. 4, 3부;《現代文學》1964. 8-1964. 11

〈그래도 우리끼리는〉(63. 5) - 《思想界》1963. 7, 단편집『너와 나만의
시간』

〈비늘〉(63. 7) - 《現代文學》1963. 10, 단편집『너와 나만의 시간』

〈달과 발과〉(63. 12) - 《現代文學》1964. 2, 단편집『너와 나만의 시간』

『너와 나만의 시간』(정음사, 1964. 5)

『日月』(창우사, 1964. 12)

〈소리 그림자〉(65. 1) - 《思想界》1965. 4, 단편집『탈』

〈온기있는 破片〉(65. 1) - 《新東亞》1965. 6, 단편집『탈』

〈어머니가 있는 유월의 對話〉(65. 6) - 《現代文學》1965. 7, 단편집『탈』

〈아내의 눈길〉(65. 7) - 《思想界》1965. 11, 단편집『탈』

〈조그만 섬마을에서〉(65. 8) - 《藝術院報》1965. 12, 단편집『탈』

〈原色오뚜기〉(65. 11) - 《現代文學》1966. 1, 단편집『탈』

〈수컷退化說〉(66. 5) - 《文學》1966. 6, 단편집『탈』

〈自然〉(66. 6) - 《現代文學》1966. 8, 단편집『탈』

〈닥터 장의 境遇〉(66. 8) - 《新東亞》1966. 11, 단편집『탈』

〈雨傘을 접으며〉(66. 9) - 《文學》1966. 11, 단편집『탈』

〈피〉(66. 12) - 《現代文學》1967. 1, 단편집『탈』

〈겨울 개나리〉(67. 1) - 《現代文學》1967. 8, 단편집『탈』

〈차라리 내 목을〉(67. 2) - 《新東亞》1967. 8, 단편집『탈』

〈幕은 내렸는데〉(67. 7) - 《現代文學》1968. 1, 단편집『탈』

▓ 황순원 연구논저 발표연대별 목록*

- 40년대

이석훈, 「문학풍토기 - 평양편」, 인문평론, 1940.8.

　　　　남궁만, 「황순원 저 『황순원 단편집』을 읽고」, 매일신보, 1941.4.3.

- 50년대

김성욱, 「시와 인형」, 『해동공론』, 1952.3.

　　　　『언어의 파편』, 지식산업사. 1982.10.

곽종원, 「황순원론」, 『문예』, 1952.9.

　　　　『신인간형의 탐구』, 동서문화사, 1955.10.

천이두, 「인간속성과 모랄」, 『현대문학』, 1958.11.

조연현, 「서정적 단편」, 『문학과 그 주변』, 인간사, 1958.

- 60년대

이어령, 「식물적 인간상」, 『사상계』, 1960.4.

김운현, 「황순원론」, 경북대학교 『국어국문학연구 논문집』10, 1960.12.

백　철, 「전환기의 작품 자세」, 동아일보, 1960.12.10～11.

백　철, 「작품은 실험적인 소산」, 한국일보, 1960.12.18.

황순원, 「비평에 앞서 이해를」, 한국일보, 1960.12.21.

황순원, 「한 비평가의 정신자세」, 한국일보, 1960.12.21.

원형갑, 「『나무들 비탈에 서다』의 背地」(상·중·하), 『현대문학』, 1961.1～3.

정태용, 「전후세대와 니힐리즘 -『나무들 비탈에 서다』를 읽고」, 민국일
　　　　보, 1961.4.14.

천이두, 「자의식과 현실」(『나무들 비탈에 서다』의 기점 개제)(상·하),

---

* 황순원 소설의 이미지 읽기, 허명숙, 도서출판 월인, 2005년.

178

『현대문학』, 1961.12~1962.1.

『종합에의 의지』, 일지사, 1974.11.

정창범, 「황순원론」, 『문학춘추』 제1권, 제5호, 1964.

『율리시즈의 방황』, 창원사, 1975.1.

구창환, 「상처받은 세대」, 『조대문학』 제5집, 1964.

조연현, 「황순원 단장」, 『현대문학』, 1964.11.

「黃順元論」, 『예술원 논문집』 제3집, 1964.

김상일, 「순원 문학의 위치」, 『현대문학』, 1965.4.

구창환, 「황순원 문학 서설」, 『조선대학교 어문학논총』 제6호, 1965.

김병걸, 「억설의 분노」, 『현대문학』, 1965.7.

심연섭, 「황순원씨 - 신동아 인터뷰」, 『신동아』 제3권, 제4호, 1966.4.

김교선, 「성층적 미적 구조의 소설」, 『현대문학』, 1966.5.

김치수, 「외로움과 그 극복의 문제」, 『문학』 제1권, 제8호, 1966.

『황순원연구』, 문학과지성사, 1985.3.

김상일, 「황순원의 문학과 악」, 『현대문학』, 1966.11.

박정자, 「성숙과 고민」, 『성대문학』 제12집, 1966.

이호철, 「문학을 숙명으로서 받아들이는 자세」, 『현대문학』, 1966.12.

김우종, 「명작에서 본 母像 10態(6) - 황순원작 「寡婦」」, 대한일보, 1967.6.10.

정전길, 「황순원 문학 점묘 - 「독 짓는 늙은이」, 「曲藝師」, 「별」」 등, 고려대학교 『교양』, 1967.12.

천이두, 「토속적 상황 설정과 한국 소설」, 『사상계』 통권 188호, 1968.

『한국소설의 관점』, 문학과지성사, 1980.3

고은, 「실내작가론·3·황순원」, 『월간문학』 제2권, 제5호, 1969.5.

- 70년대

천이두, 「黃順元의 文學」, 『신한국문학전집 14』, 어문각, 1970.

이보영, 「황순원의 세계」(상·하), 『현대문학』, 1970.2~3.

　　　　『황순원연구』, 문학과지성사, 1985.3.

천이두, 「시와 산문」, 『한국대표 문학전집』 제6권, 삼중당, 1970.5.

　　　　「綜合에의 意志」, 『현대문학』, 1973.8.

　　　　『綜合에의 意志』, 일지사, 1974.11.

황순원, 「대표작 자선자평 – 유랑민 근성과 시적 근원」(대담),

　　　　『문학사상』 제1권, 제2호, 1972.11.

박해경, 「황순원 소설의 미학」, 이화여대 대학원 석사논문, 1972.

이형기, 「유랑민의 비극과 무상의 성실」, 『황순원문학전집』 제1권, 삼
　　　　중당, 1973.12.

천이두, 「부정과 긍정」, 『황순원문학전집』 제2권, 삼중당, 1973.12.

　　　　『綜合에의 意志』 일지사, 1974.11.

원응서, 「그의 인간과 단편집 『기러기』」, 『황순원문학전집』 제3권, 삼
　　　　중당, 1973.12.

　　　　『황순원연구』, 문학과지성사, 1985.3.

김병익, 「찢어진 동천사상의 복원」, 『황순원문학전집』 제4권, 삼중당,
　　　　1973.12.

　　　　『한국문학의 의식』, 동화출판공사, 1976.1.

김병익, 「수난기의 결벽주의자」, 『황순원문학전집』 제5권, 삼중당, 1973.12.

　　　　『한국문학의 의식』, 동화출판사, 1976.1.

김 　현, 「소박한 수락」, 『황순원문학전집』 제6권, 삼중당, 1973.12.

　　　　『사회와 윤리』, 일지사, 1974. 『황순원연구』, 문학과지성사, 1985.3.

천이두, 「서정과 위트」, 『황순원문학전집』 제7권, 삼중당, 1973.12.

원형갑, 「버림받은 언어권 – 『움직이는 城』의 인물들」, 『현대문학』 제20
　　　　권, 제3호, 1974.3.

이보영, 「황순원 재고」, 『월간문학』 제7권, 제8호, 1974.8.

이정숙, 「황순원 소설에 나타난 인간상」, 『서울대학교 대학원 논문집』,
　　　　1975.

180

염무웅, 「8·15 직후의 한국문학」, 『창작과 비평』, 1975.가을호.
　　　『민중시대의 문학』, 창작과비평사, 1979.4.
김윤식, 『韓國現代文學史』, 일지사, 1976.
서기원, 「여자의 다리」, 문학과지성사 제7권, 제2호, 1976.6.
김병익, 「순수문학과 그 역사성 - 황순원의 최근의 작업」, 『한국문학』
　　　제4권, 제7호, 1976.7.
국제 펜클럽 한국본부, 「서평 - 감성의 섬세한 印畵 - 『탈』 황순원 저」,
　　　『펜뉴스』 제2권, 제2호, 1976.7.
천이두, 「원숙과 패기」, 『문학과 지성』, 1976.여름호.
김병익, 「순수문학과 그 역사성」, 『한국문학』, 1976.
　　　『상황과 상상력』, 문학과지성사, 1979.7.
　　　『황순원 연구』, 문학과지성사, 1985.3.
홍기삼, 「유랑민의 서사극」, 『한국문학대전집』, 태극출판사, 1976.6.
황순원, 인터뷰 기사, 朝鮮日報, 1976.10.20.
구창환, 「황순원의 생명주의 문학」, 『한국언어문학』 통권4호, 한국언어
　　　문학회, 1976.
이선영, 「인정·허망·자유 - 황순원「탈」, 서정인「강」, 이정환「까치방」,
　　　『창작과 비평』, 11권, 제3호, 1976.9.
이정숙, 「황순원 소설에 나타난 인간상」, 서울대 대학원 석사논문, 1976.
정재훈, 「한국 현대소설에 나타난 죽음의 연구: 황순원, 김동리, 김동
　　　인, 현진건, 나도향, 주요섭의 소설을 중심으로」, 경희대 교육
　　　대학원 석사논문, 1976.
노대규, 「소나기의 문체론적 고찰」, 『연세어문학』 제9·10합집, 1977.6.
이기야, 「소설에 있어서의 상징문제 - 황순원의 『움직이는 城』을 중심
　　　으로」, 고려대학교 『어문논집』 19, 1977.9.
최래옥, 「황순원 '소나기'의 구조화 의미」, 『국어교육』 31, 한국국어교육
　　　연구회, 1977.12.

장수자, 「Initiation Story 연구」, 전국대학생 학술논문대회 논문집 제3
　　　호, 이화여대, 1978.

윤명구, 「황순원 소설 세계의 변모-『황순원전집』 소재 장편소설을 중
　　　심으로」, 『국어교육연구』 2, 1978.3.

김정자, 「황순원과 김승옥의 문체연구-統語論적 측면에서 본 시도」,
　　　『한국문학총론』 1, 1978.12.

김윤식, 「황순원론」, 『우리 문학의 넓이와 깊이』, 서재헌, 1979.

김희보, 「황순원의 『움직이는 城』과 무속신앙-M.Eliade의 예술론을 중
　　　심하여」, 『기독교사상』 247, 1979.1.

김병택, 「결말에 대한 작가의 시선-「운수 좋은 날」, 「금 따는 콩밭」, 「메밀
　　　꽃 필 무렵」, 「소나기」의 경우」, 『현대문학』 제25권, 제1호, 1979.1.

이재선, 「황순원과 통과제의의 소설」, 『한국 현대 소설사』, 홍성사, 1979.2.

이인복, 「황순원의 「별」 「독짓는 늙은이」 「목넘이마을의 개」」, 『한국문
　　　학에 나타난 죽음의식의 사적 연구』, 열화당, 1979.9.

구인환, 「소설의 극적 구조의 양상」, 『국어 국문학 81호』, 1979.12.

- 80년대

박미령, 「황순원론」, 충남대 대학원 석사논문, 1980.2.

김　현, 「해방 후 한국사회와 황순원의 작품세계」, 대학주보, 경희대,
　　　1980.9.15(상) 9.22.(하).

황순원, 전상국과의 대담, 「문학과 더불어 한평생」, 대학주보, 경희대,
　　　1980.9.15.

이태동, 「실존적 현실과 미학적 현현」, 『현대문학』, 1980.11.
　　　『황순원연구』, 문학과지성사, 1985.3.

김　현, 「안과 밖의 변증법」, 『황순원전집』 제1권, 문학과지성사, 1980.12.

이상섭, 「'유랑민 근성'과 '창조주의 눈'」, 『황순원전집』 제9권, 문학과지
　　　성사, 1980.12.

182

이용남, 「調信蒙의 小說化 문제 - 「잃어버린 사람들」「꿈」을 중심으로」, 『관악어문 연구』 제5집, 1980.

황순원, 인터뷰 기사, 서울신문, 1980.12.27.

김우종, 「3·8선의 문학과 황순원」, 『한국현대 소설사』, 성문각, 1980.

김인환, 「인고의 미학」, 『황순원전집』 제6권, 문학과지성사 1981.5.

유종호, 「겨레의 記憶」, 『황순원전집』 제2권, 문학과지성사, 1981.5.

홍정운, 「황순원론 - 『움직이는 城』의 실체」, 『현대문학』 제27권, 제7호, 1981.7.

송상일, 「순수와 초월」, 『황순원전집』 제7권, 문학과지성사, 1981.12.

조남현, 「순박한 삶의 파괴와 회복」, 『황순원전집』 제3권, 문학과지성사, 1981.12.

방용삼, 「황순원 소설에 나타난 애정관」, 경희대 교육대학원 석사논문. 1981.

배병철, 「현대소설에서 본 윤리의식: 황순원·오영수 작품을 중심으로」, 경희대 교육대학원, 1981.

장덕순, 『한국 설화 문학 연구』, 서울대 출판부, 1981.

조연현, 『한국현대작가연구』, 새문사, 1981.

안영례, 「黃順元 小說에 나타난 꿈 硏究」, 중앙대 교육대학원 석사논문, 1982.

장현숙, 「황순원 작품연구」, 경희대학교 대학원 석사논문, 1982.2.

백승철, 「황순원 소설의 악인 연구」, 세종대 대학원 석사논문, 1982.2.13.

박원숙, 「『닭祭』『별』『소나기』를 중심으로 한 황순원의 단편연구」, 이화여대 교육대학원 석사논문, 1982.2.22

권영민, 「일상적 경험과 소설의 수법」, 『황순원전집』 제4권, 문학과지성사. 1982.8.

김치수, 「소설의 조직성」, 『황순원전집』 제10권, 문학과지성사, 1982.8.

조기원, 「현대단편소설의 문체론적 연구: 김동리와 황순원을 중심으로」,

고려대 교육대학원 석사논문, 1982.9.10

정다비, 「서평 – 사랑의 두 모습 – 이청준 『시간의 문』, 황순원 『神들의 주사위』」, 『세계의 문학』 제7권, 제4호, 1982.12.

천이두, 「전체소설로서의 국면들」, 『현대문학』, 1982.12.

이유식, 「전후소설에 나타난 문장변천」, 『한국 소설의 위상』, 이우출판 사, 1982.

김재현, 「황순원의 일월(日月)론」, 충남대 교육대학원, 1983.2.25

이갑록, 「황순원 소설에 나타난 인물묘사연구」, 경희대 교육대학원, 1983.2.

이동하, 「한국소설과 구원의 문제」, 『현대문학』, 1983.5.

성민엽, 「존재론적 고독의 성찰」, 『황순원전집』 제8권, 문학과지성사, 1983.7.

채명식, 「인간의 의지와 신의 섭리 – 『神들의 주사위』를 중심으로」, 동 국대 『국어국문학논문집』 12, 1983.9.

김전선, 「나무들 비탈에 서다에 관한 연구」, 이화여대 교육대학원 석사 논문, 1983.

우한용, 「현대소설의 고전수용에 관한 연구, 「움직이는 城과 서사무가 '七公主'의 관련성을 중심으로」, 『국어국문학』 제23집, 전북대 학교, 1983.

유재봉, 「황순원 소설에 나타난 주인공의 인간상」, 충남대 교육대학원 석사논문, 1983.

임관수, 「황순원 작품에 나타난 自己實現 問題 – 『움직이는 城』을 중심 으로」, 충남대 대학원 석사논문, 1983.

천이두, 「청상의 이미지 – 오작녀」, 『한국현대소설론』, 형설출판사, 1983.

김기형, 「김동리와 황순원 소설의 문제론적 비교연구」, 원광대 교육대 학원 석사논문, 1984.2.25.

김정혜, 「島崎藤村の『破戒』と 黃順元の『日月』との 比較硏究: 疎外の 樣を中心じ」, 계명대 석사논문, 1984.2

유재봉, 「황순원 소설에 나타난 주인공의 인간상 고찰」, 충남대 교육대

184

　　　학원 석사논문, 1984.2.

이창희, 「가문소설의 현대적 이행 양상」, 충북대 교육대학원 석사논문,
　　　1984.2.

임관수, 「황순원 작품에 나타난 『자기실현(自己實現)』 문제, 충남대 석
　　　사논문, 1984.2.

전현주, 「황순원 단편 고찰 - 이니시에이션 스토리를 중심으로」, 동아대
　　　석사논문, 1984.2.

정과리, 「사랑으로 감싸는 의식의 외로움」, 『황순원전집』 제5권, 문학
　　　과지성사, 1984.4.

김영화, 「황순원의 소설과 꿈」, 『월간문학』 제17권, 제5호, 1984.5.

조규일, 「황순원의 전쟁소설 소고 - 그의 단편소설 「학」을 중심으로」,
　　　광운공업대, 『논문집』 13, 1984.5.

김동선, 「황고집의 미학, 황순원 가문」, 『정경문화』, 1984.5.
　　　『황순원연구』, 문학과지성사, 1985.3.

안남연, 「황순원 소설의 작중인물 연구」, 한국외국어대 석사논문, 1984.8.

이병학, 「『별』의 의미 구조 분석 시론」, 인하대 교육대학원 석사논문,
　　　1984.8.

임채욱, 「황순원 작품의 구조 연구 - 단편소설을 중심으로」, 원광대 석
　　　사논문, 1984.8.

전혜선, 「『나무들 비탈에 서다』에 관한 연구: '유리'의 이미지와 현실
　　　의 문제를 중심으로」, 이화여대 교육대학원 석사, 1984.9.

조남현, 「황순원의 초기 단편소설」, 『한국현대소설사연구』, 민음사, 1984.11.

김주연, 「한국문학 왜 감동이 없는가」, 문예중앙, 1984.가을.

김현 · 김윤식, 『한국문학사』, 민음사, 1984.

김병익, 「한국소설과 한국기독교」, 김주연편, 『현대문학과 기독교』, 문
　　　학과지성사, 1984.

김봉군 · 이용남 · 한상무 공저, 『한국 현대 작가론』, 민지사, 1984.

김영화, 「황순원의 단편소설 Ⅰ-해방전의 작품을 중심으로」, 『한국언
　　　어문학』 제23집, 한국언어문학회, 1984.

김치수, 「소설의 조직성과 미학-黃順元의 小說」, 『문학과 비평의 구조』,
　　　문학과지성사, 1984.

조남현, 『문학과 정신사적 자취』, 이우출판사, 1984.

김경희, 「황순원 소설 연구: 장편에 나타난 인물의 갈등을 중심으로」,
　　　중앙대 대학원 석사논문, 1985.2.

김난숙, 「황순원 문학의 상징성 고찰」, 부산여대 대학원 석사논문, 1985.2.

김영수, 「한국소설의 연맥연구」, 중앙대 대학원 박사논문, 1985.2.

김운기, 「황순원 시고」, 『국제어문』 제2집, 1985.2.

김종회, 「황순원의 작중인물 연구」, 경희대 대학원 석사논문, 1985.2.

방경태, 「황순원 「별」의 모티브와 작중인물연구」, 『대전어문학』, 1985.2.

방윤순, 「한국 현대소설에 나타난 기독교의 수용문제연구」, 인하대 교
　　　육대학원 석사논문, 1985.2.

신동규, 「모티브의 기능과 의미화: '소나기'를 대상으로 한 시론적 분
　　　석」, 서강대 대학원 석사논문, 1985.2.

최민자, 「황순원 작품연구-장편소설의 상징성을 중심으로」, 동아대 석
　　　사논문, 1985.2.

한승옥, 「황순원 장편소설 연구-원죄의식을 중심으로」, 『숭실어문』 제
　　　2집, 숭전대 국어국문학회, 1985.2.

권영민, 「황순원의 문체 그 소설적 미학」, 『말과 삶과 自由』, 문학과지
　　　성사, 1985.3.

김상태, 「한국 현대소설의 문체변화」, 『말과 삶과 自由』, 문학과지성사,
　　　1985.3.

김주연, 「싱싱함. 그 생명의 미학」, 『황순원전집』 제11권, 문학과지성사,
　　　1985.3.

김치수, 「소설의 사회성과 서정성」, 『말과 삶과 自由』, 문학과지성사,

1985.3.

김　현, 「계단만으로 된 집」, 『말과 삶과 自由』, 문학과지성사, 1985.3.

오생근, 「전반적 검토」, 『황순원 연구』, 문학과지성사, 1985.3.

정과리, 「현실의 구조화」, 『말과 삶과 自由』, 문학과지성사, 1985.3.

최동호, 「동경의 꿈에서 피사의 사탑까지」, 『말과 삶과 自由』, 문학과
　　　지성사, 1985.3.

최정희·오유권·서정범·이호철, 「황순원과 나」, 『말과 삶과 自由』,
　　　문학과지성사, 1985.3.

홍정선, 「이야기의 소설화와 소설의 이야기화」, 『말과 삶과 自由』, 문
　　　학과지성사, 1985.3.

김병익, 「장인정신과 70년대 문학의 가능성 돋보여 - 고희 맞은 황순원
　　　과 그의 문학 세계」, 『마당』 44, 1985.4.

홍정운, 「신념의 언어와 예술의 언어」, 오상출판공사, 1985.

천이두, 「밝음의 美學 - 人間接木'論」, 『한국소설의 문제작』, 백철·구인
　　　환·윤재근, 도서출판 一念, 1985.

변정화, 「1930년대 한국 단편소설 연구」, 숙명여대 대학원 박사논문,
　　　1985.

이정숙, 「민요의 소설화에 대한 고찰 - 「명주가」와 「비늘」을 중심으로」,
　　　『한성대학교 논문집』, 1985.

조남철, 「일제 하 한국 농민 소설 연구」, 연세대 박사논문, 1985.

이정숙, 「지속적 자아와 변모하는 삶」, 『한국근대 작가 연구』, 三知院,
　　　1985.

김병욱, 「황순원 소설의 꿈 모티브」, 『문학과 비평』, 1985.5.

이보영, 「인간 회복에의 물음과 해답」「작가로서의 황순원」, 『문예총서
　　　12 황순원』, 지학사, 1985.7.

진형준, 「모성으로 감싸기, 그에 안기기 - 황순원론」, 『세계의 문학』, 민
　　　음사, 1985. 가을호.

신춘호, 「황순원의 「황소들」론」, 『충주문학』 제3집, 1985.10.

전영태, 「이청준 창작집과 황순원의 단편소설」, 『광장』 146, 1985.10.

이동하, 「주제의 보편성과 기법의 탁월성-황순원의 『잃어버린 사람들』」,
　　　『정통문학』.

권택희, 「황순원 소설에 나타난 종교사상연구: 「日月」과 「움직이는 城」
　　　을 중심으로 한양대 교육대학원 석사논문, 1986.2

권경희, 「황순원 소설에 나타난 종교사상 연구-『日月』과 『움직이는
　　　城』을 중심으로」, 한양대 교육대학원 석사논문, 1986.2.14.

정창원, 「황순원 소설의 이미지에 관한 연구」, 전북대 교육대학원 석사
　　　논문, 1986.2.22.

김윤식, 「민담, 민족적 형식에의 길」, 『소설문학』, 1986.3.

구인환, 「「별」의 이미지와 空間」, 『봉죽 박붕배박사 회갑기념 논문집』,
　　　1986.

김영환, 「황순원 소설의 작중인물 연구」, 동국대 교육대학원 석사논문,
　　　1986.

김윤식, 『우리 근대 소설 논집』, 이우출판사, 1986.

김윤식, 「민담 또는 민족적 형식」, 『우리 근대 소설 논집』, 이우출판사,
　　　1986.

김정하, 「황순원 『日月』연구-전상화된 상징구조의 원형비평적 분석과
　　　해석」, 서강대 대학원 석사논문, 1986.

전영태, 「6·25와 분단 시대의 소설」, 『한국문학』 제14권, 제6호, 통권
　　　152호, 1986.

장현숙, 「황순원 초기 작품 연구-단편집 『늪』을 중심으로」, 『경원공업
　　　전문대학논문집』 제7집, 1986.

정한숙, 「한국전후 소설의 양상」, 『현대한국소설론』, 고려대학교 출판
　　　부, 1986.

정호웅, 「분단소설의 새로운 넘어섬을 위하여」, 『한국문학』 제14권, 제6

188

　　　호, 통권 152호, 1986.

최옥남, 「황순원 소설의 기법 연구」, 서울대 교육대학원 석사논문, 1986.

김용희, 『현대 소설에 나타난 '길'의 상징성』, 정음사, 1986.

서경희, 「황순원 소설의 연구-작중인물의 성격을 중심으로」, 전북대
　　　교육대학원 석사논문, 1986.

신동욱, 「황순원 소설에 있어서 한국적 삶의 인식연구」, 『동양학』 16집,
　　　단국대 동양학 연구소, 1986.
　　　『삶의 투시로서의 문학』, 문학과지성사, 1988.

황순원, 「말과 삶과 自由·Ⅳ」, 『현대문학』 통권 385호, 1987.1.

구수경, 「황순원 소설의 담화양상 연구」, 충남대 대학원 석사논문, 1987.

김종회, 「삶과 죽음의 존재 양식-황순원 단편집 『탈』을 중심으로」, 『경
　　　희대학교 대학원 고황논집』 제2집, 1987.

김영환, 「황순원 소설의 작중인물 연구」 동국대 교육대학원 석사논문,
　　　1987.2.

박선미, 「황순원의 문체연구: 「나무들 비탈에 서다」를 중심으로」, 이화
　　　여대 대학원 석사논문, 1987.2

송하섭, 「한국 현대소설의 서정성 연구」, 단국대 대학원 박사논문, 1987.2.

윤민자, 「황순원 소설에 나타난 애정관: 장편소설 중심으로」, 연세대
　　　교육대학원 석사논문, 1987.2.

전미리, 「황순원 단편소설 연구: 작품 「별」, 「닭」, 「소나기」, 「학」을 중
　　　심으로」, 서울여대 대학원 석사논문, 1987.2.

강혜자 역, 「동서시학의 상징비교」, 『문학과 비평』 통권1호, 1987.봄. 창
　　　간호.

이동하, 「소설과 종교」, 『한국문학』, 1987.7.8.9.

홍정운, 「황순원론-「움직이는 城」의 실체」, 『현대문학』 제27권, 제7호,
　　　1987.7.

이동하, 「전통과 설화성의 세계」, 『한글새소식』, 1987.12~1988.1.

윤지관, 「『日月』의 정치적 차원」, 『문학과 비평』, 1987. 가을호.

이부영, 「심리학적 상징으로서의 동굴」, 『문학과 비평』, 1987.가을호.

조남현, 「문학사회학의 수용양태와 그 문제점」, 『문학과 비평』, 1987.가
을호.

이동하, 「입사소설의 한 모습」, 『한글학보』, 1987.겨울.

김경혜, 「황순원 장편에 나타난 인간구원의식에 관한 고찰」, 숙명여대
대학원 석사논문, 1987.

박진규, 「황순원 초기 단편 연구-『늪』『기러기』에 나타난 서정기법을
중심으로」, 부산대 대학원 석사논문, 1987.

이호숙, 「황순원 소설의 서술시점에 관한 연구」, 이화여대 대학원 석사
논문, 1987.

김용성, 「한국 소설의 시간 의식」, 『현대문학』 통권 397·398호, 1988.1.2.

강평구, 「황순원 소설의 인물유형 고찰」, 조선대 대학원 석사논문, 1988.2.

문영희, 「황순원 문학의 작가정신 전개양상 연구」, 경희대 대학원 석사
논문, 1988.2.

윤장렬, 「황순원 단편소설 구조 연구」, 한국외국어대 대학원 석사논문,
1988.2.

이호숙, 「황순원 소설의 서술시점에 관한 연구」, 이화여대 대학원 석사
논문, 1988.2.

이동하, 「황순원론, 파멸의 길과 구원의 길-「별과 같이 살다」에 대하
여」, 『문학사상』, 1988.3.

이동하, 「말하지 않고 있는 것의 중요성」, 『한국문학』, 1988.3.

한승옥, 「황순원 문학의 색채론」, 『동서문학』, 1988.3.

이부순, 「황순원 단편소설 연구」, 서강대 대학원 석사논문, 1988.7.

이운기, 「황순원의 초기 작품 연구」, 건국대 교육대학원 석사논문, 1988.8.

이현란, 「황순원 소설 연구: 전기장편을 중심으로」, 성신여대 대학원
석사논문, 1988.8.

김선학, 『현실과 언어의 그물』, 민음사, 1988.

방민화, 「황순원 『日月』 연구」, 숭실대학교 석사논문, 1988.

양선규, 「어린 외디푸스의 고뇌-황순원의 「별」에 관하여」, 『文學과 言語』 제9집, 1988.

최인숙, 「황순원의 『움직이는 城』연구」, 효성여대 석사논문, 1988.

허명숙, 「황순원 장편소설 연구-『日月』, 『움직이는 城』, 『神들의 주사위』의 인물 구조를 중심으로」, 숭실대 석사논문, 1988.

이재선, 「전쟁체험과 50년대 소설」, 『현대문학』 통권 409호, 1989.1.

조남현, 「우리 소설의 넓이와 깊이, 황순원의 『카인의 후예』」, 『문학정신』, 1989.1.2.

조남현, 「우리 소설의 넓이와 깊이, 『나무들 비탈에 서다』, 그 외연과 내포」, 『문학정신』, 1989.4.5.

오병기, 「황순원 소설연구, 죽음의 양상과 의미의 변화를 중심으로」, 영남대 대학원 석사논문, 1989.8.

강영주, 「황순원의 성장소설 연구」, 전남대 교육대학원 석사논문, 1989.

권혜정, 「황순원의 액자소설 연구」, 경북대 교육대학원 석사논문, 1989.

배규호, 「황순원 소설의 작중인물 연구」, 계명대 석사논문, 1989.

송하섭, 『한국현대소설의 서정성 연구』, 단국대 출판부, 1989.

이동하, 「전통과 설화성의 세계-황순원의 「기러기」」, 『물음과 믿음사이』, 민음사, 1989.

이동하, 「입사 소설의 한 모습」, 『물음과 믿음사이』, 민음사, 1989.

최동호, 「1950년대의 시적흐름과 정신사적 의의」, 『현대문학』 통권 409호, 1989.

현영종 「이니시에이션 소설 연구-염상섭, 황순원, 김승옥, 김원일 작품을 중심으로」, 고려대 교육대학원 석사논문, 1989.

- 90년대

권대근, 「한국 현대소설에 나타난 꿈에 관한 연구: 황순원의 작품을 중심으로」, 원광대 교육대학원 석사논문, 1990.2.

배규호, 「황순원 소설의 작중인물 연구: 「나무들 비탈에 서다」를 중심으로」, 계명대 교육대학원 석사논문, 1990.2.

홍순재, 「황순원의 「움직이는 성」 연구」, 경남대 교육대학원 석사논문, 1990.2.

박노철, 「황순원 소설에 나타난 구원의 양상: 「카인의 후예」를 중심으로」, 건국대 교육대학원 석사논문, 1990.8.

임유순, 「황순원 소설에 나타난 소년상 연구」, 인천대 교육대학원 석사논문, 1990.8.

정도권, 「황순원 장편 소설 연구」, 동아대 대학원 석사논문, 1990.8.

김희범, 「황순원 소설의 인물 연구」, 경남대 석사논문, 1990.

양선규, 「황순원 초기 단편 소설 연구 〈1〉」, 『개신어문 연구』 제7집, 1990.

노귀남, 「황순원 시세계의 변모를 통해서 본 서정성 고찰」, 『고황논집』 제6집, 1990.

이남호, 「물 한 모금의 의미」, 『문학의 偽足・2』, 민음사, 1990.

배선미, 「황순원 장편소설 연구-전쟁에 의한 피해양상 및 극복의지를 중심으로」, 숙명여대 교육대학원, 1990.

조남현, 「한국소설과 갈등」, 『문학과 비평』, 1990.

우한용, 「소설의 양식차원과 장르차원-황순원의 별과 같이 살다」, 『한국 현대소설 구조 연구』, 三知院, 1990.

우한용, 「소설 구조의 기호론적 특성-황순원의 神들의 주사위」, 『한국 현대소설 구조 연구』, 三知院, 1990.

우한용, 「민족성의 근원추구-황순원의 움직이는 城」, 『한국 현대소설 구조 연구』, 三知院, 1990.

이월영, 「꿈소재 서사문학의 사상적 유형 연구」, 전북대 박사논문, 1990.

192

이정숙, 「자아인식에의 여정 - 황순원 『움직이는 城』」, 『한국현대 장편 소설 연구』, 삼지사, 1990.

이정숙, 「인간의 내면과 원형의 탐구」, 『한국현대 장편소설 연구』, 삼 지사, 1990.

서종택 · 정덕준, 『한국현대소설 연구』, 새문사, 1990.

권혜정, 「황순원의 액자소설 연구」, 경북대학교 석사학위논문, 1990.

김종회, 「소설의 조직성과 해체의 구조」, 『현실과 문학의 상상력』, 교 음사, 1990.

강선주, 「황순원의 성장소설 연구」, 전남대 교육대학원 석사논문, 1990.

김순병, 「고등학교 문학교재 소설단원의 플롯과 주제의 해석」, 부산대 교육대학원 석사논문, 1991.2.

서재원, 「황순원의 해방직후 소설연구, 단편집 『목넘이마을의 개』를 중 심으로」, 고려대 대학원 석사논문, 1991.2.

장현숙, 「황순원, 민족 현실과 이상과의 괴리 - 단편집 『기러기』를 중심 으로(Ⅰ)」, 『경원전문대학 논문집』 제13집, 1991.4.
　　　『황순원 연구』, 황순원전집 제12권, 문학과지성사, 1993년 재수록.

장현숙, 「황순원 소설에 나타난 현실인식과 지향성 - 단편집 『기러기』 를 중심으로 (Ⅱ)」, 『경원전문대학 논문집』 제13집, 1991.4.

박명진, 「문학에 나타난 구원의 의미 고찰: 황순원 장편 「움직이는 城」 을 중심으로」, 원광대 대학원 석사논문, 1991.8.

서월심, 「황순원 소설에 나타난 죽음의식 연구」, 한남대 대학원 석사논 문, 1991.8.

임영천, 「김동리 · 황순원 소설의 종교세계 비교연구: 「을화」와 「움직 이는 성」을 중심으로」, 서울시립대 대학원 석사논문, 1991.8.

최미옥, 「황순원 소설에 나타난 인물의 자기실현 연구」, 강원대 대학원 석사논문, 1991.8.

한효연, 「황순원 작품의 문체론적 연구: 단편소설을 중심으로」, 고려대 교육대학원 석사논문, 1991.8.

구인환, 「황순원 소설의 극적 양상」, 『선청어문』 제19집, 서울대 사범대학 국어교육과, 1991.

유종호, 「현실주의 상상력」, 『산문정신고』, 나남문학선, 1991.

현길언, 「변동기 사회에서 〈집〉과 〈토지〉의 문제, 황순원의 「술」「두꺼비」「집」」, 『한국소설의 분석적 이해』, 문학과 비평사, 1991.

고은숙, 「황순원 장편소설의 갈등양상 연구」, 제주대 대학원 석사논문, 1992.2.

김희광, 「황순원 소설연구: 장편에 나타난 죄의식과 인간구원의 문제를 중심으로」, 성균관대 교육대학원 석사논문, 1992.2.

남미영, 「한국 현대 성장소설 연구」, 숙명여대 대학원 박사논문, 1992.2.

양선규, 「황순원 소설의 분석심리학적 연구」, 경북대 대학원 박사논문, 1992.2.

나경수, 「「독짓는 늙은이」 원형 재구」, 『한국언어문학』 제30집, 1992.6.

정혜정, 「1970년대 이후 한국소설에 나타난 기독교 수용 연구: 황순원, 백도기, 이문열을 중심으로」, 성신여대 교육대학원 석사논문, 1992.8.

팽현영, 「문학전집 표지디자인의 표현에 관한 연구: 「한국대표문학전집」 표지의 그래픽부분을 중심으로」, 이화여대 산업미술대학원 석사논문, 1992.8.

송현호, 「황순원의 「목넘이마을의 개」」, 『한국 현대소설의 이해』, 민지사, 1992.

전흥남, 「해방직후 황순원 소설 일고」, 『현대문학이론연구』 1, 현대문학이론학회. 1992.

장현숙, 「해방후 민족현실과 해체된 삶의 형상화 - 단편집 『목넘이마을의 개』를 중심으로」, 『어문연구』 제21권, 제1.2호(77.78 합병호), 1993.

장현숙, 「전쟁의 상흔과 인간긍정의 철학 - 단편집 『곡예사』를 중심으

194

　　　　로」, 『경원전문대 논문집』 제16집, 1993.

오생근, 「전반적 검토」, 『황순원 연구』, 문학과지성사 1993.

이재선, 『한국현대소설 작품론』, 문장, 1993.

천이두, 「황순원의 「소나기」 – 시적 이미지의 미학」, 『한국현대소설 작
　　　　품론』, 문장, 1993.

권오선, 「황순원의 '40~'50년대 소설 연구」, 충북대 교육대학원 석사논
　　　　문, 1993.2.

김홍길, 「황순원 장편소설의 작중인물 연구: 「나무들 비탈에 서다」와
　　　　「日月」에 나타난 현실인식의 문제를 중심으로」, 한국교원대 대
　　　　학원 석사논문, 1993.2.

송영희, 「황순원 소설의 인물 연구: 해방기 단편소설을 중심으로」, 건
　　　　국대 교육대학원 석사논문, 1993.2.

안미현, 「황순원 장편소설 연구: 「별과 같이 살다」, 「카인의 後裔」,
　　　　「人間接木」을 중심으로」, 연세대 교육대학원 석사논문, 1993.2.

이순철, 「문학교육 교재로서의 황순원 소설 고찰: 단편 「별」, 「산골아
　　　　이」, 「학」을 중심으로」, 동국대 대학교육원 석사논문, 1993.2.

김경화, 「황순원의 장편소설 연구: 소설에 나타난 죄의식과 구원의 문
　　　　제를 중심으로」, 서강대 교육대학원 석사논문, 1993.8.

서저환, 「한국서사문학의 동물 상징연구: '개구리'와 '두꺼비'를 중심으
　　　　로」, 서강대 교육대학원 석사논문, 1993.8.

이현주, 「황순원 단편소설에 나타난 서술 양상연구」, 이화여대 대학원
　　　　석사논문, 1993.8.

이희숙, 「황순원 장편소설 연구: 작중인물의 갈등양상을 중심으로」, 숙
　　　　명여대 교육대학원 석사논문, 1993.8.

김미정, 「황순원의 작가정신과 인간탐구: 전기장편을 중심으로」, 부산
　　　　대 대학원 석사논문, 1994.2.

박양호, 「황순원 문학 연구」, 전북대 대학원 박사논문, 1994.2.

박혜숙, 「有島武郎の『カインの末裔』と 황순원の『カインの後裔』との 比較研究: 仁右衛門と トソップ老人の カイン的 特性と 野蠻 性の 要因を 中心にして」, 성신여대 대학원 석사논문, 1994.2.

전경석, 「김동리와 황순원 시 연구」, 충남대 교육대학원 석사논문, 1994.2.

김윤선, 「황순원 소설에 나타난 꿈 연구」, 고려대 대학원 석사논문, 1994.8.

장현숙, 「황순원 소설연구」, 경희대 대학원 박사논문, 1994.8.

장현숙, 『황순원 문학연구』, 시와시학사, 1994.9.

정영곤, 「현대 소설의 인물 관계 연구」, 부산대 대학원 박사논문, 1994.8.

권택영, 「대중문화를 통해 라깡을 이해하기」, 『현대시사상』, 1994. 여름호.

방민호, 「현실을 포회하는 상징의 세계」, 『관악어문연구』, 1994.12.

김인숙, 「황순원 장편소설 연구: 작중인물의 성격을 중심으로」, 연세대 교육대학원 석사논문, 1995.2.

박혜경, 「황순원 문학 연구」, 동국대 대학원 박사논문, 1995.2.

방경태, 「황순원 「별」의 모티프와 작중인물 연구」, 『대전어문학』, 1995.2.

양영미, 「황순원 장편소설 인물 연구: 주인공의 갈등을 중심으로」, 전 남대 교육대학원 석사논문, 1995.2.

이동길, 「해방기의 황순원 소설 연구」, 『어문학』 제56호, 한국어문학회, 1995.2.

이수남, 「황순원 단편소설 인물성격 연구」, 영남대 교육대학원 석사논 문, 1995.2.

이희경, 「황순원 문학에 나타난 인간상 고찰: 「움직이는 성」을 중심으 로」, 조선대 대학원 석사논문, 1995.2.

정현돈, 「황순원의 「나무들 비탈에 서다」 연구」, 계명대 교육대학원 석 사논문, 1995.2.

정희모, 「한국 전후 장편소설 연구: 문학의식과 장편양식의 변화를 중심으로」, 연세대 대학원 박사논문, 1995.2.

정재석, 「한국 소설에서의 유년시점 연구: 김남천, 현덕, 황순원 소설 의 유년 인물을 중심으로」, 서강대 대학원 석사논문, 1995.8.

최주한, 「황순원의 『카인의 後裔』 연구: 제의적 소설형식의 특성을 중 심으로」, 서강대 대학원 석사논문, 1995.8.

김태연, 「1950년대 신·구세대 작가의 전쟁인식 연구」, 경북대 교육대 학원 석사논문, 1996.2.

방경태, 「황순원 장편소설에 나타난 죄의식 연구」, 대전대 대학원 석사 논문, 1996.2.

유정수, 「황순원의 「카인의 후예」 연구」, 경북대 교육대학원 석사논문, 1996.2.

이성준, 「황순원 초기소설의 상징연구 – 단편집 『늪』을 중심으로」, 제주 대 대학원 석사논문, 1996.2.

오연희, 「황순원의 「日月」 연구」, 충남대 대학원 박사논문, 1996.8.

이원태, 「황순원의 초기소설 연구」, 계명대 교육대학원 석사논문, 1996.8.

주경자, 「황순원 장편소설 연구: 작중인물의 새로운 세계의 모색을 중 심으로」, 상지대 교육대학원 석사논문, 1996.8.

최미숙, 「황순원 후기 장편소설의 서사구조 연구: 「일월」과 「움직이는 성」을 중심으로」, 동덕여대 대학원 석사논문, 1996.8.

최혜정, 「중학교 소설 단원 분석 및 평가」, 부산대 교육대학원 석사논 문, 1996.8.

조상건, 『1950년대 문학의 이해』, 성균관대학교 출판국, 1996.

조현일, 「근대 속의 이야기」, 『소설과 사상』, 1996. 겨울호.

김윤정, 「황순원 소설 연구」, 한양대 대학원 박사논문, 1997.2.

양승숙, 「한국 성장소설 연구」, 국민대 대학원 석사논문, 1997.2.

이명우, 「한국 농민소설의 사적 연구」, 동국대 대학원 박사논문, 1997.2.

황효일, 「황순원 소설 연구」, 국민대 대학원 박사학위, 1997.2.

허명숙, 「황순원 소설의 이미지 분석을 통한 동일성 연구」, 숭실대 대학원 박사논문, 1997.2.

김희숙, 「황순원 소설 연구: 단편집 「기러기」를 중심으로」, 성신여대 교육대학원 석사논문, 1997.8.

노승욱, 「황순원 단편 소설의 수사학적 연구」, 서울대 대학원 석사논문, 1997.8.

양현진, 「황순원 소설의 '금기' 구조 연구: 단편 소설을 중심으로」, 이화여대 대학원 석사논문, 1997.8.

김주현, 「『카인의 후예』의 개작과 반공 이데올로기의 문제」, 『민족문학사 연구』, 제10호, 1997.

김흥국, 『1950년대 한국문학연구』, 한양어문학회, 1997.

남태제, 「황순원 문학의 낭만주의적 성격 연구」, 서울대 대학원 박사논문, 1997.

이현숙, 「황순원 소설의 인물 연구: 이니시에이션 소설을 중심으로」, 단국대 대학원 석사논문, 1998.2.

임정옥, 「황순원 소설에서의 죄의식과 구원문제」, 전북대 교육대학원 석사논문, 1998.2.

황의진, 「황순원 초기 단편 소설 연구」, 전주대 교육대학원 석사논문, 1998.2.

노승욱, 「황순원 단편 소설의 환유와 은유」, 『외국문학』 봄호, 열음사, 1998.3.

김보경, 「황순원 소설 연구: 현실인식을 중심으로」, 순천향대 교육대학원 석사논문, 1998.8.

김봉숙, 「황순원 소설에 나타난 통과제의 연구: 「별」·「소나기」·「학」을 중심으로」, 제주대 교육대학원 석사논문, 1998.8.

김순남, 「황순원 소설 연구: 단편소설의 소년상을 중심으로」, 호남대 대학원 석사논문, 1998.8.

김종일, 「1950~60년대 장편소설에 나타난 시공간성 연구」, 건국대 대학원 석사논문, 1998.8.

김형찬, 「황순원 소설에 나타난 부상 연구: '일월, 신들의 주사위'를 중심으로」, 경희대 교육대학원 석사논문, 1998.8.

박주연, 「황순원 장편소설의 인물구조 연구: 「나무들 비탈에 서다」, 「日月」, 움직이는 城」을 중심으로」, 서울여대 대학원 석사논문, 1998.8.

이경호, 「황순원의 소설의 주체성 연구: 전후 장편소설을 중심으로」, 한양대 대학원 박사논문, 1998.8.

이소영, 「황순원 소설에 나타난 생태의식 연구」, 고려대 대학원 석사논문, 1998.8.

임영천, 「한국현대소설의 다성성과 기독교정신 연구」, 서울시립대 대학원 박사논문, 1998.8.

양은창, 「1950년대 단편소설의 구조 연구」, 단국대 대학원 박사논문, 1999.2.

윤성훈, 「황순원 장편소설 연구: 작중인물의 성격과 갈등을 중심으로」, 성균관대 교육대학원 석사논문, 1999.2.

이원동, 「1950년대 황순원 소설 연구: 실향민의식과 서술방법의 관계를 중심으로」, 경북대 대학원 석사학위, 1999.2.

임진영, 「황순원 소설의 변모양상 연구」, 연세대 대학원 박사학위, 1999.2.

홍종원, 「황순원의 「별과 같이 살다」 연구」, 경희대 교육대학원 석사논문, 1999.2.

김선태, 「황순원 소설연구: 모성애와 범 생명사랑을 중심으로」, 동국대 교육대학원 석사논문, 1999.8.

브루스, 풀튼, 「황순원 단편소설 연구」, 서울대 대학원 박사학위, 1999.8.

윤은영, 「황순원 장편소설에 나타난 애정 욕망 연구」, 숙명여대 대학원 석사논문, 1999.8.

최혜림, 「황순원의 글쓰기 양상 연구: 전기 소설의 이데올로기와 형식의 대응관계를 중심으로」, 서울대 대학원 석사논문, 1999.8.

박명복, 「황순원의 통과제의적 소설 연구」, 공주대 석사논문, 1999.

박희영, 「황순원 초기 단편소설에 나타난 아동문학적 양상 연구」, 동국대 석사논문, 1999.

이향환, 「황순원 소설에 나타난 인간 구원의 문제」, 아주대 교육대학원 석사논문, 1999.

- 100년대

곽성연, 「황순원 단편소설의 서정성 연구」, 충남대 교육대학원 석사논문, 2000.2.

노애리, 「황순원 단편소설 연구: 1950년대를 중심으로」, 서울대 대학원 석사논문, 2000.2.

김광주, 「황순원 전기 장편소설 연구」, 계명대 교육대학원 석사논문, 2000.2.

정승희, 「한국 기독교 소설 연구」, 단국대 교육대학원, 2000.2.

최예열, 「한국전후 소설에 나타난 현실인식 연구」, 대전대 대학원, 2000.2.

강은숙, 「황순원 소설에 나타난 죽음모티브의 심리적 분석: 초기 단편을 중심으로」, 덕성여대 대학원 석사논문, 2000.8.

박희영, 「황순원 초기 단편소설에 나타난 아동문학적 양상 연구: 초기 단편소설을 중심으로」, 동국대 문화예술대학원 석사논문, 2000.8.

신동희, 「북한 토지개혁에 대한 장편소설 연구」, 영남대 교육대학원, 2000.8.

유남희, 「황순원 소설의 구원 양상 연구」, 광운대 대학원 석사논문, 2000.8.

최정심, 「황순원 장편소설의 인물 연구」, 경원대 대학원 석사논문, 2000.8.

권영민, 「선생의 영전에 삼가 명복을 빕니다」, 문학사상, 2000.10.

김종회, 「황순원 문학의 순수성과 완결성, 그 거목의 형상」, 현대문학,

통권 550호, 2000.10.

감태준, 시「선생님 가실 때」, 현대문학 통권551호, 2000.11.

김용성, 「정의와 정서와 정결과 정숙」, 현대문학, 통권551호, 2000.11.

서정범, 「영원한 잠」, 현대문학, 통권551호, 2000.11.

서기원, 「선생님에 대한 나의 심상」, 현대문학, 통권551호, 2000.11.

신동호, 「잘난 스승, 못난 제자」, 현대문학, 통권551호, 2000.11.

서정인, 「님은 도처에」, 현대문학, 통권551호, 2000.11.

박　진, 「황순원 단편소설의 서정성과 顯現의 결말 구조」, 국어국문학,
　　　　통권127호, 2000.12.

김연희, 「황순원의 성장소설 연구」, 서원대 교육대학원 석사논문, 2000.

박영식, 「황순원의 성장소설 연구」, 영남대 석사논문, 2000.

서재원, 「황순원의 〈목넘이마을의 개〉와 〈이리도〉연구-창작 방법으로
　　　　서의 이야기를 중심으로」, 『현대문학이론연구』14, 현대문학이
　　　　론학회, 2000.

이은영, 「이니시에이션 소설의 서사구조와 비유연구-김남천·황순원
　　　　의 단편 소설을 중심으로」, 서강대 박사논문, 2000.

정수현, 「현실인식의 확대와 이야기의 역할-황순원의 『목넘이마을의
　　　　개』를 중심으로」, 『한국문예비평연구』 7, 한국현대문예비평학
　　　　회, 2000.

장현숙, 「작품세계로 본 황순원 연보」, 문학과 의식, 2000. 겨울호.

박　진, 「『나무들 비탈에 서다」의 구조적 특징과 서정성」, 현대소설연
　　　　구, 통권 제14호, 2001.6.

장인식, 「황순원의 〈카인의 후예〉와 나다니엘 호손의 〈주홍글자〉」, 현
　　　　대소설연구, 통권14호, 2001.6.

강상희, 「한국 근대소설의 은유와 환유」, 『한국현대문학연구』 10, 한국
　　　　현대문학회, 2001.12.

곽경숙, 「한국 현대소설의 생태학적 연구: 김동리·황순원 소설을 중

심으로」, 전남대 대학원 박사논문, 2001.

김명옥, 「소설 교육 방법 연구: 황순원의 「소나기」를 중심으로」, 군산
대 교육대학원, 2001.

김병희, 「한국 현대 성장소설 연구」, 서울여대 대학원 박사논문, 2001.

김세운, 「소설교육을 통한 창의력 신장 지도 방안: 황순원의 소설 「소
나기」를 중심으로」, 경희대 교육대학원 석사논문, 2001.

김호식, 「황순원 소설연구」, 아주대 교육대학원 석사논문, 2001.

박영식, 「황순원의 성장소설 연구: 단편소설을 중심으로」, 영남대 대학
원 석사논문, 2001.

박유진, 「황순원 장편소설 연구: 장편에 나타난 주제의식과 인물분석
을 중심으로」, 성균관대 교육대학원 석사논문, 2001.

박 진, 「황순원 단편 소설의 겹이야기 구조 연구」, 『현대문학이론연구』
15, 현대문학연구학회, 2001.

설창환, 「황순원의 성장소설 연구」, 아주대 교육대학원 석사논문, 2001.

정상희, 「한국현대 성장소설의 서사구조 연구」, 단국대 교육대학원 석
사논문, 2001.

최경희, 「황순원 소설의 꿈 연구」, 경희대 대학원 석사논문, 2001.

최성호, 「황순원 소설의 자기부정성 연구: 『신들의 주사위』를 중심으로」,
경성대 교육대학원 석사논문, 2001.

김은경, 「김동리, 황순원 문학의 비교 고찰」, 『한국현대문학연구』 11,
한국현대문학회, 2002.6.

김진숙, 「황순원의 성장소설 연구: 단편소설을 중심으로」, 경원대 교육
대학원 석사논문, 2002.

김미영, 「황순원 초기 소설의 동물 상징 연구」, 동국대 문화예술대학원
석사논문, 2002.

김효정, 「등장인물을 통해 본 황순원 소설의 현실인식 연구: 「나무들
비탈에 서다」·「일월」·「움직이는 성」을 중심으로, 명지대 교

육대학원 석사논문, 2002.

문화라, 「1950년대 서정소설 연구: 황순원·오영수·이범선을 중심으로」, 이화여대 대학원 박사논문, 2002.

박진애, 「황순원 장편소설에 등장하는 인물형 연구」, 홍익대 교육대학원 석사논문, 2002.

변유민, 「황순원의 성장소설 연구: 초기 단편을 중심으로」, 동국대 교육대학원 석사논문, 2002.

송관의, 「황순원의 성장소설 연구: 해방 전 단편을 중심으로」, 한양대 교육대학원 석사논문, 2002.

심미숙, 「황순원의 『나무들 비탈에 서다』 연구」, 숙명여대 대학원 석사논문, 2002.

서재원, 「김동리·황순원 소설의 낭만적 특징 비교 연구」, 고려대 대학원 박사논문, 2002.

윤정아, 「한국 현대 성장소설 연구」, 고려대 교육대학원 석사논문, 2002.

윤현정, 「황순원 서정소설 연구: 단편소설을 중심으로」, 이화여대 대학원 석사논문, 2002.

이순분, 「황순원의 성장소설 연구」, 한남대 교육대학원 석사논문, 2002.

이주상, 「황순원의 초기 단편소설에 나타난 동심의 몇 가지 양상」, 인하대 교육대학원 석사논문, 2002.

임채욱, 「황순원 소설의 서정성 연구」, 전남대 대학원 박사논문, 2002.

장도례, 「황순원 장편소설에 나타난 구원의 양상: 「나무들 비탈에 서다」, 「일월」, 「움직이는 성」을 중심으로」, 숭실대 교육대학원 석사논문, 2002.

장연옥, 「황순원 단편 소설 연구」, 서울여대 석사논문, 2002.

정연옥, 「샤머니즘 문학과 문학교육」, 홍익대 교육대학원 석사논문, 2002.

최은정, 「황순원 소설 연구: 후기 장편소설에 나타난 서술기법을 통해서 본 주제의식」, 영남대 교육대학원 석사논문, 2002.

윤의섭, 「황순원 단편 소설 시간 구조의 의미 연구-〈목넘이마을의
　　　개〉와 〈이리도〉의 경우」, 『한국현대문학연구』 13, 한국현대문
　　　학회, 2003.6.

고은미, 「성장소설에 나타난 성장의 시대적 차이 연구」, 한남대 교육대
　　　학원 석사논문, 2003.

김은희, 「황순원 소설 연구: 고아의식을 중심으로」, 명지대 대학원 석
　　　사논문, 2003.

김태순, 「황순원 소설의 인물유형과 크로노토포스 연구」, 건국대 대학
　　　원 박사논문, 2003.

박　진, 「황순원 소설의 서정적 구조 연구」, 고려대 대학원 박사논문,
　　　2003.

서영란, 「현대소설을 통한 논리적 사고력 지도 연구」, 숙명여대 교육대
　　　학원 석사논문, 2003.

오유진, 「황순원 초기 단편소설 연구: 공간을 중심으로」, 목포대 교육
　　　대학원 석사논문, 2003.

이애영, 「황순원 단편소설에 나타난 '물' 상징 연구: 단편집 『기러기』
　　　를 중심으로」, 목포대 교육대학원 석사논문, 2003.

최경원, 「현대 소설에 나타난 '비'의 상상력 연구」, 서강대 교육대학원
　　　석사논문, 2003.

최은경, 「황순원의 「카인의 후예」 연구: 인물분석을 중심으로」, 동국대
　　　교육대학원 석사논문, 2003.

장현숙, 「현실인식과 인간의 길」, 한국문화사, 2004.3.

강경숙, 「황순원의 『나무들 비탈에 서다』 연구」, 한국교원대 교육대학
　　　원 석사논문, 2004.

곽노송, 「황순원의 동물소재 소설과 생태의식」, 고려대 교육대학원 석
　　　사논문, 2004.

김보경, 「황순원 엽편소설 연구」, 숙명여대 대학원 석사논문, 2004.

김유경, 「과정 중심 읽기 지도 방안 연구: 황순원의 「소나기」를 중심으로」, 성신여대 교육대학원 석사논문, 2004.

김은지, 「황순원 초기 단편의 입사식담적 성격」, 동의대 대학원 석사논문, 2004.

김현주, 「'빈자리 메우기'를 활용한 소설교육 방법 연구: 황순원의 「소나기」를 중심으로」, 부경대 교육대학원 석사논문, 2004.

노은영, 「황순원의 「신들의 주사위」의 갈등구조 연구」, 인하대 교육대학원 석사논문, 2004.

박혜련, 「황순원 소설에 나타난 타자성의 윤리 연구」, 서울시립대 대학원 석사논문, 2004.

백은아, 「황순원 단편소설 연구: 서정성을 중심으로」, 원광대 교육대학원 석사논문, 2004.

엄숙용, 「황순원 「소나기」의 기호학적 분석」, 세종대 대학원 석사논문, 2004.

이승복, 「황순원 소설 『카인의 후예』 인물연구」, 건국대 교육대학원 석사논문, 2004.

이주헌, 「황순원 분단소설의 성격연구: 인본주의적 특성을 중심으로」, 경희대 교육대학원 석사논문, 2004.

이희경, 「황순원의 『카인의 후예』 연구」, 세종대 대학원 석사논문, 2004.

전혜정, 「성장 소설 연구: 중·고등학교 교과서에 나오는 성장 소설을 중심으로」, 한남대 교육대학원 석사논문, 2004.

정수현, 「황순원 단편소설의 동심의식 연구」, 연세대 대학원 박사논문, 2004.

정원채, 「황순원 장편소설의 인물상 연구: 「신들의 주사위」를 중심으로」, 한성대 대학원 석사논문, 2004.

차가온, 「황순원 단편 소설의 상징체계 분석: 「소나기」를 중심으로」, 홍익대 교육 대학원 석사논문, 2004.

호병탁, 「한국현대소설의 '대화적 상상력'」, 원광대 대학원 박사논문, 2004.
황효숙, 「황순원 소설 연구: 움직이는 성에 대한 융(JUNG)적 접근」,
　　　경원대 대학원 석사논문, 2004.

- 기본 자료

황순원, 『늪/기러기』, 황순원전집 제1권, 문학과지성사, 1992.
황순원, 『목넘이마을의 개/曲藝師』, 황순원전집 제2권, 문학과지성사, 1992.
황순원, 『鶴/잃어버린 사람들』, 황순원전집 제3권, 문학과지성사, 1991.
황순원, 『너와 나만의 時間/내일』, 황순원전집 제4권, 문학과지성사, 1991.
황순원, 『탈/기타』, 황순원전집 제5권, 문학과지성사, 1990.
황순원, 『별과 같이 살다/카인의 後裔』, 황순원전집 제6권, 문학과지성
　　　사, 1992.
황순원, 『人間接木/나무들 비탈에 서다』, 황순원전집 제7권, 문학과지
　　　성사, 1990.
황순원, 『日月』, 황순원전집 제8권, 문학과지성사, 1993.
황순원, 『움직이는 城』, 황순원전집 제9권, 문학과지성사, 1989.
황순원, 『神들의 주사위』, 황순원전집 제10권, 문학과지성사, 1989.
황순원, 『詩選集』, 황순원전집 제11권, 문학과지성사, 1993.
황순원, 「비평에 앞서 이해를」, 한국일보, 1960.12.15.
황순원, 「한 비평가의 정신자세」, 한국일보, 1960.12.21.
황순원, 「유랑민근성과 시적 근원」, 『문학사상』 제1권, 제2호, 1972.
황순원, 「산실의 대화 인터뷰 기사」, 조선일보, 1976.10.20.
황순원, 「문화의 현장 그 뒤안길 - 인터뷰 기사」, 조선일보, 1980.12.17.
황순원, 「안녕하십니까 - 인터뷰 기사」, 서울신문, 1980.12.27.
황순원 외, 『말과 삶과 自由』, 문학과지성사, 1985.
오생근 편, 『황순원 연구』, 황순원전집 제12권, 문학과지성사, 1993.

김현, 「해방 후 한국사회와 황순원의 작품세계」, 대학주보(경희대학교),
  1980.9.15.(상), 1980.9.22.(하).

전상국, 「문학과 더불어 한 평생」, 대학주보(경희대학교), 1980.9.15.

전상국, 「시공을 초월한 영원한 여인상」, 일간스포츠, 1981.6.29.

백 철, 「전환기의 작품자세」, 동아일보, 1960.12.10~11.

백 철, 「작품은 실험적인 소산」, 한국일보, 1960.12.18.

장현숙, 「황순원 문학연구」, 시와시학사, 1994.

장현숙, 「황순원 문학연구」, 형설출판사, 2001.

장현숙, 「작품세계로 본 황순원 연보」, 문학과의식, 2000. 겨울.

장현숙, 「현실인식과 인간의 길」, 한국문화사, 2004.3.

장현숙, 「황순원 다시 읽기」, 한국문화사, 2004.6.

■ 황순원 작품 목록*

장르	제목	탈고연도	나이	게재호	게재지	작품집	간행연도	간행사	
시	나의 꿈	1931.4	17	1931.7	黃光				1915.3.26 출생
	아들아 무서워 마라			1931.9	黃光				
	默想			1931.12.24	朝鮮中央日報				
	젊은이여		18	1932.1	黃光				
	街頭로 울며 헤매는 者여			1932.4	彗星				
	넋 잃은 그의 앞가슴을 향하여			1932.5	黃光				
	荒海를 건너는 사공아			1932.7	黃光				
	잠조	1932.7							
	등대	1932.10							
	떨어지는 이날의 太陽은		19	1933.1	新東亞				
	1933년의 수레바퀴	1933.1							
	강한 여성	1933.4							
	옛사랑	1933.5							
	압록강	1933.6							

65) 황순원 문학연구, 장현숙, 푸른사상, 2005

장르	제목	탈고연도	나이	게재호	게재지	작품집	간행연도	간행사	
	황혼의 노래	1933.7							
	이역에서		20	1934.9					
	시집『放歌』					시집『放歌』	1934.11	동경學生藝術座	
	밤거리에 나서서		21	1934.12.18	朝鮮中央日報				
	새로운 行進			1935.1.2	朝鮮中央日報				1935.1.17 결혼
	歸鄕의 노래			1935.1.25	朝鮮中央日報				
	거지애			1935.3.11	朝鮮中央日報				
	새 出發			1935.4.5	朝鮮中央日報				
	밤車			1935.4.16	朝鮮中央日報				
	街路樹			1935.4.25	朝鮮中央日報				
	굴뚝			1935.5.7	朝鮮中央日報				
	故鄕을 향해			1935.6.16	朝鮮中央日報				
	午後의 一片			1935.6.25	朝鮮中央日報				
	고독			1935.7.5	朝鮮中央日報				
	첫솔에서			1935.7.26	朝鮮中央日報				
	무덤			1935.8.22	朝鮮中央日報				
	개미			1935.10.15	朝鮮中央日報				
			22			同人誌〈創作〉	1936.3		
	逃走			1936.4	創作 제2집				

장르	제목	탈고연도	나이	게재지	게재호	작품집	간행연도	간행사	1935년 주로 씀
	참					시집『骨董品』			
	시집『骨董品』			創作 제2집	1936.4	시집『骨董品』	1936.5	동경學生藝術座	1935년 주로 씀
	종달새					骨董品			
	반딧불					骨董品			
	코끼리					骨董品			
	나비					骨董品			
	게					骨董品			
	오리					骨董品			
	사람					骨董品			
	맨드라미					骨董品			
	앵무					骨董品			
	해바라기					骨董品			
	옥수수					骨董品			
	호박					骨董品			
	파리					骨董品			
	감대					骨董品			
	仙人掌					骨董品			
	팽이					骨董品			
	담뱃대					骨董品			

장르	제목	발표연도	탈고연도	나이	게재호	게재지	작품집	간행연도	간행사
	발단						骨董品		
	地圖						骨董品		
	우체통						骨董品		
	폐충						骨董品		
	공						骨董品		
	七月의 追憶				1936.7	新東亞			
소설	거리의 副詞			23	1937.7	創作 제3집	늪		
	벼자系			24	1938.10	作品 제1집			
시	과정				1938.10	作品 제1집			
	행동				1938.10	作品 제1집			
소설	늪						늪		
	허수아비						늪		
	配役들						늪		
	소타						늪		
	갈매						늪		
	지나가는 비						늪		
	訃祭						늪		
	園丁						늪		
	피아노가 있는 가을						늪		

장르	제목	발표연도	나이	게재호	게재지	작품집	간행연도	간행사	
시	사마귀								
	風俗								
	무지개가 있는			1940.6					
	소라껍데기가 잇는 바다								
	臺詞			1940.6	斷層				
	黃順元 短篇集-늪					늪(黃順元 短篇集)	1940.8		漢城圖書
소설	별	1940. 가을	26	1941.2(27세)	人文評論	늪			
	산골아이	1940. 겨울		1949.7	民聲	『기러기』			
	그늘	1941. 여름	27	1942.3(28세)	春秋	『기러기』			
	저녁늘	1941. 가을				『기러기』			1941.12.8 태평양전쟁 양전쟁
	기러기	1942. 봄	28	1950.1	文藝	『기러기』			한글 말살 정책 - 발표기관 없어짐
	병든 나비	1942. 봄		1950.2	慧星	『기러기』			
	애	1942. 여름				『기러기』			
	黃老人	1942. 가을		1949.9	新天地	『기러기』			
	머리	1942. 가을				『기러기』			
	세레나데	1943. 봄	29			『기러기』			
	노새	1943. 늦봄		1949.12	文藝	『기러기』			

장르	제목	탈고연도	나이	게재호	게재지	작품집	간행연도	간행사
	孟山할머니	1943. 가을		1949.8	文藝	『기다리기』		
	물 한 모금	1943. 가을				『기다리기』		
	두 짓는 늙은이	1944. 가을	30	1950.4	文藝	『기다리기』		
	눈	1944. 겨울				『기다리기』		
시	그날	1945.8	31	1946.1	關西詩人集			
	당신과 나	1945.8						
	신음소리	1945.10						
소설	술	1945.10		1947.2	술:술이야기-발표시 新天地	『묵념이마음의 개』		
시	열매	1945.11						
	꿈목	1945.11						
소설	저녁저녁에서	1946.6	32	1946.7	民聲 87호		1946.5 월남	
	두꺼비	1946.7		1947.4	우리 公論	『묵념이마음의 개』		
	집	1946.8				『묵념이마음의 개』		
	별과 갈이 살다	1946.11				『묵념이마음의 개』		
	황소들	1946.12				『묵념이마음의 개』		
	담배 한 대 피울 동안	1947.1	33	1947.9	新天地	『묵념이마음의 개』		
	아버지	1947.2	33	1947.2	文學	『묵념이마음의 개』		

장르	제목	탈고연도	나이	게재호	게재지	작품집	간행연도	간행사	
	목남이마을의 개	1947.3		1948.3	開闢	『목남이마을의 개』			
	단편집 『목남이마을의 개』					『목남이마을의 개』	1948.2	育文社	
	모자	1947.11		1950.3	新天地	『曲藝師』			
	물이군	1948.3	34	1949.2	〈점부터기〉新天地	『鶴』			1948.8.15 대한민국 수립
	이리도	1948.5		1950.2	白民	『曲藝師』			
	청산가리	1948.8				『鶴』			
	여인들	1948.9		1953.10	《間島揷話》新天地	『鶴』			
	무서운 웃음	1949.4	35			『曲藝師』			
	장편 『별과 같이 산다』	1946.11			〈솔개와 고양이와 매와〉~新天地	장편 『별과 같이 산다』	1950.2	正音社	
	참외	1950.10	36			『鶴』			1950.6.25 발발. 광주·부산 피난
	아이들	1950.12				『曲藝師』			
	메리 크리스마스	1950.12		1950.12	鎭南日報	『曲藝師』			
	어둠 속에 찍힌 版畵	1951.2	37	1951.1	新天地	『曲藝師』			
	솔메마을에 생긴 일	1951.2				『曲藝師』			
	목숨	1951.4		1952.5	週刊文學藝術	『曲藝師』			

장르	제목	탈고연도	나이	게재호	게재지	작품집	간행연도	간행사	
	曲藝師	1951.5		1952.1	文藝	『曲藝師』			
	끌목 안 아이	1951.6				『曲藝師』			
	단편집 『기러기』					단편집 『기러기』	1951.8	明世堂	
	그	1951.10				『曲藝師』			
	단편집 『曲藝師』					단편집 『曲藝師』	1952.6	明世堂	
	두메	1952.8	38			『鶴』			
	매	1952.10				『鶴』			
시	소나기	1952.10		1953.5	新文學 제4집	『鶴』			
	寰婦	1952.11		1953.1	文藝	『鶴』			
	향수	1952.11		1952.12	朝鮮詩集				
	제주도말	1952.11		1952.12	朝鮮詩集				
소설	鶴	1953.1	39	1953.5	新天地	『鶴』			
	盲啞院에서	1953.5		1953.11	〈胎動〉文化世界	『鶴』			
	사나이	1953.9		1954.2	文學藝術				1953.8 피난지에서 환도
	왕모래	1953.10		1954.1	〈윤삼이〉新天地	『鶴』			
	장편 『카인의 後裔』	1954.5	40		5회 연재 중단 文藝	장편 『카인의 後裔』	1954.12	中央文化社	
	부끄러움	1954.12		1955.2	〈무서움〉現代文學				

장르	제목	발표연도	나이	게재호	게재지	작품집	간행연도	간행사	
	장편 『人間接木』	1955.12	41	1955.1~12	〈天使〉세가정1년연재	장편 『人間接木』	1957.10	中央文化社	
	筆墨장수	1955.4				『잃어버린 사람들』			
	불가사리	1955.10		1956.1	文學藝術	『잃어버린 사람들』			
	잃어버린 사람들	1955.11		1956.1	現代文學	『잃어버린 사람들』			
시	새	1955.12		1956.1	새벽				
	나무								
소설	山	1956.6	42	1956.7	現代文學	『잃어버린 사람들』			
	비바리	1956.9		1956.10	文學藝術	『잃어버린 사람들』			
	단편집 『鶴』					단편집 『鶴』	1956.12	中央文化社	
	내일	1956.12		1957.2	現代文學				
	소리	1957.2	43	1957.5	現代文學				1957.4 경희대 문리대교수 취임
	단편집 『잃어버린 사람들』					단편집 『잃어버린 사람들』	1958.3	中央文化社	
	다시 내일	1957.11		1958.1	現代文學				
	광반메룽	1958.2	44	1958.4	現代文學	『너와 나만의 時間』			

장르	제목	발표연도	나이	게재호	게재지	작품집	간행연도	간행사	
	단편집 『나와 나만의 時間』					『나와 나만의 時間』	1964.5	正音社	
	모든 영광은	1958.5		1958.7	現代文學	『나와 나만의 時間』			
	이삭줍이	1958.5		1958.7	〈꽁뜨 三題〉思想界	『나와 나만의 時間』			
	나와 나만의 時間	1958.7		1958.10	現代文學	『나와 나만의 時間』			
	한 녀름에서	1958.10		1958.12	自由公論	『나와 나만의 時間』			
	안개 구름 끼다	1958.11		1959.1	思想界	『나와 나만의 時間』			
	할아버지가 있는 데쌍	1959.8	45	1959.10	思想界	『나와 나만의 時間』			
시	세대나네	1960.3	46		韓國詩集				1960.4.19 의거
소설	장편 『나무를 비탈에 서다』	1960.5		1960.1~7	思想界	장편 『나무를 비탈에 서다』	1960.9	思想界	
	손톱에 쓰다	1960.12		1960.12	〈꽁뜨 三題〉藝術院報	『나와 나만의 時間』			
	내 고향 사람들	1961.1	47	1961.3	現代文學	『나와 나만의 時間』			
	가랑비	1961.3		1961.6	自由文學	『나와 나만의 時間』			
	송아지	1961.10		1961.11	〈思想界〉문예특집호	『나와 나만의 時間』			
	장편 『日月』		48	1962.1~5	제1부 現代文學	장편 『日月』			
			48	1962.10~63.4	제2부 現代文學				

장르	제목	발표연도	나이	게재호	게재지	작품집	간행연도	간행사
	그래도 우리끼리는	1964.11	50	1964.8~65.1	제3부 現代文學	『黃順元 全集』전6권	1964.12	創文社
	비늘	1963.5	49	1963.7	思想界	『너와 나만의 時間』		
	달과 발과	1963.7		1963.10	現代文學	『너와 나만의 時間』		
		1963.11		1964.2	現代文學	『너와 나만의 時間』		
	소리그림자	1965.1	51	1965.4	思想界	『탈』		
	온기 있는 破片	1965.4		1965.6	新東亞	『탈』		
	어머니가 있는 유월의 對話	1965.6		1965.7	現代文學	『탈』		
	아내의 눈길	1965.7		1965.11	〈메마른 것들〉 사상계	『탈』		
	조그만 섬마을에서	1965.8		1965.12	藝術院報 제9집	『탈』		
	原色오두기	1965.11		1966.1	現代文學	『탈』		
	수컷 退化說	1966.5	52	1966.6	文學	『탈』		
	自然	1966.6		1966.8	現代文學	『탈』		
	낙타 장의 境遇	1966.8		1966.11	新東亞	『탈』		
	雨綠을 접으며	1966.9		1966.11	文學	『탈』		

장르	제목	탈고연도	나이	게재호	게재지	작품집	간행연도	간행사	
	피	1966.11		1967.1	現代文學	『탈』[6]			
	겨울 개나리	1967.1	53	1967.8	現代文學	『탈』[6]			
	차라리 내 목을	1967.2		1967.8	新東亞	『탈』[6]			
	靑은 내렸느네	1967.7		1968.1	現代文學	『탈』[6]			
	장편『움직이는 城』	1968.	54	1968.5~10	제1부 現代文學				
		1969.	55	1969.7	제2부 3회분 現代文學				
		1970.	56	1970.5	제2부 2회분 現代文學				
		1971.	57	1971.3~72.3	제2부 4회분 現代文學				
		1972.8	58	1972.4~10	제3부 4부 現代文學 完結	장편『움직이는 城』[5]	1973.5	三中堂	1972.12.19 부친 서거
						『黃順元 全集』전7권	1973.12	三中堂	
	『탈』	1971.9		1971.9	朝鮮日報	『탈』[6]			1973.11.5 원응서 별세
시	童話	1974.	60	1974.3	現代文學				1974.10.10 모친 서거
	肖像畵			1974.3	現代文學				

장르	제목	탈고연도	나이	게재호	게재지	작품집	간행연도	간행사
소설	驚歌			1974.3	現代文學	『탈』		
	숫자풀이	1974.5		1974.7	文學思想	『탈』		
	마지막 잔	1974.8		1974.10	現代文學			
시	空에의 意味			1974.12	現代文學	『탈』		
소설	이날의 遲刻	1974.12		1975.4	文學思想	『탈』		
	뿌리	1975.6	61	1975.6	週刊朝鮮	『탈』		
	주검의 場所	1975.10		1975.11	文學과 知性 겨을호	『탈』		
	나무와 돌, 그리고	1975.11		1976.3	現代文學			
	단편집『탈』	1976.	62			단편집『탈』	1976.3	文學과 知性社
시	돍	1977.	63	1977.3	韓國文學			
	늙는다는 것			1977.3	韓國文學			
	高熱로 앓으며			1977.3	韓國文學			
	겨울 風景			1977.3	韓國文學			
	戰爭			1977.4	現代文學			
	딩긴이 숨진 집을 나와			1977.4	現代文學			
	位置			1977.4	現代文學			
	偕題			1977.4	現代文學			
소설	그물을 거든 자리	1977.7		1977.9	創作과 批評 가을호			

장르	제목	탈고연도	나이	게재호	게재지	작품집	간행연도	간행사
	장편『神들의 주사위』	1982.3	69	1978.2 봄	文學과 知性	장편『神들의 주사위』		
시	모란 1·2	1979.	65	1979.5	韓國文學	『黃順元 全集』 제10권		
	꽃	1980.	66	1980.5	韓國文學			
	浪漫的			1983.3	現代文學			
	關係			1983.3	現代文學			
	메모			1983.3	現代文學			
소설	그림자풀이	1983.11		1984.1월호 제30권 제1호				
	우리들의 歲月				現代文學			
시	賭博			1984.3	月刊朝鮮			
				1984.3.25	朝鮮日報			
	단편집『탈/기타』					『黃順元 全集』 제5권『탈/기타』		
	密語			1984.7	現代文學			
	한 풍경			1984.7	現代文學			

· 저자 ·

오연희
(吳蓮嬉)

· 약 력 ·

충남대학교 국문학과 박사과정 수료(문학박사)
충남대, 목원대, 건양대 강사
한국과학기술원 대우교수
현 충남대학교 인문과학연구소 객원연구원

· 주요논저 ·

「박태원 초기 단편소설의 담론 연구」
「오정희론」
『라깡과 문학』
『경계와 소통, 탈식민의 문학』
『저역서』
『논리적 독서법』(역서)
『단락, 어떻게 읽고 쓸 것인가』(역서)
『서사론』(역서)
『서사양식-단편소설의 이론』(역서)
외 다수

황순원의 일월 연구

- **초판 인쇄** 2007년 5월 31일
- **초판 발행** 2007년 5월 31일

- **지 은 이** 오연희
- **펴 낸 이** 채종준
- **펴 낸 곳** 한국학술정보㈜
  경기도 파주시 교하읍 문발리 526-2
  파주출판문화정보산업단지
  전화 031) 908-3181(대표) · 팩스 031) 908-3189
  홈페이지 http://www.kstudy.com
  e-mail(출판사업부) publish@kstudy.com
- **등 록** 제일산-115호(2000. 6. 19)
- **가 격** 14,000원

ISBN 978-89-534-7047-7 93800 (Paper Book)
      978-89-534-7048-4 98800 (e-Book)